ERLÄUTERUN

M

Homo faber

Von
Klaus Müller-Salget

Philipp Reclam jun. Stuttgart

RECLAMS UNIVERSAL-BIBLIOTHEK Nr. 16064

Überarbeitete und erweiterte Neuausgabe 2008
Gesamtherstellung: Reclam, Ditzingen. Printed in Germany 2008

ISBN 978-3-15-016064-0

www.reclam.de

Inhalt

I. Kommentar, Wort- und Sacherklärungen . . . 7
II. Zur Entstehung des Romans 120
III. Beziehungen zu anderen Werken Frischs . . . 127
IV. Selbstaussagen des Autors 139
V. Aus Rezensionen zur Erstausgabe 142
VI. Perspektiven der Forschung 155
VII. Texte zur Diskussion 186
VIII. Zum Film *Homo Faber* 200
IX. Literaturhinweise 203

Oedipus und die Sphinx
Attische Schale (Rom, Vatikan)

I. Kommentar, Wort- und Sacherklärungen

Max Frischs »Homo faber« liegt in Band IV der »Gesammelten Werke in zeitlicher Folge« von 1976 bzw. der Jubiläumsausgabe von 1986 (zit. als: JA) vor, ferner als Suhrkamp-Taschenbuch 354. Diese drei Ausgaben sind seiten- und zeilenidentisch, doch weicht die Taschenbuchausgabe in einigen kalendarischen Angaben ab (vgl. Kap. II, S. 123 f.).
Zitiert wird nach der Jubiläumsausgabe.
Zu den Druckfehlern, die sinnvollerweise vorab korrigiert werden sollten (und in der Taschenbuchausgabe seit 1988 großenteils korrigiert sind), s. Kap. II, S. 125.

5 [Titel] *Homo faber:* »Homo faber (lat.; = der Mensch als Verfertiger), typolog. Charakterisierung des Menschen durch die philosoph. Anthropologie. Hebt den Umstand hervor, daß der Mensch seine Existenz nur in aktiver Auseinandersetzung mit der Natur (Arbeit) sichern kann. Im Vergleich zum Tier prinzipiell unspezif. geboren, d. h. organ. und instinktmäßig nicht zur Lebensbewältigung in einer bestimmten Umwelt ausgerüstet, muß der Mensch unter Zuhilfenahme von Werkzeugen die ihn umgebende Natur zu seinen ›Lebensmitteln‹ machen.« (Meyers Enzyklopädisches Lexikon, Bd. 12, 1974.) – Dieser Definition des Menschen hat Johan Huizinga 1938 die des »Homo ludens« entgegengestellt: In Anlehnung an Friedrich Schiller (»Der Mensch ist nur da ganz Mensch, wo er spielt«) leitete Huizinga die Kultur aus dem Spiel(vermögen) des Menschen ab. – In Walter Faber, dem Protagonisten des Romans, den seine Freundin scherzhaft *Homo Faber* getauft hat (47,7) und der den modernen Menschen als Ingenieur begreift (107,11), gestaltet Frisch beide Frontstellungen: die gegen die Natur (vgl. Anm. zu 10,10) und die gegen

…st (47,6 *Ich nannte sie eine Schwärmerin und* …*jee*; 42,13 *Ich bin kein Kunsthistoriker*; 82,4 …*nstler, aber tüchtig*, usw.). Seinem Selbstverständnis …ach ist Faber ein Vertreter dessen, was Max Horkheimer »instrumentelle Vernunft« genannt hat (vgl. Kap. VII, S. 187–192).

5 [Untertitel] *Ein Bericht:* Die Kennzeichnung der Ich-Erzählung als *Bericht* betont die von Faber angestrebte ›Sachlichkeit‹ und ›Nüchternheit‹ (56,16 *Ich kann nur berichten, was ich weiß*). Die Unzulänglichkeit einer solchen Haltung schimmert immer wieder durch und wird am Schluss von Faber selbst eingestanden (vgl. Anm. zu 199,4 f.). In der angestrengten Sachlichkeit des *Berichts* spiegelt sich die forciert vereinseitigte Lebenshaltung Fabers. Als Motto könnte sein Satz dienen: *ich bin ja nicht blind* (24,12): Scheinbar gibt er alle Fakten getreulich wieder, in Wahrheit ist er ›blind‹ gegenüber dem Wesentlichen, vor dem er teilweise auch bewusst die Augen verschließt. – Hinter und über dem schon in sich gespaltenen ›Berichterstatter‹ Faber steht der Erzähler des Ganzen, der zwar nie direkt das Wort ergreift (etwa in einem ›Herausgeber‹-Kommentar), sich aber in den ironischen Bezügen, in der Erstellung einer mythologischen Tiefensicht und in jenen Signalen bemerkbar macht, mit denen der Leser auf die Unglaubwürdigkeit des *Berichts* und auf die ›eigentlichen‹ Zusammenhänge gelenkt wird (vgl. Anm. zu 15,26 f.). – Über dem Erzähler des Romans *Homo faber* wiederum ist die Instanz ›Autor‹ anzusetzen: Max Frisch als Verfasser auch vieler anderer und anders strukturierter Werke, die mit *Homo faber* in mannigfachen Beziehungen stehen. Trotz der grundsätzlich notwendigen Unterscheidung zwischen ›Erzähler‹ und ›Autor‹ werden in den Erläuterungen diese beiden Instanzen unter dem Namen Frisch zusammengefasst.

7,1 *Erste Station:* Die Kennzeichnung der beiden Teile des

Romans als *Stationen* ist mehrdeutig. Zum einen bilden den Schauplatz am Ende des ersten und während des ganzen zweiten Teils tatsächlich Krankenhausstationen, zum anderen beschreiben die beiden Teile zwei Schritte auf dem Weg Fabers (zu neuen Einsichten und zugleich in den Tod). Der *Bericht* der *Ersten Station,* ›geschrieben‹ vom 21. Juni bis zum 8. Juli [1957] (160,31), stellt den Versuch Fabers dar, sich (und Hanna) Rechenschaft über sein tödlich endendes Verhältnis zu Sabeth zu geben. Die *Zweite Station* besteht aus der Verschränkung zweier Tagebücher, deren eines Fabers zweite Südamerikareise und deren anderes seinen Krankenhausaufenthalt in Athen zum Gegenstand haben. In der *Ersten Station* wird der Reisebericht durch Erinnerungen an das prägende und fixierende Hanna-Erlebnis der Jahre 1935/36 unterbrochen und kommentiert, während in der *Zweiten* umgekehrt die zurückliegende Reise von der gegenwärtigen, nahezu stillstehenden und darum auch nicht mehr datierten Situation im Krankenbett her erzählt und reflektiert wird. In beiden *Stationen* werden also Ruhe und Bewegung gegeneinandergestellt; die Ruhe (Fabers Fixiertheit auf Hanna, sein Tod) behält die Oberhand und entlarvt Fabers Bewegung, seine hektische Betriebsamkeit, als scheinhaft.

7,2 *La Guardia:* La Guardia Airport, einer der drei großen Flughäfen New Yorks, benannt nach dem ehemaligen New Yorker Bürgermeister (1934–45) Fiorello Henry La Guardia.

7,2 f. *Verspätung infolge Schneestürmen:* Schon der erste Satz signalisiert eine Störung der gewohnten Ordnung. Schnee steht im Werk Frischs seit der Romanze *Santa Cruz* (1944) sehr oft für Erstarrung und Tod. – Vgl. auch Anm. zu 100,8 *Es war Frühling, aber es schneite.*

7,3 f. *wie üblich:* Die Betonung des Üblichen, das immer wieder durch ein unvorhergesehen plötzlich Eintretendes ge- oder gar zerstört wird, ist ein Leitmotiv des Romans (vgl. Peter Pütz, »Das Übliche und das Plötzliche«).

7,4 *Super-Constellation:* von der amerikanischen Firma Lockheed gebautes Passagierflugzeug (Weiterentwicklung der »Constellation«) mit vier Propellermotoren. – Zur symbolischen Bedeutung vgl. Anm. zu 117,7 *Super-Constellation.*

7,7–13 *was mich nervös machte, ... war ... einzig und allein ... – dazu ...:* abwiegelnde Redeweise, von Faber oft benutzt, um von tatsächlichen Zusammenhängen abzulenken; gibt dem Leser ein Signal auf in Wahrheit Wichtiges; hier noch verstärkt durch den Widerspruch zwischen *einzig und allein* und *dazu.*

7,9 *World's Greatest Air Crash In Nevada:* Es handelt sich um einen fiktionalen Bestandteil des Romans. – Klaus Haberkamm hat auf »die Semantik des Wortes ›Nevada‹« hingewiesen (Haberkamm, »Il était un petit navire«, S. 21, Anm. 2); »Nevada« (span.) bedeutet ›Schneefall‹, das Adjektiv *nevado* ›beschneit‹, ›schneeweiß‹; vgl. Anm. zu 7,2 f.

7,13 f. *ich weiß nicht wieso:* von Faber häufig benutzte Wendung, die auf noch Unklares, aber Wichtiges verweist, oft ein Überspielen der vordergründigen Rationalität durch Verdrängtes signalisiert.

7,18 f. *Seinen Namen hatte ich überhört, die Motoren dröhnten:* Schon hier werden Technik und menschliche Kommunikation ironisch gegeneinandergesetzt. Zur Identifikation Herberts kommt es erst, nachdem zwei Motoren ausgefallen sind und die Maschine hat notlanden müssen.

7,21 *Ivy:* vgl. Anm. zu 91,22 f.

7,33 *wie ein Blinder:* Das Motiv der – immer wieder abgeleugneten, sich selbst verordneten, eingestandenen – (partiellen) Blindheit geht durch den ganzen Roman (24,12; 111,7; 144,12.19; 160,22; 175,8; 183,17 ff.; 192,12.24).

8,19 *europäische Brüderschaft:* Der »Europagedanke«, vor 1933 hauptsächlich von der Paneuropa-Bewegung propagiert, fand nach dem Zweiten Weltkrieg Nahrung in konkreten politischen Interessen der zwischen den Großmächten USA und UdSSR von Ohnmacht bedrohten (west)europäischen Staaten und führte zur Gründung zahlreicher gemeinsamer Organisationen; am 27. März 1957 wurde in Rom der Vertrag zur Gründung der Europäischen Wirtschaftsgemeinschaft (EWG) unterzeichnet. – Fabers Ironie zielt auf die Ideologisierung und Sentimentalisierung dieser Vorgänge.

8,27f. *irgendwie kannte ich sein Gesicht:* Herberts Ähnlichkeit mit seinem Bruder präludiert der Ähnlichkeit Sabeths mit Hanna. Vgl. Anm. zu 72,30f.

9,11f. *Geriesel wie aus Messing oder Bronze:* Dieser für Faber ungewöhnlich ›poetische‹ Vergleich erklärt sich (nachträglich) aus dem Spiel mit Sabeth (150,29ff.), das zum Zeitpunkt des *Berichts* ja schon der Vergangenheit angehört.

9,14 *rororo:* Der deutsche Verleger Ernst Rowohlt (1887 bis 1960) hat 1950 mit seinen – zunächst im Zeitungsformat gedruckten – »rowohlts rotations-romanen (rororo)« das Signal für die Produktion von Taschenbüchern in der Bundesrepublik gegeben.

9,15 *Es hatte keinen Zweck, die Augen zu schließen:* ›harmlose‹ Variante des Blindheitsmotivs: Vor den geahnten Zusammenhängen zwischen Sabeth und Hanna schließt Faber beharrlich und allzu lange die Augen.

9,20 *Amerikaner kulturlos:* vgl. Anm. zu 175,14.

9,24 *Wiederbewaffnung:* Die seinerzeit stark umstrittene Wiedereinführung einer (west)deutschen Armee (Bundeswehr) basierte auf Änderungen des Grundgesetzes (vom 26. März 1954 und 19. März 1956) sowie dem Wehrpflichtgesetz (vom 21. Juli 1956). Vgl. Anm. zu 166,33f.

9,25 *Schwyzzer:* Der Kanton Schwyz gehört, neben Uri und Unterwalden, zu den Urkantonen der Schweiz und ist für die Namengebung der Eidgenossenschaft maßgebend gewesen. Herberts Redeweise ist plump vertraulich; »der« *Schwyzzer* stellt ebenso ein Stereotyp (›Bildnis‹) dar wie »der« Amerikaner (9,20) und »der« Russe (9,24).

9,27 *Kaukasus:* Die deutsche Invasion der Sowjetunion führte im Jahre 1942 bis in den Kaukasus.

9,28 *Iwan:* Die russische Form des Namens »Johannes« wurde nach 1945 als stereotype Bezeichnung für »den« Russen aus der Soldatensprache übernommen, meist in absprechender Absicht (vgl. 41,11f.: *seine Schauergeschichten vom Iwan*). In dem Stück *Als der Krieg zu Ende war* (1947/48) hat Frisch auch dieses ›Bildnis‹ bloßzustellen versucht.

9,32 *Herrenmenschen und Untermenschen:* aus dem Rassenwahn des Nationalsozialismus stammende Begriffe. Den Angehörigen der »Herrenrasse« waren demzufolge Ausbeutung oder auch physische Vernichtung der Angehörigen »minderwertiger Rassen« (Juden, Zigeuner, Slawen) erlaubt, wenn nicht gar geboten.

10,10 *ich vertrage es nicht, unrasiert zu sein:* Im Leitmotiv des Rasierens (27,19ff.; 31,29f.; 34,26; 41,10; 63,5; 70,35; 134,32; 152,25f.; 167,5f.; 172,5) kommt Fabers Abneigung gegen alles unordentlich Wuchernde, gegen das Vegetative zum Ausdruck, gegen nicht domestizierte, nicht vom Menschen beherrschte Natur (27,22f. *Ich habe dann das Gefühl, ich werde etwas wie eine Pflanze*). Nicht ohne Grund gehört daher ein Defekt in Fabers Rasierapparat in die Ereigniskette, die zur Begegnung mit Sabeth führt (63,24ff.).

10,16 *Unesco:* »United Nations Educational, Scientific and Cultural Organization«, Sonderorganisation der Vereinten Nationen (UN), 1945 in London gegründet, seit 1946 mit Sitz in Paris (vgl. 96,12ff.). Außer den kulturellen Aktivitäten (Alphabetisierung usw.) liegt ein Hauptakzent auf der Förderung von Naturwissenschaft und Technologie als Grundlage einer Industrialisierung in den »Entwicklungsländern«. Vgl. Marcels absprechendes Urteil darüber (50,30–33).

10,17 *Ich spürte den Magen:* erstes Anzeichen von Fabers Krankheit, die er so lange wie möglich zu verdrängen sucht.

10,21 f. *technische Hilfe für unterentwickelte Völker:* Schon in Fabers beruflicher Tätigkeit stehen Technik und vorzivilisatorischer (mythischer) Zustand einander gegenüber.

10,36–11,1 *Kamera, die mich schon um die halbe Welt begleitet hat:* Eine der Hauptbeschäftigungen Fabers besteht im Filmen, d. h. in der Herstellung von Abbildern, Reproduktionen der Wirklichkeit (vgl. Anm. zu 23,4), die diese freilich nur scheinbar fest-halten können, in Wahrheit ›töten‹ (vgl. 42,11 f. Marcel: *man könne diese Hieroglyphen und Götterfratzen nicht fotografieren, sonst wären sie sofort tot*). Vgl. Anm. zu 182,20–22 und zu 189,2 f., ferner das ›Bildnis‹-Verbot im *Tagebuch 1946–1949* (vgl. Kap. III, S. 128).

11,8–11 *Mein Gesicht im Spiegel … scheußlich wie eine Leiche. Ich vermutete, es kommt vom Neon-Licht:* Wie in der dritten (letzten) Spiegel-Szene (170,28 ff.) versucht Faber sein Aussehen auf die Beleuchtung zurückzuführen; vgl. ferner 98,8 ff.

11,14 *Your attention please:* vgl. auch 33,18. Statt Fabers ›Aufmerksamkeit‹ wird die des Lesers erweckt.

11,18 *die dicke Negerin:* Die ganz klischeehaft gezeichnete ›Mammy‹ (12,10 *Großaufnahme aus Afrika*) stellt in ihrer robusten Vitalität eine Kontrastfigur dar; erweitert findet sich das später in der Kuba-Episode (172,9 ff.; Erinnerung an diese Schwarze: 175,34 ff.).

12,17–21 *Sie weigerte sich, Geld anzunehmen … zwang mir die Note in die Hand:* Es gelingt Faber nicht, sich von seiner bedrohlichen Erfahrung ›loszukaufen‹. Die Note verwendet er dann für ein ›Trankopfer‹ (12,27).

12,18 *Lord:* im Englischen/Amerikanischen Name Gottes (»The Lord's Prayer«: das Vaterunser).

12,20 *die Treppe, wo sie als Negerin nicht weitergehen durfte:* Hinweis auf die amerikanische Praxis der Rassentrennung (»segregation«), die in den sechziger Jahren gewalttätige Auseinandersetzungen hervorrief und offiziell durch entsprechende Gesetzesänderungen (1964–68) aufgehoben wurde.

12,29 *Martini-Dry:* ein ›trockener‹ (d. h. herber) italienischer Wermut-Wein.

12,36–13,1 *Observation-Dach:* (amerikanisch-deutsches Mischwort) Aussichtsplattform auf dem Flachdach.

13,2 *Shell-Tanker:* Die Maschine ist mit Treibstoff der Firma Shell aufgetankt worden. Die in Fabers Redeweise auffällige Bezeichnung vieler Gegenstände mit ihrem Markennamen gilt als ›typisch amerikanisch‹.

13,11 f. *die vier Propellerkreuze blieben einfach starr:* vgl. Anm. zu 16,9 f.

13,14 *Tür eines Cabinets:* Cabinet (frz.): Toilette.

13,35 *Western Union:* eine der (wie in Amerika üblich: privaten) Postgesellschaften.

14,1 *Caracas:* Hauptstadt von Venezuela.

Montage: vgl. 57,25 *von Montage konnte nicht die Rede sein* und 170,27 *Die Montage ging in Ordnung – ohne mich.* Zur Mehrdeutigkeit von »Montage« vgl. Anm. zu 170,27.

14,11 f. *vom Gefängnis ins Gericht:* Signal einer unbewussten Vorahnung des kommenden ›Gerichts‹ über sein Leben. Vgl. auch Anm. zu 149,8.

14,19 f. *meine Uhr sei stehengeblieben:* vgl. Anm. zu 129,12.

14,30 f. *Flores … Palenque:* vgl. Karte S. 19.

14,32 *Nash:* Limousine aus der von Charles W. Nash 1916 gegründeten Automobilfabrik, die sich 1954 mit der Firma Hudson zur American Motors Corp. zusammenschloss.

15,4 *Puerto Barrios:* vgl. Karte S. 19. Puerto Barrios war damals wohl der einzige Hafen Guatemalas am Atlantik.

15,12 *Maya-Ruinen:* vgl. Anm. zu 42,3 f.

15,26 f. *Ich mache mir nichts aus Romanen – sowenig wie aus Träumen:* Die anschließende Traumerzählung widerlegt diese Behauptung. – Solche Widersprüche zwischen Fabers Äußerungen und Fabers Taten stellen eines jener Strukturmerkmale des Romans dar, mit deren Hilfe Fabers *Bericht* durchsichtig gemacht wird für von ihm Verschwiegenes, nicht Beachtetes, Verdrängtes; auffällige weitere Beispiele: Fabers Tiraden gegen die Ehe mit anschließendem Heiratsantrag (90,35 ff.) oder seine allgemeinen, forciert ›sachlich-knappen‹ Darlegungen über Schwangerschaftsabbruch (105,13 ff.), die mit seinen eigenen Motiven im Jahre 1936 gar nichts zu tun haben. – Als weitere derartige Mittel fungieren: die abwiegelnden Redensarten (vgl. Anm. zu 7,7–13), die Wiederholungssituationen (Spiegel-Szenen, Aufenthalte in New York usw.), die Leitmotive (Rasieren, Blindheit usw.), die Doppeldeutigkeit auch der scheinbar rein naturwissenschaftlichen und technischen Bezeichnungen (vgl. Anm. zu 74,20 f. und zu 117,7) und die mythologischen Motive.

15,26–16,6 *Ich träumte … Kieselsteine im Mund:* Fabers Traum offenbart seine unterdrückten und verdrängten Ängste: Von Ivy, die ihn offenbar zur Heirat bewegen will (7,23), gleitet er hinüber zum Scheidungsmotiv, das in der absurden Verbindung mit Herbert über diesen auf Joachim und letztlich auf Hanna verweist, von der Faber zeitlebens nicht loskommt (vgl. Anm. zu 117,7 *Super-Constellation*). Im Motiv der *Splitternackten* wird die Situation des ›typischen Verlegenheitstraums‹ (nackt zu sein in einer Gesellschaft von Bekleideten; vgl. Sigmund Freud, *Die Traumdeutung*, Frankfurt a. M. 1980, S. 206–210) umgekehrt: Verheiratetsein bedeutet für Faber das Herabsinken auf eine primitive Stufe, ebenso ›unpassend‹ wie die ›Sentimentalität‹ des Professors O. Dieser ist für Faber immer ein *Vorbild* gewesen (103,23), und so spiegelt sein Verhalten in Fabers Traum dessen Befürchtungen bezüglich seiner selbst wider, Befürchtungen, die durch den ›Zahnreiztraum‹, den die Psychoanalyse auf Kastrationsangst zurückführt (Freud, *Die Traumdeutung*, S. 318–324), bekräftigt werden. – Insgesamt signalisiert der Traum den Beginn der Auflösung von Fabers starrer Haltung und seine Angst vor dieser Auflösung; positiv formuliert: den Beginn seiner Selbstfindung. – In Anlehnung an C. G. Jungs Lehre von der Entwicklung der Persönlichkeit deutet Rhonda L. Blair den Traum als Signal eines inneren Anrufs zur Änderung des bisherigen Lebens; von Jungs Kennzeichnung der Persönlichkeitsentwicklung als eines (gefährlichen) Spiels her glaubt sie auch den Ort der Traumhandlung (*Spielbar in Las Vegas*) erklären zu können (Blair, »Archetypal Imagery in Max Frisch's ›Homo faber‹«, S. 105). – Allgemeiner kann ein Bezug zwischen der *Lotterie* und Fabers Denken in Zufalls- und Wahrscheinlichkeitskategorien (vgl. das Würfelbeispiel 22,15–18) vermutet werden.

15,28 *Las Vegas:* Stadt im US-Staat Nevada (vgl. Anm. zu 7,9). Bekannt durch seine Spielsalons und als ›Heirats- und Scheidungsparadies‹.

15,34 *Professor O.:* vgl. Anm. zu 102,22.

15,34f. *Eidgenössische Technische Hochschule:* neben der Universität die zweite Hochschule Zürichs, abgekürzt ETH.

16,1 *Elektrodynamik:* allgemein: Theorie sämtlicher elektromagnetischer Erscheinungen; im engeren Sinne: Lehre von den zeitlich veränderlichen elektromagnetischen Feldern und ihren Wechselwirkungen mit ruhenden und bewegten elektrischen Ladungen. Begründet von James Clerk Maxwell (vgl. Anm. zu 74,20f.).

16,5 *Zähne ausgefallen:* Außer dem symbolischen Bezug innerhalb des Traums (vgl. Anm. zu 15,26–16,6) fungieren Fabers schlechte Zähne auch konkret als Hinweis auf Vergänglichkeit und Verfall (vgl. 171,19ff.). Zum autobiographischen Bezug vgl. *Montauk* (JA VI, S. 732).

16,9f. *ein Propeller als starres Kreuz:* vgl. 13,11f.; 18,27f.; 21,19; 26,29: Das Bild evoziert Erstarrung und Tod. – Auf die ausgedehnte Kreuzsymbolik in diesem Roman (z. B. Kreuzgang, Drehkreuz, Kreuzotter, Gipfelkreuz) hat Haberkamm aufmerksam gemacht (»Il était un petit navire«, S. 25, Anm. 36).

16,12f. *ein Mädchen von zwanzig Jahren, ein Kind mindestens ihrem Aussehen nach:* Die Stewardess (18,35f. *die junge Person, die meine Tochter hätte sein können*) figuriert als Vorausdeutung auf die gleichaltrige Sabeth, die ja mit dem Gedanken spielt, gleichfalls Stewardess zu werden (83,1f. u. ö.).

16,27 *Tampico:* mexikanische Hafenstadt im Staat Tamaulipas (22,3f.); Hauptexporthafen für mexikanisches Erdöl. Vgl. Karte S. 19.

17,22 *Amöben:* Aus der Klasse der wechselgestaltigen Urtierchen ist hier wohl die Ruhramöbe gemeint (Entamoeba), die in den Tropen und Subtropen häufig die Amöbenruhr (schwere Dickdarmerkrankung) hervorruft.

17,27f. *1951, also vor sechs Jahren:* Damit wird das Geschehen des Romans auf das Jahr 1957 festgelegt (109,1 auch ausdrücklich).

17,34 *DC-4:* ebenso wie die DC-7 (vgl. 27,33; 117,7) eine Weiterentwicklung des von der amerikanischen Douglas Aircraft Corp. im Jahre 1935 gebauten Verkehrsflugzeugs Douglas DC-3 (»Dakota«).

18,1 *Sierra Madre Oriental:* Sierra Madre (›Hauptgebirge‹) heißen die Randgebirge Mexikos, unterschieden in das westliche (Occidental), das östliche (Oriental) und das südliche (del Sur). – Walter Schmitz' auf Hanna abzielende Übertragung »Wüste der östlichen Mutter« (Mat., S. 220) ist unhaltbar. Nicht ausgeschlossen scheint dagegen eine Anspielung auf B. Travens Roman *Der Schatz der Sierra Madre* (1927). Der geheimnisumwitterte Autor lebte damals in Mexiko, wo er 1969 starb.

18,8–18 *Sümpfe / Ivy:* Das Vegetativ-Einsaugende und die Sexualität werden immer wieder in abwehrender Absicht zusammengestellt; vgl. Anm. zu 51,8–10 und 68,29–33; ferner 106,26–28. – Auch Frischs Don Juan, ein Geistesverwandter Fabers, stellt ein »Wissen, das stimmt« gegen den »Sumpf unserer Stimmungen« (JA III, S. 131).

18,20 *Swissair:* schweizerisches Luftverkehrsunternehmen mit Sitz in Zürich.

19,9f. *Lunch / Lunchtime:* (engl.) Mittagessen. Es ist (vgl. 21,29) noch vor 11 Uhr.

19,12 *Thermik:* Aufwind infolge Erwärmung des Bodens und der darüberliegenden Luftschichten.

19,21 *die rote Wüste:* vgl. Frischs schwärmerischen Erlebnisbericht *Orchideen und Aasgeier* (1951; JA III, S. 196), der in erweiterter Form in den Roman *Stiller* übernommen wurde (JA III, S. 378–380). Anders als der dort genannte mexikanische Staat Chihuahua hat Tamaulipas nur drei recht kleine Wüstengebiete, eines davon zwar zwischen Tampico im Süden und Aldama im Norden gelegen (vgl. Karte S. 19), aber keineswegs so ausgedehnt, wie Frisch suggeriert, sondern allenfalls 20×9 km messend. – Frisch setzt die Wüste hier als Ort der Todesnähe ein, als eine Tabula rasa (vgl. den sprechenden Namen des Bieres: *Carta blanca*, 29,20), die Faber die Chance zu einem neuen Leben zu geben scheint. Wenigstens Ivy gegenüber setzt sich dann ja auch sein Bedürfnis durch, *einmal sauberen Tisch zu machen*, wozu ihm *die Ruhe einer ganzen Wüste* verhilft (30,5f.). – Walter Schmitz, ausgehend von der existentiellen Vokabel des *Sturzes* (20,36), interpretiert den

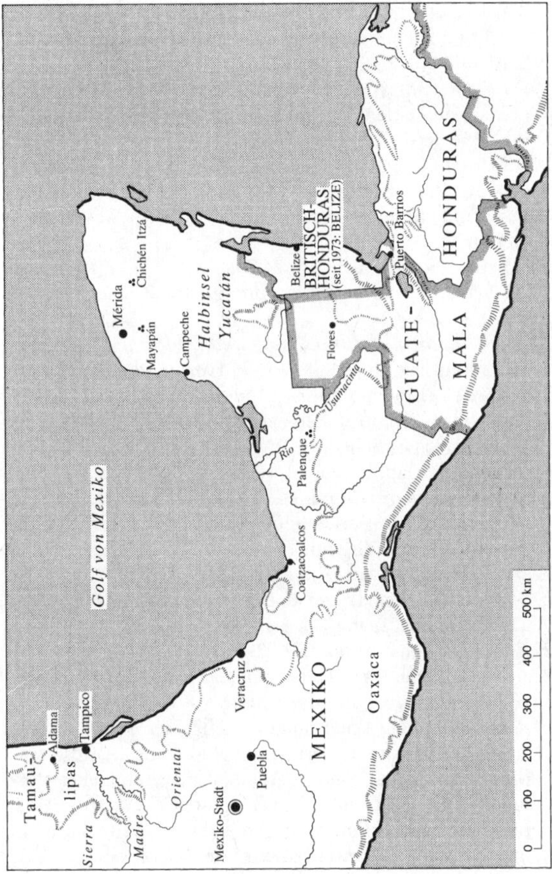

Das südliche Mexiko und die angrenzenden Staaten

Wüstenaufenthalt und die Dschungelfahrt ebenfalls als Chance zur ›Wiedergeburt‹, die Faber ausschlage (Mat., S. 212, 214 f.).

19,35 *Pneu-Paar:* die beiden mit Luftreifen bestückten Räder an der einen Seite des ausgefahrenen Fahrgestells (vgl. 196,36–197,2).

20,15 *Bremsklappen:* in die Tragflächen des Flugzeugs eingebaute Platten, die zur Erhöhung des Luftwiderstandes (und Beschleunigung der Landung) ausgefahren werden.

20,23 *Agaven:* vgl. Anm. zu 24,29.

20,35 *beide Hände vors Gesicht:* vgl. 160,22 *meine Hand vor den Augen.*

22,1 *Ich glaube nicht an Fügung und Schicksal:* Dieser Abschnitt enthält eine Fülle von Vorverweisen bis hin zum Ende der »Ersten Station« (Tod Sabeths), ferner die Polemik des ›homo faber‹ gegen den Glauben an ein zwangsläufiges Schicksal. Vgl. dazu Frischs Selbstkommentare in Kap. IV.

22,2 *Formeln der Wahrscheinlichkeit:* Faber versucht das nachfolgend zu ›Berichtende‹ zu rationalisieren; vgl. die Auseinandersetzung mit Hanna (136,32–137,1).

22,3 f. *Tamaulipas:* vgl. Anm. zu 16,27.

22,4 *2. IV.:* Zu den Daten und den Abweichungen in der Taschenbuchausgabe vgl. Kap. II.

22,8 *Sabeth:* vgl. Anm. zu 74,22.

22,12 f. *keinerlei Mystik; Mathematik genügt mir:* vgl. 77,34 f. *Technik statt Mystik!:* »Mystik« (wie auch *mystisch*, 25,18) wird hier nicht im religiösen Sinn (auf dem Wege der Meditation erlangte persönliche Gotteserfahrung) gebraucht, sondern schlichtweg mit Geheimnistuerei und Irrationalität gleichgesetzt. »Mystisch« ist für Faber jede Haltung gegenüber der Welt, die nicht ihre vollständige Erklärbarkeit voraussetzt.

22,16 *Sechserwürfel:* Das Beispiel stammt aus der etwas später angeführten Literatur (22,30–33).

22,28 *Mystifikation:* Vorspiegelung (geheimnisvoller Zusammenhänge).

22,30–33 *Ernst Mally … Wahrscheinlichkeit, Statistik und Wahrheit:* Es handelt sich um folgende Bücher: Ernst Mally, *Wahrscheinlichkeit und Gesetz*, Berlin 1938; Hans Reichenbach, *Wahrscheinlichkeitslehre. Eine Untersuchung über die logischen und mathematischen Grundlagen der Wahrscheinlichkeitsrechnung*, Leiden 1935; Alfred North Whitehead / Bertrand Russell, *Principia Mathematica*, Cambridge 1925–27; Richard von Mises, *Wahrscheinlichkeit, Statistik und Wahrheit. Einführung in die neue Wahrscheinlichkeitslehre und ihre Anwendung*, Wien [2]1936.

22,36 *total 85 Stunden:* Von der Angabe *11.05 Uhr* (21,29) her ergäbe sich ein Abholzeitpunkt um Mitternacht (vom 5. auf den 6. April).

23,1 *Erlebnis:* vgl. die Polemik 24,9ff. und Hannas Deutung: *Technik … als Kniff, die Welt so einzurichten, daß wir sie nicht erleben müssen* (169,22f.).

23,3 *Disney-Film:* Gemeint ist der Dokumentarfilm *Die Wüste lebt* (1953) des vorher hauptsächlich durch Zeichentrickfilme berühmt gewordenen amerikanischen Produzenten Walt Disney.

23,4 *Kamera:* Faber, angeregt nicht durch die ihn umgebende Wirklichkeit, sondern (*Natürlich*) durch die Erinnerung an einen Film, schickt sich an, eine Reproduktion zweiten Grades anzufertigen.

23,5f. *eine Eidechse, die mich erschreckte:* Die Eidechse galt in der Antike wegen ihres unterirdischen Nestes als Symbol des Schlafes und des Todes; vgl. 27,11ff. *Rascheln einer Eidechse* und *unsere Trittspuren immer wieder gelöscht …, als wäre niemand hier gewesen.* – Vgl. auch Anm. zu 138,20f.

23,10f. *ich erläuterte ihm meine Optik. Andere lasen:* versteckter Hinweis darauf, dass auch Fabers *Bericht* aus einer bestimmten Perspektive geschrieben, durch eine bestimmte *Optik* gefiltert ist.

23,12 *Schach:* Auch in anderen Werken Frischs (etwa im *Don Juan* oder in *Biografie: Ein Spiel*) gilt das Schachspiel als Ausweis des Intellektuellen und dient als ›Gegenmittel‹ gegen die Verlockungen der Sinnlichkeit; vgl. 58,28f. *daß ich wirklich viel lieber ein Schach spielen würde.*

23,14 *Coca-Cola-Kistchen:* vgl. Anm. zu 175,18.

23,17f. *Jockey-Unterhosen:* »Jockey« ist ein Markenname. Vgl. Anm. zu 13,2.

23,23 *Monterrey:* Hauptstadt des nordmexikanischen Staates Nueva León.

23,29 *Sie sind am Zug!:* Die Wiederholungen dieser Aufforderung (28,31 und vor allem 48,29f.) erweisen sie als Signal für Entscheidungssituationen.

24,5–8 *Er fand es ein Erlebnis. ... Ich fand es kalt:* Fabers angebliche Unberührtheit wird dann allzu wortreich ›bewiesen‹, um ganz glaubwürdig zu sein. Vgl. Anm. zu 151,25f. und 186,9.

24,12–15 *den Mond ... klarer als je ... eine errechenbare Masse, die um unseren Planeten kreist, eine Sache der Gravitation:* vgl. die Kontrastszene in Avignon (124,12ff.).

24,22 *keine Dämonen:* vgl. Anm. zu 180,18–20 und 197,3–5. – Die ganze Passage (24,9ff.) ist ein Musterbeispiel für Fabers Bedürfnis nach Verdrängung (hier: von Ahnungen), die dann doch nicht funktioniert: *ganz plötzlich* kommt ihm die entscheidende Frage nach Joachim (25,23).

24,24 *Wozu weibisch werden?:* Faber hat feste ›Bilder‹ von Mann und Frau (vgl. 90,35f. *wie jeder wirkliche Mann*; 143,26f. *Dabei kann man nicht einmal sagen, Hanna sei unfraulich*), und ›eigentlich‹ »der« Frau gemäßes Verhalten bei Männern gilt ihm als *weibisch*. Vgl. auch 38,24 *ein weibisches Volk*.

24,25 *keine Sintflut:* Den Vergleich mit der Sintflut benutzt Faber gleichwohl des Öfteren (69,5; 168,18; 176,6) und vergisst auch nicht die Arche Noah (166,30).

24,28 *verdammte Seelen:* In der Nennung und Verneinung wird wieder ein verdrängtes Schuldgefühl Fabers spürbar.

24,29 *Agaven:* Die Agave, eine nur einmal blühende, dann absterbende Pflanze, steht allgemein für Vergänglichkeit und hier insbesondere für die Unwiederbringlichkeit von Bewährungssituationen, die, einmal versäumt, zur ›Verdammnis‹ führen mögen. Auch ein Bezug auf Sabeth ist denkbar.

24,33 *der letzte Mensch:* Hinweis auf die Möglichkeit der totalen Zerstörung, die dem ›homo faber‹ seit der Entwicklung von Kernwaffen gegeben ist (vgl. den Ausschnitt aus Frischs Farce *Die chinesische Mauer* in Kap. III).

25,10 *Ich schlottere:* vgl. Anm. zu 95,27f.

28,29 *Hanna Landsberg, Münchnerin, Halbjüdin:* Zum Vornamen vgl. Anm. zu 183,5. Den Nachnamen deutet Walter Schmitz als Hinweis auf das Urbildlich-Mütterliche (Mutter Erde) in Hanna (Mat., S. 238); vgl. hierzu Anm. zu 124,14–16. – Dass Herbert ungefragt Hannas teilweise jüdische Herkunft erwähnt und als Kennzeichen benutzt, zeigt ebenso wie seine Rede vom *Iwan* (vgl. Anm. zu 9,28) usw. seine Befangenheit in unreflektierten Stereotypen. – Für Faber beginnt mit dieser Information die Reise in die seit zwanzig Jahren verdrängte Vergangenheit, hin zu der Frau, mit der allein *es nie absurd gewesen* ist (100,7); aber: *Vielleicht ist alles zu spät* (32,16).

29,7f. *Wir schwitzten wie in der Sauna:* vgl. 11,15 *meine Hände schwitzten*; 34,2f. *und wenn man sich den Schweiß aus dem Gesicht wischt, so ist es, als stinke man selbst nach Fisch*; 38,29f. *ich hasse Schweiß, weil man sich wie ein Kranker vorkommt*; usw.: Das immer wieder, auch während der zweiten Südamerikafahrt, erwähnte Schwitzen zeigt (ähnlich wie das unerwünschte Wachstum der Barthaare) die Kreatürlichkeit des Menschen an, seine Teil-Zugehörigkeit zur Natur. – Für Stiller ist es furchtbar, wenn er schwitzt, und gegenüber seiner Frau fühlt er sich »wie ein öliger, verschwitzter, stinkiger Fischer« (JA III, S. 449; vgl. ebd. S. 459, 472, 683, 684).

29,12 f. *Theresienstadt:* (tschech. Terezín), Stadt an der Eger, seit 1941 Standort eines Konzentrationslagers für Juden, teils als Durchgangsstation in die Vernichtungslager, teils als propagandistisch genutzte ›Visitenkarte‹ gegenüber dem Ausland.

29,20 *Carta blanca:* vgl. Anm. zu 19,21, sowie 51,13 *nichts als weißes Papier.*

29,26 *Hanna als Krankenschwester zu Pferd!:* Anknüpfungspunkt: der *Pferdchen-Gewinn* (28,25 f.), trotz dessen Faber die Schach-Partie verlor. – Die kombinierte Wunsch-Angst-Phantasie fasst Fabers ambivalentes Verhältnis zu Hanna zusammen (erhoffte Hilfe – befürchtete Attacke).

29,35 *Hermes-Baby:* Reiseschreibmaschine der Schweizer Firma Hermes. Zur symbolischen Bedeutung vgl. Anm. zu 161,4.

30,27 *Psychiater:* in den USA nicht unterschieden vom Psychotherapeuten. Über den in Amerika schon gewohnheitsmäßigen Gang zum ›Seelendoktor‹ existieren zahlreiche Satiren. – Ivy fungiert in *Homo faber* als die ›typische‹ amerikanische Frau; dazu gehört auch die Kombination von Libertinage mit oftmaliger Eheschließung.

30,32 *Studebaker-oder-Nash:* Die Automobilfirma Studebaker stellte in den fünfziger Jahren elegante Limousinen her. – Zu *Nash* vgl. Anm. zu 14,32.

32,3 f. *Gambit-Eröffnung:* mit einem (Bauern-)Opfer verbundener Zug in der Anfangsphase einer Schachpartie.

32,19–22 *emigrieren … 1938 … in letzter Stunde:* Am 9. und 10. November 1938 kam es auf Veranlassung des »Reichsministers für Volksaufklärung und Propaganda«, Joseph Goebbels, im ganzen Gebiet des Deutschen Reichs zu organisierten Gewalttaten gegen Juden und jüdische Einrichtungen (sog. »Reichskristallnacht«). Dieser Pogrom wurde für viele jüdische Deutsche zum Signal, ihre Heimat zu verlassen. Die Vertreibung oder aber physische Vernichtung aller europäischen Juden war Gegenstand der von den Nationalsozialisten so genannten »Endlösung der Judenfrage«.

32,26 *Sous les toits de Paris:* Titel eines Films von René Clair aus dem Jahre 1930. Dem typischen Emigrantenschicksal Hannas (Paris, London, DDR, Rückkehr in den Westen) entspricht das stereotype Erlebnismuster des Landsers Herbert (»Frankreichfeldzug« positiv – »Russlandfeldzug« negativ).

33,1 *Was Hanna betrifft:* Wie später in der Schilderung von Sabeths Unfall (127, 156–158) rückt Faber auch hier hinsichtlich der Beziehung zu Hanna erst nach und nach mit der Wahrheit heraus (vgl. 45–48 und 56f.).

33,4 *Dissertation:* Faber hat diese Arbeit gar nicht geschrieben (194,11f.); das Argument ist also nicht stichhaltig.

33,4f. *Über die Bedeutung des sogenannten Maxwell'schen Dämons:* vgl. Anm. zu 74,20f.

33,20f. *es ödete mich einfach an, schon wieder in ein Flugzeug zu steigen:* vorgeschobene Begründung; gleich darauf heißt es: *eine Stunde später flog ich mit Herbert.*

33,34 *Campeche:* vgl. Karte S. 19.

33,34–34,1 *mit schleimiger Sonne:* In der Schilderung beider Fahrten nach Guatemala werden Sonne und Mond immer wieder *schleimig* genannt, womit sowohl die Auflösung klarer Konturen als auch die Einbeziehung sogar der Himmelskörper in den glitschigen Brodem von Zeugen und Verwesen beklagt werden. Vgl. Anm. zu 42,28f.

34,13 *Campfer:* Kampfer: aus dem Holz des Kampferbaums gewonnenes, stark riechendes Anregungsmittel

Zopilote (Rabengeier, Coragyps atratus)
(Vgl. Anm. zu 34,27)

für Herz und Atmung. Hier ist an ein ähnlich riechendes Desinfektionsmittel zu denken.

34,14–17 *die fingerlangen Käfer … bis ich sie mit der Ferse zertrat:* wohl ebenso wie die Molche (51,7; 68,31–33) ein Sexualsymbol.

34,22–24 *Ich lag splitternackt … Auch Herbert lag splitternackt:* vgl. Fabers Traum (15,32).

34,27 *Zopilote: zopilote* heißen in Mexiko die Aasgeier, insbesondere die Truthahngeier und die ganz schwarzen Rabengeier (Coragyps atratus), die Frisch offensichtlich meint (vgl. Abb. S. 26). Die Rabengeier sind in jenen Gegenden außerordentlich verbreitet. Sie »ernähren sich von Tierleichen, Abfällen, Müll und Kot […]. Riesige Schwärme […] halten sich als Kulturfolger in den Außenbezirken kleiner und großer Städte auf […]. Rabengeier gehören zu den Vögeln, die sich am hartnäckigsten in menschlicher Nähe halten« (*Fauna*, Bd. 8, S. 292–296). – Frisch nennt die Zopilote in *Orchideen und Aasgeier* (JA III, S. 201) und im *Stiller* (JA III, S. 382 f.) »den Vogel von Mexico«. – Im *Homo faber* fungieren die immer wieder und mit großem Ekel geschilderten Tiere (49,29 ff.; 53,30 ff.; 55,4–6; 83,33 f.; 165,24; 182,27; 186,16) als drastische Indikatoren von Vergänglichkeit und Tod. Vgl. auch 40,10 f. (die Haare der indianischen Wirtin) und 89,5 f. (die Herren im Smoking).

35,19 *Campeche – Palenque – Coatzocoalcos:* vgl. Karte S. 19.

37,1 *Schopf:* (schweiz.) Schuppen.

37,7 *am Ende der Welt, mindestens am Ende der Zivilisation:* Der ›homo faber‹ wird mit einer Gegenwelt konfrontiert, wobei Palenque der europäischen Zivilisation in zweifacher Hinsicht entgegentritt: als Ort naturverbundenen Lebens (die Indios) und als Stätte ehemaliger Hochkultur (die Maya-Ruinen).

37,11 *»There we are!«:* Faber wiederholt die Worte des Captains nach der Notlandung (21,23).

37,15 *Eseltreiber:* vgl. 128,3 ff. und 199,7.

37,22 *Yucateca:* von der Halbinsel Yucatán (an deren Übergang ins Bergland Palenque liegt) abgeleiteter Markenname.

37,32 *Lacroix:* (frz.) wörtlich übersetzt: ›Das Kreuz‹. Vgl. Anm. zu 16,9 f.

38,20–24 *diese Indios ... Sonne und Mond sind ihnen Licht genug, ein weibisches Volk, unheimlich, dabei harmlos:* Die im Einklang mit der Natur stehende (natursymbiotische) Existenz der Indios ist dem Techniker unheimlich. Schon in *Orchideen und Aasgeier* schrieb Frisch: »Noch heute sind die Indios völlig untechnisch« (JA III, S. 205). – Vgl. auch Anm. zu 24,24.

38,30 f. *Ich bin in meinem Leben nie krank gewesen, ausgenommen Masern:* vgl. 98,36–99,1 *Ich bin ... nie in meinem Leben krank gewesen, abgesehen vom Blinddarm.*

39,8 *Quarzlampenlicht:* das Licht einer Quecksilberdampflampe, deren Hülle aus Quarzglas besteht, damit die Ultraviolettstrahlung möglichst unvermindert nach außen gelangen kann.

39,23 *Alarm:* vgl. 150,22. Wie das wiederholt erwähnte Wetterleuchten eine Vordeutung auf kommendes Unheil, hier schon konkretisiert durch Fabers Gedanken an Joachim: *er hängt* [!] *in seiner Hängematte ..., oder er ist tot* (39,11 f.).

39,30 *Tolteken:* vorkolumbianisches Volk in Zentralmexiko; um 920 Gründung der Hauptstadt Tollan (heute: Tula de Allende); 987 Auswanderung einer Gruppe unter Quetzalcoatl nach Yucatán (Ansiedlung in Chichén Itzá; vgl. Karte S. 19).
Zapoteken: einst mächtiges Indianervolk im mexikanischen Südweststaat Oaxaca (vgl. Karte S. 19), das während seiner Blütezeit (500–800) enge Beziehungen zu den Mayas unterhielt.

39,30 f. *Azteken:* im 13. Jh. aus dem Nordwesten nach

Zentralmexiko eingewandertes Indianervolk, das im 14. und 15. Jh. ein bedeutendes Reich begründete. Die Landung der Spanier unter Hernán Cortés (1519) hatte den Untergang dieses Reiches zur Folge. Vgl. Anm. zu 50,13.

39,31 *das Rad nicht gekannt:* In der Tat war das Rad bis zur Entdeckung Amerikas durch Columbus dort unbekannt.

39,32 *Boston … Musiker:* vgl. Anm. zu 41,23 f.

39,33–35: *Künstler, die sich für höhere oder tiefere Wesen halten, bloß weil sie nicht wissen, was Elektrizität ist:* vgl. 47,6 f. (*Kunstfee – Homo Faber*), 50,24 (*Künstlerquatsch*), 76–78 (Louvre – Maschinenraum) usw.: Faber hat Künstlertum als Gegenbild zu seiner eigenen Existenz fixiert und reagiert auf Künstler wie Kunstgespräche allergisch.

40,7 f. *Huevos à la mexicana:* (span.) Eier auf mexikanische Art.

40,8 *Tortilla:* Fladenbrot aus Maismehl.

40,19 *Gracias:* (span.) Danke!

41,4–9 *zwei Männer … mit krummen Säbeln … Er hatte Angst:* Herberts von Angst diktierte Sehweise wird später korrigiert (53,8 f.: Sicheln; vgl. 169,14 f.). Aber auch Sicheln sind sinnfällige Zeichen der Vergänglichkeit.

41,15 *Harold Lloyd:* amerikanischer Stummfilmkomiker (1883–1971), zu dessen Spezialitäten die Darstellung scheinbar lebensgefährlicher Situationen an der Fassade von Wolkenkratzern gehörte.

41,18 *Cadillac:* Limousine aus der Produktion der zur General Motors Corp. gehörenden Cadillac Motor Car Comp.

Browning: nach ihrem Erfinder, John Moses Browning, benannte Selbstladepistole.

41,23 f. *Musiker aus Boston … Amerikaner französischer Herkunft:* Marcel (45,21) ist Mitglied des Boston Symphony Orchestra (56,6), das damals unter der Leitung des ebenfalls aus Frankreich stammenden Dirigenten Charles Münch stand.

42,3 f. *Ruinen:* Palenque ist eine der bedeutendsten Ruinenstätten der Mayakultur, die in vorkolumbianischer Zeit (um 1000 v. Chr. – 1500 n. Chr.) auf der Halbinsel Yucatán und in den angrenzenden südlichen Gebieten herrschte (klassische Zeit: 300–950). Im Mittelpunkt der Städte, so auch des von 300 bis 830 bewohnten Palenque, standen Paläste und Tempel, die auf Stufenpyramiden errichtet waren; die Tempel haben wohl dem Ahnenkult der Herrscherfamilien gedient. Ein Palast und ein Tempel in Palenque sind mit bedeutenden Stuckreliefs verziert.

42,11 *Hieroglyphen:* (griech.) heilige Inschriften. Bezeichnung für Bilderschriften wie die ägyptische und die der Mayas. Die Entzifferung der Letzteren ist erst in den achtziger Jahren des 20. Jahrhunderts gelungen.

42,11 f. *nicht fotografieren, sonst wären sie sofort tot:* vgl. Anm. zu 10,36–11,1.

42,13 *Ich bin kein Kunsthistoriker:* vgl. Anm. zu 5 [Titel] und zu 39,33–35.

42,28 f. *Brunst oder Todesangst, man weiß es nicht:* Die Verschwisterung von Liebe (Zeugung) und Tod (Verwesung) wird immer wieder thematisiert (vgl. 51,8–10 oder 68,31–35).

43,11 *Ein Volk wie diese Maya:* vgl. Anm. zu 42,3 f. – Das kurz darauf erwähnte turnusmäßige Verlassen der Städte und Zertrümmern des Geschirrs (44,4–12) nennt Frisch in *Montauk* »begeisternd« (JA VI, S. 685). Im Gespräch mit Heinz Ludwig Arnold verwies er auf diesen Brauch als positives Beispiel für den Ausbruch aus der Gewöhnung und für ständige Regeneration (Arnold, »Gespräch mit Max Frisch«, S. 49). – Walter Schmitz bringt den Turnus von 52 Jahren in Zusammenhang mit Fabers Alter (Mat., S. 217).

43,14–18 *Ich verstand mich selbst nicht … um einem Ju-*

gendfreund, der meine Jugendfreundin geheiratet hat, Gutentag zu sagen: Fabers Sinnen über seine Reise in die eigene Vergangenheit verschränkt sich mit seinen Gedanken über die versunkene Maya-Kultur, so wie er später in Athen (an der »Wiege der europäischen Kultur«) von seiner Vergangenheit eingeholt werden wird.

43,20f. *Ruinen-Künstler:* Diese mehrfach wiederholte Kennzeichnung Marcels (auch *Ruinen-Freund*) schafft eine Verbindung zwischen ihm und Hanna (139,23–25 *Scherbenarbeit ... Ich kleistere die Vergangenheit zusammen*), zwischen »amerikanischer Antike« (so Frisch in *Orchideen und Aasgeier*, JA III, S. 199 und 221) und abendländischer Antike. Beider Haltung wird ähnlich gekennzeichnet: *unserem Ruinen-Freund, der die Maya liebt, gerade weil sie keinerlei Technik hatten, dafür Götter* (44,2–4) und: *Sie redete von Mythen, wie unsereiner vom Wärmesatz* (142,5). Faber spürt schon hier diese Verwandtschaft: *Manchmal mußte ich an Hanna denken* (44,15).

43,32 *Vollmond:* vgl. das Fest (45,9ff.) und die Mondfinsternis in Avignon, einen Monat später (124,9ff.).

45,4 *Pesos:* Der Peso (span. ›Gewicht‹) war ursprünglich eine spanische Silbermünze und bildet heute noch die Währungseinheit mehrerer mittel- und südamerikanischer Staaten, so auch Mexikos. Im Jahre 1957 entsprachen 100 mexikanische Pesos dem Wert von 8,05 US-Dollar.

45,8 *Marimba:* xylophonartiges Instrument, das mit den Negersklaven aus Afrika nach Mittelamerika gekommen ist.

45,9 *epileptisch:* von der Anfallskrankheit Epilepsie (»Fallsucht«) abgeleitet, die meist mit Bewusstseinsstörungen und abnormen Bewegungsabläufen verbunden ist. Faber nennt nicht nur die Indio-Musik *epileptisch*, sondern auch die *existentialistische Hopserei* (89,31), den Augenausdruck von Stieren beim Verladen (190,31) und

Ivys Mimik beim Orgasmus (94,5), also alles Unkontrolliert-Bewusst-lose.

45,28 *Wölfflin:* Heinrich Wölfflin (1864–1945), berühmter Schweizer Kunsthistoriker, der in Basel, Berlin, München und, seit 1924, in Zürich lehrte. Bekanntestes Werk: *Kunstgeschichtliche Grundbegriffe*, 1915, [15]1976.

46,3 f. *Schutzhaft ... Greuelmärchen:* Schutzhaft, d. h., in Verkehrung des eigentlichen Wortsinns, die Verhaftung politischer Gegner und rassisch Verfolgter ohne Gerichtsbeschluss, wurde vom nationalsozialistischen Regime seit Februar 1933 praktiziert. Als Vorwand für Repressionen gegen jüdische Deutsche, z. B. für den »Judenboykott« am 1. April 1933, diente die sogenannte Gräuelpropaganda, die angeblich vom »internationalen Judentum« im Ausland zum Schaden des ›Dritten Reichs‹ verbreitet wurde.

46,7 f. *Parteitag in Nürnberg ... Verkündung der deutschen Rassengesetze:* Auf dem Nürnberger Parteitag der NSDAP 1935 wurden die zuvor vom Reichstag einstimmig verabschiedeten sogenannten Nürnberger Gesetze verkündet (»Reichsbürgergesetz«, »Gesetz zum Schutz des deutschen Blutes und der deutschen Ehre«), die die nationalsozialistische Judenverfolgung auf eine pseudolegale Grundlage stellten.

46,11 *Thun:* Hauptort des gleichnamigen Bezirks im Schweizer Kanton Bern.

46,12 *Fremdenpolizei:* Die Eidgenössische Fremdenpolizei und ihr Chef, Dr. Heinrich Rothmund, haben mit ihrer restriktiven Politik gegenüber Flüchtlingen aus dem ›Dritten Reich‹, insbesondere gegenüber jüdischen Deutschen, eine traurige Berühmtheit erlangt. Vgl. Anm. zu 56,17.

46,26 *zehn Rappen:* Der Schweizer Franken zählt 100 Rappen.

46,31 f. *Aufenthaltsbewilligung:* Aufenthaltsbewilligungen für Asylsuchende aus dem ›Dritten Reich‹ wurden damals jeweils nur für kurze Zeit erteilt bzw. verlängert, um die Flüchtlinge nach Möglichkeit zur Weiterwanderung zu bewegen. Gegenüber »Israeliten« verfuhr man besonders rigid, weil man einer »Festsetzung wesensfremder Elemente« vorbeugen wollte (Hans-Albert Walter, *Deutsche Exilliteratur 1933–1950*, Bd. 2, Darmstadt/Neuwied 1972, S. 110).

46,36–47,1 *manisch-depressiv:* zwischen übertriebener Heiterkeit und Schwermut schwankende Gemütsverfassung.

47,6f. *Schwärmerin und Kunstfee ... Homo Faber:* vgl. Anm. zu 5 [Titel], zu 39,33–35 und zu 169,22.

47,8 *Schauspielhaus:* Am Zürcher Schauspielhaus waren während der NS-Zeit zahlreiche emigrierte Künstler tätig.

47,10–13 *Hang zum Kommunistischen ... zum Mystischen ... zum Hysterischen. Ich bin nun einmal der Typ, der mit beiden Füßen auf der Erde steht:* Faber stilisiert sich als Tatsachenmensch und Hanna als Vertreterin des Irrationalen (wozu für ihn auch der Kommunismus gehört, weil er auf einer gesellschaftlichen Utopie gründet); vgl. auch Fabers Frage an Marcel, *ob er Kommunist sei* (50,34).

47,16f. *Ich war, im Gegensatz zu meinem Vater, kein Antisemit, glaube ich:* vgl. 57,7f. *Ich heirate ja bloß, um zu beweisen, daß ich kein Antisemit sei.* – Mit dem sehr ungenauen Begriff »Antisemitismus« wird eine »rassisch« (nicht religiös) begründete Judenfeindschaft bezeichnet, wie sie sich seit Beginn des 19. Jh.s, d. h. seit Beginn der bürgerlichen Emanzipation der Juden, in Europa ausgebreitet hat. Der deutsche Nationalsozialismus erhob den Antisemitismus, teils aufgrund rassistischer Wahnvorstellungen, teils zwecks Ablenkung von Unzufriedenheit auf einen Sündenbock, zum Kernstück seiner Ideologie und setzte sich die Vernichtung des Judentums zum Ziel. – Fabers leiser Selbstzweifel (*glaube ich*) spiegelt Frischs eigene Zweifel in der authentischen Situation (vgl. den Abschnitt aus *Montauk* in Kap. III). – Das Problem eines nur verdrängten Antisemitismus hat Frisch 1961 in dem Stück *Andorra* dargestellt.

47,21 *Escher-Wyss:* Die heute noch existierende Firma Escher-Wyss stellte seinerzeit u. a. Bewässerungspumpen und Dampfturbinen her. In den Firmenunterlagen hat sich kein Hinweis auf ein Projekt in Bagdad 1936 finden lassen.

47,23 *Bagdad:* Die Arbeit in Bagdad bedeutet Fabers Einstieg in die *technische Hilfe für unterentwickelte Völker* (10,21 f.).

47,21–24 *Angebot von Escher-Wyss … Sie erwartete damals ein Kind:* Die Gleichzeitigkeit (Koinzidenz) der beiden Ereignisse stellte Faber in eine lebensentscheidende Situation, in der er für ›Bagdad‹, d. h. für die berufliche Tätigkeit votiert hat. In der Folgezeit hat er diese Entscheidung zum Lebensprinzip erhoben und sich gänzlich zum ›homo faber‹ stilisiert (90,35 f. *Ich lebe, wie jeder wirkliche Mann, in meiner Arbeit*). Lange Zeit vermag diese Selbststilisierung ihn gegen das Verdrängte zu schützen.

49,2 *Meilen:* Die amerikanische Meile misst etwa 1,61 km; 70–100 Meilen entsprechen also einer Strecke von etwa 110–160 km.

49,26 *Il etait un petit navire:* Das vielleicht aus dem 17. Jh. stammende Matrosenlied *La courte paille* hat im Laufe der Zeit zahlreiche Umformungen von Text und Melodie erfahren, bis es in der zweiten Hälfte des 19. Jh.s erst zum Schlager und dann zum Kinderlied wurde (deutsche Version: *War einst ein kleines Segelschiffchen*). Gemeinsam ist allen Fassungen die Entscheidungssituation: dass nach längerer Fahrt der Proviant auf dem Schiff verbraucht ist und man mit Strohhalmen darum lost, wer aufgegessen werden soll. In früheren Versionen fällt das Los auf den Kapitän, für den der Schiffsjunge sich opfern will, in späteren ist gleich er der Ausgeloste. Jedenfalls erklettert er den höchsten Mast, um zu beten oder um zu singen oder um Ausschau zu halten. Die Schlüsse divergieren stark: Der »Moses« wird gleichwohl verspeist (wahlweise in pikanter oder in weißer Sauce) – er erblickt Land – das Meer wirft Fische an Bord (vgl. Henri Davenson, *Le livre des chansons*, S. 327–329). – Im Romanzusammenhang kann das Lied als ironischer Erzählerkommentar verstanden werden (bezogen auf die Gefährlichkeit dieser ›Expedition‹), ferner als Vordeutung auf Fabers ›verhängnisvolle‹ Schiffsreise mit Sabeth. – Eine überanstrengte Interpretation des Zusammenhangs gibt Klaus Haberkamm, »Il était un petit navire«; dort findet sich auch eine Version des Liedes abgedruckt (S. 19).

50,13 *Cortez und Montezuma:* Hernán Cortés (1485–1547), spanischer Konquistador, landete 1519 an der Ostküste Mexikos und gelangte mit seiner Streitmacht in die Hauptstadt des Aztekenreiches, Tenochtitlán (heute: Mexico City). Er setzte den Aztekenherrscher Moctezuma II. (Montezuma) gefangen und zwang ihn zur Unterwerfung unter die kastilische Krone. Aufstände, während deren Moctezuma im Gefängnis umkam, zwangen Cortés zeitweilig zum Rückzug, doch eroberte er 1521 Tenochtitlán endgültig für die Spanier. – Frisch hat sich über das literarisch vielfach behandelte Thema in *Orchideen und Aasgeier* ausführlich geäußert (JA III, S. 197f. und 204–212). »Cortez und Montezuma« hieß auch ein ursprünglich für den Roman *Stiller* vorgesehenes Kapitel (abgedruckt in *Jetzt ist Sehenszeit*, S. 140–149).

50,19 *die unweigerliche Wiederkehr der alten Götter:* Ironisch bestätigt wird Marcels These durch die mythologische Deutungsschicht, die später vor allem hinter den in Griechenland spielenden Ereignissen aufscheint.

50,19f. *Abwurf der H-Bombe:* Die Wasserstoffbombe,

eine Weiterentwicklung der Atombombe, wurde ab 1949 in den USA entwickelt; erste Zündung im November 1952.

50,20 *Aussterben des Todes:* vgl. Fabers Rede über den Versuch des Technikers, *den Tod zu annullieren* (77,33), und Hannas Deutung: *kein Verhältnis zur Zeit, weil kein Verhältnis zum Tod* (170,4 f.).

50,21 *Penicillin:* Die Entdeckung des hochwirksamen Antibiotikums Penicillin gelang Ende der zwanziger Jahre dem britischen Bakteriologen Alexander Fleming, der hierfür 1945 den Nobelpreis für Medizin erhielt. Vgl. auch 176,10 f.

50,22 *Maquis:* Untergrund. Ursprünglich Bezeichnung für französische Partisanengruppen, die in unzugänglichen Gebieten Zuflucht suchten (frz. »maquis« bezeichnet wie ital. »macchia« das dichte Gebüsch in den küstennahen Hügel- und niederen Gebirgslagen der Mittelmeerländer).

50,25 f. *The American Way of Life: Ein Versuch, das Leben zu kosmetisieren:* vgl. Fabers eigene Polemik 175,4 ff.

50,30–33 *der Techniker als letzte Ausgabe des weißen Missionars, Industrialisierung als letztes Evangelium einer sterbenden Rasse, Lebensstandard als Ersatz für Lebenssinn:* Marcel thematisiert die Heilsbringer-Attitüde der Vertreter eines »Fortschritts« um seiner selbst willen bzw. falsch verstandener »Entwicklungshilfe«, die bei den »Unterentwickelten« sehr oft zu Identitätskonflikten führt (Beispiel: das naturmagische Mondfest, für das die Indiofrauen sich mit amerikanischer Konfektion ›feinmachen‹; 45,20 f.) und die ihren Verfechtern zur Kaschierung eigenen Sinnverlustes dient.

51,5 *Gasoline:* eine Benzinmarke.

51,8–10 *diese Fortpflanzerei überall, es stinkt nach Fruchtbarkeit, nach blühender Verwesung:* vgl. Anm. zu 42,28 f. und zu 68,29–33.

51,19 f. *Rio Usumacinta:* vgl. Karte S. 19.

51,36 *Mergel:* Sedimentgesteine der Mischungsreihe Ton – Kalk; hier der lehmige, kalk- und tonhaltige Boden.

52,14 f. *Totenstille … unter einem weißlichen Himmel:* Der Rio Usumacinta, Grenze zwischen Mexiko und Guatemala, erscheint hier wie der Acheron der griechischen Mythologie: der Totenfluss, der das Reich der Lebenden von dem der Toten trennt. Fabers redensartliche Kennzeichnung der Lage ihres Zielorts: *am Ende der Welt* (14,29) gewinnt hier konkreteren Sinn (vgl. auch Klaus Haberkamm, »Il était un petit navire«, S. 17 f.). – Das Mittelstück von Frischs szenischen Bildern *Triptychon* (1978) spielt am Totenfluss Styx unter weißem Licht (JA VII, S. 117 ff.).

53,7 f. *für Mörder gehalten:* vgl. Anm. zu 41,4–9.

55,1 *Nuestro Señor ha muerto:* (span.) Unser Herr ist gestorben.

56,17 *Es war die Zeit, als die jüdischen Pässe annulliert wurden:* Frisch transponiert eine Maßnahme aus dem Jahre 1938 ins Jahr 1936 (57,18). Als nach dem »Anschluss« Österreichs viele Flüchtlinge in die Schweiz kamen, darunter auch viele mittellose Juden, drängte die Schweizer Regierung die deutsche zu Maßnahmen, die eine schärfere Grenzkontrolle ermöglichen sollten. Nach eingehenden Verhandlungen verfügte die deutsche Regierung am 5. Oktober 1938 den Einzug aller jüdischen Reisepässe, um in sie ein rotes J (für »Jude«) eintragen zu lassen. Damit war den Schweizer Grenzbehörden das erwünschte Mittel in die Hand gegeben, die angeblich ›nur‹ rassisch, aber nicht politisch verfolgten jüdischen Flüchtlinge gleich an der Grenze zurückzuweisen. – Diese Maßnahmen betrafen allerdings ›nur‹ Volljuden im nationalsozialistischen Sinne, »Mischlinge« (wie Hanna) nur dann, wenn sie der jüdischen Religionsgemeinschaft angehörten (Verordnung zum Reichsbürgergesetz vom 14. November 1935 und Verordnung über Reisepässe von Juden vom 5. Oktober 1938).

57,3 *Limmat:* Ausfluss des Zürichsees; zu beiden Seiten des Flüsschens liegt Zürich.

57,5 *das Elfuhrgeläute:* Die Kirchen Zürichs läuten nicht um 12, sondern schon um 11 Uhr zu Mittag. Das Elfuhrläuten erscheint schon im Roman *Stiller* und im Hörspiel *Rip van Winkle* als entnervende Plage. – Wie hier das Elfuhrläuten den Abschied von Hanna untermalt, so wird die um 11 Uhr beginnende Schiffsreise (*Eleven o'clock tomorrow morning*, 60,15) die Wiederbegegnung einleiten.

57,25 f. *von Montage konnte nicht die Rede sein:* Fabers erster Ausbruch aus seiner »üblichen« Existenz bleibt äußerlich ohne Folgen. Vgl. auch Anm. zu 170,27.

57,28 *Idlewild:* damaliger Name des jetzigen John F. Kennedy Airport in New York.

58,4 *Sauternes:* nach dem gleichnamigen französischen Ort benannter weißer Bordeauxwein vom linken Ufer der Garonne.

59,3 *incinerator:* (engl.) Verbrennungsofen. Hier: Müllschlucker, der den Abfall einer Verbrennungs- und Heizungsanlage im Keller zuführt. – Vgl. 68,34 *Ich möchte kremiert werden!* sowie 61,35 f. *als wäre ich schon … zur Unkenntlichkeit verkohlt* und 62,20 f. *meine Wohnung. Ich hätte sie anzünden wollen!*.

59,11 *Central Park West:* Der Central Park liegt in der Mitte der Halbinsel Manhattan; seine Westseite gilt als feine Wohngegend.

59,17 f. *ich schrieb die Spulen an, wie üblich:* vgl. 187,13–15 *daß die Spulen der letzten Zeit (seit meiner Schiffspassage) nicht mehr angeschrieben waren*; »anschreiben« meint hier ›beschriften‹.

59,19 f. *Joachim war mein einziger wirklicher Freund:* vgl. 100,7 *Nur mit Hanna ist es nie absurd gewesen* und 198,26 *Hanna ist mein Freund.* In den zurückliegenden zwanzig Jahren ist es Faber offenbar nicht möglich gewesen, wesentliche menschliche Beziehungen aufzubauen.

60,4 *sehr unwahrscheinlich:* vgl. 22,11 f. *das Unwahrscheinliche als Erfahrungstatsache.*

60,8 *cabin-class-Bett:* cabin class (engl.): zweite Klasse.

60,15 *Eleven o'clock:* vgl. Anm. zu 57,5.

61,7 f. *was interessiert es mich, daß am gleichen Tag, wo ich ins Meer stürze, 999 Maschinen tadellos landen?:* vgl. 136,32 f. *Wenn ich hundert Töchter hätte, alle von einer Viper gebissen, dann ja!*

61,11 *Ich rechnete, bis Ivy mir glaubte:* vgl. 121,31–33: *Ich rechnete im stillen … pausenlos, bis die Rechnung aufging, wie ich sie wollte.*

61,24 *Lebenslinie:* Furche der Innenhand, die der »Handlesekunst« zufolge die Lebensdauer anzeigt.

61,25 *fünfzig:* Faber steht in einem Alter, das seit Goethes *Der Mann von funfzig Jahren* (in *Wilhelm Meisters Wanderjahre*) als Krisen- und Umschlagspunkt gilt. Auch der Graf Öderland ist »ein Herr von fünfzig Jahren« (JA III, S. 7).

61,33 f. *obschon ich meinerseits nicht an Wahrsagerei glaube:* vgl. Anm. zu 142,8.

62,26 *Hanswurst:* ursprünglich komische Person der deutschen Bühne vom 16. bis zum 18. Jh.; hiernach allgemein im Sinne von ›Tölpel, Trottel‹.

63,20 f. *»Technology!« … verständnislos, wie ich's von Frauen gewohnt bin:* Die Technik erscheint wieder als Domäne des Mannes. Sabeths Verständnis (vgl. 74,21 f.) weicht vom »Üblichen« ab.

63,23 f. Die erst in den *Gesammelten Werken in zeitlicher Folge* eingeführten Strichellinien zwischen größeren Absätzen bezeichnen geringfügigere Einschnitte.

63,27 *CGT:* Compagnie Générale Transatlantique: französische Schifffahrtsgesellschaft.

64,5 *Hudson:* New York liegt an der Mündung des Hudson River in den Atlantik.

64,8–14 *wie ein Jüngling / vor allem Neger:* vgl. die Kuba-Episode (172,9 ff.).

64,32–65,2 *vielleicht ist sie lesbisch, vielleicht frigid … ein bißchen pervers:* Ivys schon vorher angedeuteter Masochismus (58,13 *sie liebt Gewalt*), ihre eilfertige Sexualität, der Umstand, dass sie trotz ihrer 26 Jahre schon mehrmals verheiratet war, lassen Faber vermuten, dass sie Männer ›eigentlich‹ nicht liebe, entweder homosexuell (*lesbisch*) oder gefühlskalt (*frigide*) sei, jedenfalls etwas ›abartig‹ (*pervers*). Vgl. auch 66,5 f. *ihre Freude dabei, mich zu demütigen, die einzige Freude, die ich ihr geben konnte.* – Vgl. auch den Text aus Simone de Beauvoirs *Amerika* in Kap. VII.

65,21 *Fire Island:* Die vor New York gelegene Ausflugsinsel wird schon im *Stiller* erwähnt (JA III, S. 528).

67,10 *Sanität:* schweiz. und österr. für ›Sanitätswesen‹; hier: Krankenwagen.

67,18 *wollte wissen, wie ich heiße:* vgl. 163,31 *Who's calling?*

67,36 *a dead-end kid:* (engl.) Straßenkind.

Bronx: Stadtteil von New York, nördlich von Harlem.

68,2 *Kokotte:* (frz.) eigentlich ›Hühnchen‹; Dirne, Prostituierte.

68,5 *Kolibri-Hütchen:* nach den winzigen amerikanischen Vögeln benanntes sehr kleines Zierhütchen, zum Teil federgeschmückt.

68,10 f. *unsere Sirenen widerhallten ringsum, so daß man sich die Ohren zuhalten mußte:* möglicherweise Anspielung auf das 12. Buch von Homers *Odyssee*. Der verlockende Gesang der Sirenen (der fabelhaften Mischwesen aus Mädchen und Vogel) stünde dann in Parallele zu Ivys verführerischen Gaben. Auf Odysseus, den »Vielgewanderten«, verweisen auch Fabers Alter und seine zwanzigjährige Trennung von Hanna (Penelope) und der Vaterstadt (193,8). In der Tat bedeutet die Abfahrt von New York die Trennung von jener Existenz, die Faber zwanzig Jahre lang geführt hat und die sich nachträglich als ›Irrfahrt‹ erweist. Im Übrigen lässt ja auch

Homer die Abenteuer des Odysseus weitgehend von ihm selbst erzählen; vgl. JA I, S. 64: »Und dann horchten sie mir zu wie einem Odysseus« und JA I, S. 70: »als säße ein Odysseus auf dem Couch, um seinen soundsovielten Gesang von fremden Ländern anzuheben«. – Rip van Winkle, die von Frisch mehrfach behandelte Märchenfigur (JA I, S. 76–79; III, S. 422–428; III, S. 781–835; VI, S. 398–400), ist in seiner Version ebenfalls zwanzig Jahre weggewesen (JA III, S. 427), kehrt aus einem entfremdeten Leben in eine fremd gewordene Realität, das Heimatdorf, zurück, trifft seine junge Tochter, gibt sich aber nicht zu erkennen.

68,25 f. *nicht in die Erde begraben, sondern verbrennen:* Walter Schmitz verweist auf Johann Jakob Bachofens Untersuchung *Das Mutterrecht* (erstmals 1861); hiernach gehört die Erdbestattung dem weiblich-stofflichen, die Feuerbestattung dem männlich-geistigen Prinzip an; in der Feuerbestattung siege der Mensch über seine Kreatürlichkeit (Walter Schmitz, *Max Frisch »Homo faber«. Materialien, Kommentar*, S. 71). – Vgl. auch Anm. zu 69,26 f.

68,29–33 *Verwesung voller Keime … Monatsblut … wie ein Gewimmel von Spermatozoen, genau so – grauenhaft:* Das »Stirb und Werde« der Natur, ihr ständiges Neugebären aus Verwesung (vgl. JA III, S. 668), ist dem Techniker grauenhaft, weil er den Tod zu verdrängen sucht (77,33; 170,2–5). Vgl. auch 106,26–28 *nur der Dschungel gebärt und verwest, wie die Natur will. Der Mensch plant.*

68,33 *Spermatozoen:* die männlichen Samenzellen.

68,34 *kremiert:* schweiz. für ›eingeäschert‹ (von lat. *cremare* ›verbrennen‹).

69,20 *schmierig wie Neugeborene:* Abgesehen von Fabers obligatem Ekel vor allem Kreatürlichen wird hier auf sein teilweise noch unbewusstes Bedürfnis angespielt, ein ›neues Leben‹ zu beginnen; vgl. 64,8 *ich freute mich aufs Leben wie ein Jüngling* und 173,3 *Mein Entschluß, anders zu leben* –. – Vgl. auch Anm. zu 19,21.

69,26 f. *que la mort est femme … et que la terre est femme:* (frz.) »dass der Tod eine Frau ist, und dass die Erde eine Frau ist«. Tod und Erde sind ›frau‹, d. h. grammatisch weiblichen Geschlechts und wesenhaft ›weiblich‹. Marcel bezeichnet hier die Gegenmächte zum ›Techniker‹ Faber, der aber nur das ihm Begreifliche ›versteht‹ (vgl. Anm. zu 68,29–33).

69,31 *Roßschwanz:* Pferdeschwanz: damals beliebte Frisur; oft kombiniert mit einem Pony in der Stirn. Vgl. z. B. die 1954 entstandenen »Sylvette«-Porträts von Pablo Picasso.

70,6 *schwarzer Cowboy-Hose:* wohl schwarze Jeans. Die Blue-Jeans-Mode kam Mitte der fünfziger Jahre aus den USA nach Europa.

70,17 *existentialistisch:* eigentlich Name der von Jean-Paul Sartre, Albert Camus und anderen vertretenen Spielart einer atheistischen Existenzphilosophie, die den Menschen, jeder vorgegebenen Sinngebung bar, vor die Aufgabe stellt, sich im totalen Engagement selbst einen Sinn seiner Existenz zu setzen. In dieser Bedeutung (und im Rückgriff auf den dänischen Existenzphilosophen Sören Kierkegaard) spielte die Existenzphilosophie in Frischs Roman *Stiller* eine Rolle. – Hier dagegen steht »existentialistisch« lediglich als Bezeichnung für den Habitus jener um Sartre gescharten Gruppe, die im Pariser Viertel Saint-Germain-des-Prés eine eigene (Gegen-)Kultur entwickelte, zu der auch die vornehmlich schwarze Kleidung gehörte. – W. Gordon Cunliffe freilich sieht in dieser Stelle einen Hinweis auf die existenzphilosophische Thematik angeblich auch dieses Romans (»Die Kunst, ohne Geschichte abzuschwimmen«, S. 120).

70,18 *Espadrilles:* geflochtene (Stroh-)Sandalen, ursprünglich spanischer Herkunft.

70,27 *Long Island:* 190 km lange und bis zu 32 km breite

Insel zwischen den Mündungen des Hudson River bei New York und des Thames River bei New London.

70,31 *Lajser Lewin:* Der Vorname »Lajser« leitet sich von »Elieser« (hebr., ›Gott ist Hilfe‹) ab; »Lewin« ist (wie Levi, Levin, Levy) ein häufiger jüdischer Familienname, abgeleitet von Levi, dem dritten Sohn Jakobs mit Lea. *Landwirt aus Israel:* Ein Hauptproblem des 1948 gegründeten Staates Israel bestand in der Urbarmachung und landwirtschaftlichen Nutzung vormals unfruchtbarer Landstriche. Insofern gehört Lewin dem Typus des ›homo faber‹ an. Vgl. auch 78,3ff. – Lewin wie der Baptist (vgl. Anm. zu 74,2) sind als teilidentische Kontrastfiguren zu Faber eingesetzt, sowohl bezüglich der Entgegensetzung von Kunst und Technik als auch hinsichtlich der Beziehung zu Sabeth (77,6 *seine Flirterei mit dem jungen Mädchen*; 89,12f. *Mister Lewin … hatte plötzlich Mut genug, mit Sabeth zu tanzen*).

71,17 *Pingpong:* Das Hin und Her dieses Partnerspiels fungiert bei Frisch öfters als Chiffre für die Beziehung zwischen den Geschlechtern; vgl. *Montauk,* JA VI, S. 697–700.

71,25 *Manchesterrock:* Rock aus Manchesterstoff, einem nach der englischen Stadt Manchester benannten schweren Rippensamt aus Baumwolle.

71,28 *Jedenfalls war die andere nirgends zu finden:* Offenbar sucht Faber nach dem *Mädchen mit dem blonden Roßschwanz*, ist also schon affiziert. Im Übrigen verweist *die andere* erstmals auf die tatsächlich hinter Sabeth stehende andere: Hanna (vgl. 79,12f. *Ich dachte: vielleicht ist sie auf Deck!*).

72,23f. *um den Sonnenuntergang zu filmen:* vgl. Anm. zu 186,9.

72,30f. *sie war mir aufgefallen … ich konnte nicht ahnen:* Die immer wieder geleugnete, dann aber eingestandene Ähnlichkeit Sabeths mit Hanna (vgl. 94,34 *Ihr Hanna-Mädchen-Gesicht!* und 131,21 *Sie glich ihrer Tochter schon sehr*) hat offensichtlich sehr wohl eine Ahnung verursacht (vgl. 72,7 *von vorne blieb sie merkwürdig*). Eine vergleichbare Konstellation hat Frisch schon im ersten *Tagebuch* gestaltet (JA II, S. 453–467: »Kalendergeschichte«).

73,12 *service:* (engl.) Aufschlag beim (Tisch-)Tennis.

73,13 *sie schnitt:* Sie gibt dem Ball durch seitliches Anschlagen einen Effet, der ihn unberechenbar macht. Vgl. die Parallelszene in *Montauk*: »Lynn ist flinker, schneidet aber die Bälle nicht und ärgert sich, wenn sie einen geschnittenen Ball nicht erwischt« (JA VI, S. 698).

73,20f. *Schnäuzchen:* kleiner Schnurrbart. Vgl. 81,36–82,1 *Wieso trägt man ein Schnäuzchen?* – Faber überträgt seine unterschwellige Eifersucht gegenüber Sabeths Freund auf die Ebene seines Rasierzwangs (vgl. Anm. zu 10,10).

73,30 *Ich stellte ihr nicht nach:* vgl. die ebenfalls als eigene Absätze hervorgehobenen Sätze *Ich ließ sie oft in Ruhe* (75,32) und *Keinesfalls wollte ich mich aufdrängen* (83,17), dagegen Sabeth: *Sie beobachten mich die ganze Zeit* (85,30).

73,33 *Cleveland:* Industriestadt im US-Staat Ohio, am Südufer des Eriesees.

74,2 *Baptist:* Baptisten (›Täufer‹, von griech. *baptizein* ›taufen‹) wurden die Anhänger einer im 17. Jh. in England entstandenen Gemeindebewegung zunächst zum Spott genannt (wegen der von ihnen praktizierten Erwachsenentaufe). Verfolgung und Auswanderung führten zur Ausbreitung in Amerika. Uneins in der Sklavenfrage, spaltete sich die Bewegung: Der fundamentalistisch geprägten Konvention der Südlichen Baptisten steht die liberalere und sozial aufgeschlossenere Konvention der Nördlichen Baptisten gegenüber, der auch Frischs *Baptist aus Chicago* angehört. Gleichwohl wird er von Faber, seiner kunsthistorischen Kenntnisse und seines Interesses für Sabeth halber, als Antityp eingestuft: *Bin kein Baptist und kein Spiritist* (80,29 f.); *so viel wie ein Baptist aus Ohio, der sich über die Ingenieure lustig macht, leiste ich auch, ich glaube: was unsereiner leistet, das ist nützlicher* (97,26–29). – Vgl. auch Anm. zu 70,31 *Landwirt aus Israel.*

74,19 *Entropie:* (von griech. *entrepein* ›umkehren‹): Von dem deutschen Physiker Rudolf Clausius (1822–88) in die Wärmetheorie (Thermodynamik) eingeführter Begriff: ein Maß für die Irreversibilität (Unumkehrbarkeit) der in thermodynamischen Systemen ablaufenden Prozesse und für die dabei erfolgende Energie-Entwertung: Bei der Umsetzung von Wärme in Arbeit bleibt ein Teil der Wärme unverwandelt, weil die Umsetzung nur von einem Körper mit höherer Temperatur auf einen solchen mit niedrigerer Temperatur möglich ist und dieser Letztere dabei Wärme (durch Aufwärmung) verbraucht. Nach dem zweiten Satz der Thermodynamik (Entropiesatz, Wärmesatz; vgl. 142,5) wächst die Entropie (die nicht mehr verfügbare Energie) bei irreversiblen Prozessen ständig, d. h. es erfolgt eine kontinuierliche Umsetzung von Energie in nicht mehr nutzbare Wärme (Abwärme). Clausius hat hieraus den ›Wärmetod‹ des Weltalls abgeleitet, der eintreten werde nach Umwandlung sämtlicher Energie in Wärme, d. h. nach Herstellung einer allenthalben gleichen Temperatur. – In seiner ›Farce‹ *Die Chinesische Mauer*, die in einem Jahrhunderte zusammenraffenden Kaleidoskop die Ohnmacht des Intellektuellen gegenüber jedweder Macht zur Anschauung bringt, lässt Frisch den ›Heutigen‹ sagen: »Die größere Wahrscheinlichkeit (so lehrt unsere moderne Physik) spricht für das Chaos, für den Zerfall der Masse. Die Schöpfung […] war ein Ereignis der Unwahrscheinlichkeit. Und bleiben wird Energie, die kein Gefälle mehr hat, die nichts vermag. Wärme-Tod der Welt! das ist das Ende; das Endlose ohne Veränderung, das Ereignislose« (zweite Fassung von 1955, Frankfurt a. M.

[8]1971, S. 36). – In der statistischen Mechanik bedeutet die Entropie das ›Maß der Unordnung‹ bzw. das Maß für die Wahrscheinlichkeit eines Zustandes, in dem sich die Moleküle eines Körpers befinden. Auch hier wird ausgegangen von der zwangsläufigen Zunahme der Entropie, da Unordnung ein wahrscheinlicherer Zustand ist als Ordnung. – In den fünfziger Jahren war es, ausgehend von der Informationstheorie Claude Shannons, eine Zeit lang Mode, das Entropie-Konzept auf sämtliche Wissensgebiete zu übertragen, einschließlich der Psychologie und der Kunst. Differenziertere Versuche, dieses Konzept als jedenfalls allen physikalischen Vorgängen zugrunde liegend darzustellen, sind in neuerer Zeit unternommen worden (vgl. Jeremy Rifkin / Ted Howard, *Entropie – ein neues Weltbild*, Hamburg 1982). – Im Gespräch mit Sabeth ergibt sich das Thema wohl vom Problem des Schiffsantriebs her; darüber hinaus sind für den Roman wichtig die Gesichtspunkte Irreversibilität (vgl. Anm. zu 170,7f.), Tod als Zielpunkt, Entgegensetzung von Ordnung und Unordnung, last not least der schlichte Wortsinn »Umkehrung«, der auch das Liebesverhältnis des Vaters mit seiner Tochter bezeichnen mag.

74,20f. *Maxwell'schen Dämon:* Gedankenexperiment des britischen Physikers James Clerk Maxwell (1831–79), des Schöpfers der modernen Elektrodynamik (vgl. Anm. zu 16,1), das auf die Umkehrung der Entropie (vgl. Anm. zu 74,19) und die Schaffung eines Perpetuum mobile hinausläuft:

»Wir wollen uns ein Gas vorstellen, in dem sich die Partikeln mit der Geschwindigkeitsverteilung des statistischen Gleichgewichts bei einer gegebenen Temperatur umherbewegen. [...] Dieses Gas soll in einem festen Behälter enthalten sein, umschlossen von einer Wand, die eine durch eine kleine Pforte verschlossene Öffnung enthält. Diese Pforte wird durch einen Türhüter, entweder einen menschenähnlichen Dämon oder einen sehr feinen Mechanismus, bedient. Wenn eine Partikel von höherer als der mittleren Geschwindigkeit sich der Pforte aus dem Abteil *A* nähert oder eine Partikel von niedrigerer als der mittleren Geschwindigkeit sich der Pforte vom Abteil *B* her nähert, öffnet der Torwächter die Pforte, und die Partikel geht durch; wenn aber eine Partikel von niedrigerer als der mittleren Geschwindigkeit sich vom Abteil *A* her nähert oder eine Partikel mit höherer als der mittleren Geschwindigkeit sich aus dem Abteil *B* nähert, bleibt die Pforte geschlossen. Auf diese Weise nimmt die Konzentration von Partikeln mit hoher Geschwindigkeit in Abteil *B* zu und in Abteil *A* ab. Das bewirkt eine offensichtliche Abnahme der Entropie, so daß es scheint – wenn die zwei Abteile jetzt durch eine Wärmemaschine verbunden werden –, als ob wir ein *Perpetuum mobile* der zweiten Art erhalten hätten.« (Norbert Wiener, *Kybernetik*, S. 83 f.)

Der Entropiesatz schließt aber schon die bloße Möglichkeit einer Abnahme der Entropie und eines Perpetuum mobile aus (vgl. 197,7 *der sog. Maxwell'sche Dämon, der bekanntlich keiner ist*): Die Umkehrung irreversibler Prozesse und die ›Unsterblichkeit‹ eines energieerzeugenden Apparats sind nicht möglich. Außerdem hat der Physiker Leon Brillouin 1951 errechnet, dass dem Maxwell'schen Dämon von außen mehr Energie zugeführt werden müsste, als er selbst mit seiner Sortierarbeit erzeugen könnte. – Abgesehen von dem Grundgedanken einer Aufhebung der Entropie, der Irreversibilität, der Unordnung, der Zeit, ist der »Maxwell'sche Dämon« auch deshalb von besonderer Bedeutung für den Roman, weil hier ein wissenschaftliches Gedankenexperiment mit einem Begriff aus dem Umkreis magisch-mythischen Denkens gekennzeichnet wird (vgl. Anm. zu 180,18–20).

74,22 *Sabeth:* Diese Verkürzung des Namens »Elisabeth«

begegnet schon in Günter Eichs Hörspiel *Sabeth* (1951), das auch einige thematische Parallelen zum *Homo faber* aufweist: den Einbruch des Ungewöhnlich-Unglaublichen ins normale Leben, das Versagen der Technik (der Fotografie), den betont ›sachlichen‹ Bericht (hier: einer Lehrerin) als Rahmen. – Hebr. *Elisabeth* bedeutet ›Gott ist Vollkommenheit‹. Zur möglichen Deutung der Abkürzung vgl. Anm. zu 183,5.

74,25 *Kybernetik:* (von griech. *kybernetes* ›Steuermann, Leiter‹): Wissenschaft von der Regelung und Steuerung, Informationsverarbeitung und -speicherung, Selbstorganisation und Selbstproduktion in dynamischen Systemen. Frisch bezieht sich hier vor allem auf das gleich anschließend (75,1 f.) genannte Buch von Norbert Wiener (1894–1964) *Cybernetics or Control and Communication in the Animal and the Machine,* Cambridge (Mass.) 1948; erw. Aufl. 1961; dt. Ausg. erstmals 1963 (vgl. Anm. zu 74,20 f.).

74,27 *Roboter:* erstmals 1920 von Karel Čapek in seinem utopischen Drama *R.U.R.* verwendete, aus dem tschechischen Wort *robota* ›Frondienst‹ abgeleitete Bezeichnung für menschenähnliche Automaten, die gewisse manuelle Tätigkeiten des Menschen ausführen können. Inzwischen Bezeichnung für Maschinen (Systeme), die sowohl die äußere Imitation des Menschen als auch das starre Programm abgelegt haben, bis zu einem gewissen Grad selbstständig handeln können und lernfähig sind.

75,5 *Elektronen-Hirn:* elektronische Datenverarbeitungsanlage.

75,9 *Infinitesimal-Rechnung:* zusammenfassende Bezeichnung für Differential- und Integralrechnung, die beide mit Grenzwerten arbeiten (infinitesimal: beliebig – ›unendlich‹ – klein, gegen Null strebend).

75,22 f. *der Roboter braucht keine Ahnungen:* vgl. Anm. zu 72,30 f.

76,3f. *nur die Sonne bewegt sich, beziehungsweise der Mond:* vgl. Anm. zu 124,14–16.

76,21 *President Eisenhower:* Dwight D. Eisenhower (1890 bis 1969), amerikanischer General (u. a. Oberbefehlshaber der alliierten Invasionstruppen 1943–45), von 1953 bis 1961 der 34. Präsident der USA.

76,24f. *und sicher ist, daß anderseits auch niemand kommen kann, der nicht schon an Bord ist:* Der nicht eben logisch eingegliederte Satz behauptet wieder einmal eine Sicherheit, die in Wahrheit nicht existiert; wenig später fürchtet Faber, Hanna könnte an Bord sein (vgl. Anm. zu 79,1–35).

76,32 *Louvre in Paris:* ursprünglich Schloss der französischen Könige, seit 1793 Museum, eines der bedeutendsten der Welt. Vgl. 99,10–12; 100,13–16; 110,11ff. (Museo Nazionale); 200,21 (Hanna als Fremdenführerin im Museum).

77,18–20 *daß der Beruf des Technikers … immerhin ein männlicher Beruf ist, wenn nicht der einzigmännliche überhaupt:* vgl. Anm. zu 24,24 und den Text aus Simone de Beauvoirs *Das andere Geschlecht* in Kap. VII.

77,33–35 *den Tod zu annullieren … Technik statt Mystik!:* Erstmals stellt Faber mythisches und technisches Denken als zwei Formen der Lebensbewältigung einander gegenüber, wobei er sein Bedürfnis, *den Tod zu annullieren*, unzulässig verallgemeinert und die Verdrängung des Menschen mit seiner Unsterblichkeit gleichsetzt.

78,4 *Doppelgespräch:* Die Unterhaltung thematisiert sowohl die grundsätzliche Entgegensetzung von *Kunstfee* und *Homo faber* (47,6f.) als auch Fabers (verleugnete) Hinneigung zu dem anderen Pol (*wobei ich … das Mädchen nicht aus den Augen lasse*, 78,6f.).

78,13 *his letters:* Die kunsttheoretisch und literarisch bedeutenden Briefe des niederländischen Malers Vincent van Gogh (1853–90), vornehmlich an seinen Bruder Theo gerichtet, sind z. B. 1952–54 in Amsterdam und

Antwerpen herausgegeben worden; auch in deutscher Übersetzung liegen mehrere Ausgaben vor.

78,31 *E. Piper:* vgl. 82,32; 112,26ff.; 143,35ff. und Anm. zu 131,36–132,1.

79,1–35 *Müßiggang / Zeitvertreib / Ich langweilte mich:* Abgeschnitten von seinem »üblichen« Leben, sozusagen freigestellt, beginnt Faber seine verdrängte Vergangenheit ins Bewusstsein zu heben, wobei die aus Sabeths Ähnlichkeit mit Hanna erwachsende unbewusste Angst umgeformt wird in die *Angst* (79,15) vor einer tatsächlichen Anwesenheit Hannas.

79,24f. *die gefältelte Haut von Eidechsen:* vgl. Anm. zu 23,5f. und zu 138,20f.

79,29 *Amerikanerinnen, die Geschöpfe der Kosmetik:* vgl. 177,10f. *ihre Weiber, die nicht zugeben können, daß sie älter werden.*

80,8 *Spiritist:* Anhänger des Spiritismus (von lat. *spiritus* ›Geist‹), der Theorie und Praxis der Beschwörung von Geistern (zumeist Verstorbener) mit dem Ziel der Zukunftsvorhersage.

81,13 *bleich wie Lehm:* vgl. 103,9f. über den todkranken Professor O.: *seine Haut wie Leder oder wie Lehm.* Vgl. auch Anm. zu 114,34–115,9.

81,21 *ihr den Gürtel zu lösen:* Das Lösen des Gürtels in der Brautnacht war antiker Brauch; der Gürtel als Symbol der Jungfräulichkeit ist in der Literatur reich belegt.

81,32 *Tschau:* eingedeutschte Schreibung des italienischen Abschiedsgrußes »Ciao«, der damals in Mode kam, z. B. durch den Schlager »Ciao, ciao, bambina«.

82,12–15 *Zukunftsträume / geleistet:* Dem von seinem Selbstverständnis her ebenfalls auf Gegenwart und Zukunft ausgerichteten Faber (91,5f. *gewohnt, voraus zu denken, nicht rückwärts zu denken*) wird im Altern die eigene Vergangenheit wichtig. Vgl. auch 108,28f. *das Gefühl, daß ich die Jugend nicht mehr verstehe* und 109,16f. *Zukunft … Erfahrung.*

82,26–29 *Es interessierte mich wirklich nicht ... ich fragte mich bloß:* vgl. Anm. zu 15,26f.

82,31 *Yale:* renommierte amerikanische Privatuniversität in New Haven (Connecticut), 1701 als College gegründet.

scholarship: (engl.) Stipendium.

83,7 *Atlantikflug von Lindbergh:* Der amerikanische Luftfahrtpionier Charles Lindbergh (1902–74) hat 1927 als Erster einen Alleinflug von New York nach Paris gewagt (und in 33½ Stunden durchgeführt). Es ist dieselbe Strecke, die Faber, statt zu fliegen, per Schiff und Eisenbahn zurücklegt.

83,25 *Tolstoi:* Graf Lew Nikolajewitsch T. (1828–1910), berühmter russischer Dichter, der im Alter einen rigorosen Moralismus vertrat. Sabeths *dickes Buch* (83,24) könnte den Roman *Auferstehung* meinen, in dem es um das schuldhafte und lebenszerstörende Verhältnis eines reichen Gutsbesitzers zu einer jungen Schutzbefohlenen geht.

83,36 *Pernod:* Aperitif auf Anis- und Wermutbasis. – Fabers Vorliebe für dieses Getränk oder auch für Campari (107,33) stellt einen versteckten Hinweis auf seine Krankheit dar; »Aperitif« (frz.) heißt wörtlich ›(Magen-)Öffner‹. Vgl. die Begegnung mit Professor O.: *ob ich nicht zu einem Apéro komme* (103,12f.).

84,5 *wozu ich's erzählte, keine Ahnung:* Fabers zwanghaftes Erzählen (*So war das*; *wie gesagt*) und das Ausmalen der scheußlichen Einzelheiten, dazu seine Betrunkenheit signalisieren, dass er mit diesem Tod (wie mit dem Tod überhaupt) nicht fertig wird. Vgl. auch die abschwächende Erzählung gegenüber Hanna (146,20–25).

87,19 *Torsion:* schraubenförmige Verdrehung der Längsfasern der Wellenachse.

Reibungskoeffizient: Empirisch ermittelter Wert (μ), der, multipliziert mit der Kraft, mit der sich berührende Flächen aufeinander drücken (N), den Reibungswiderstand (W) ergibt: W = µ × N. Abhängig vor allem vom gewählten Material und dessen Oberflächenbeschaffenheit. – Zum sexuellen Hintersinn dieser Schilderung vgl. Lubich (*Max Frisch: »Stiller«, »Homo faber« und »Mein Name sei Gantenbein«*, S. 49).

87,28 f. *daran dachte ich nur im stillen:* Das Thema »Vergänglichkeit« wird für Faber wieder gegenwärtig. Vgl. 92,20 f. *Wie beim Stahl, Gefühle … sind Ermüdungserscheinungen.*

88,20 *Es war mein erster Heiratsantrag:* Der Widerspruch zu 56,17 ff. (geplante Hochzeit mit Hanna) ist nur scheinbar; unterbewusst meint Faber auch hier Hanna. Vgl. 141,15 f. *die Mutter meiner Geliebten, die selbst meine Geliebte ist.*

88,25 *Beaune:* nach der gleichnamigen französischen Stadt am Osthang der Côte d'Or benannter berühmter Burgunderwein.
Bouquet: die »Blume«, der Duft des Weines.

88,27 *sogar kalifornischer Burgundy:* Die in Kalifornien angebauten Weine tragen meist, entsprechend der Rebsorte, berühmten europäischen Lagen entsprechende Bezeichnungen. Zur abschätzigen Haltung Fabers vgl. 175,15 ff.

88,31 *Citron pressé:* (frz.) frisch gepresster Zitronensaft.

89,17 *Mazurka:* polnischer Nationaltanz im Dreivierteltakt mit punktierten Rhythmen.

89,18 *Ghetto:* Seit dem Mittelalter wohnten die europäischen Juden vielerorts in abgeschlossenen Wohngebieten, den Ghettos, die im 19. Jh. im Zuge der Emanzipation geöffnet wurden. Während des Zweiten Weltkriegs haben die Nationalsozialisten in den besetzten Ostgebieten, vor allem in Polen (Warschau, Lodz, Wilna) die jüdische Bevölkerung wieder in Ghettos eingeschlossen, aus denen sie gegen Ende meist in die Vernichtungslager abtransportiert wurden. Im Warschauer Ghetto wurde im April/Mai 1943 ein Aufstand unternommen.

89,31 *existentialistische Hopserei:* vgl. Anm. zu 70,17.

89,34 *epileptisch:* vgl. Anm. zu 45,9.

90,12f. *den Komet, der in jenen Tagen zu sehen war:* Es handelt sich um den Kometen Arend Roland 1957 III (= 1956 h). Vgl. 151,23f. *Unser Komet ist nicht mehr zu sehen.* Der Komet verweist auf die kurze, ›vorübergehende‹ Beziehung zwischen Faber und Sabeth, und auch der alte Glaube, Kometen seien Unglücksboten, mag anklingen.

90,35f. *wie jeder wirkliche Mann:* vgl. Anm. zu 24,24.

91,14–17 *länger als drei Wochen … nie … nach drei Wochen (spätestens):* Fabers *Hochzeitsreise* mit Sabeth (113,33) wird genau drei Wochen dauern (vom 13. Mai bis zum 3. Juni).

91,22f. *Ivy heißt Efeu, und so heißen für mich eigentlich alle Frauen:* Efeu sowohl als unselbstständige (parasitäre) Existenz, angewiesen auf etwas Festes, an dem es emporranken kann, als auch in der Bedeutung des Umschlingenden, Beengenden, vielleicht gar Tötenden. – Efeu ist übrigens auch das pflanzliche Wahrzeichen des Gottes Dionysos (vgl. Anm. zu 131,31).

91,26 *so, daß ich an Fremdenlegion denke:* Die Fremdenlegion (Légion étrangère), 1831 gegründet, in der Angehörige aller Nationen unter dem Kommando französischer Offiziere standen, wurde als Einsatztruppe in den französischen Kolonialgebieten benutzt. Sich für die Fremdenlegion anwerben zu lassen, galt oft (real wie literarisch) als letzter Ausweg aus verzweifelten Situationen. Als Chiffre für den Ausbruch aus der Ehe benutzt Frisch die Fremdenlegion schon in der Isidor-Anekdote innerhalb des Romans *Stiller* (JA III, S. 393–397) und in dem Stück *Die große Wut des Philipp Hotz*. Vgl. auch Anm. zu 101,8.

92,29 *Subway:* (amerik.) Untergrundbahn.

93,34f. *wie der rötliche Mund von einem Fisch am grünen Aquarium-Glas! fand ich:* vgl. Anm. zu 9,11f.

94,23 *Southampton:* südenglische Hafenstadt, bedeutendster Überseepassagierhafen Großbritanniens.

95,10 *den Verlad:* (schweiz.) die Verladung.

95,27f. *sie schlotterte am ganzen Leib:* vgl. 90,32 *führte Sabeth hinunter, weil sie schlotterte*; 125,6f. *bis zum Schlottern draußen gestanden*; 151,27f. *Sabeth in meinem Arm ... schlottert.* – Wie Fabers Schlottern in der Wüste (25,10) und dann bei der ersten Begegnung mit dem Mädchen (72,16) ist auch Sabeths Schlottern vordergründig auf Kälte zurückzuführen, signalisiert aber (an entscheidenden Wendepunkten der Handlung) auch beider unbewusste Ahnung von etwas Schrecklichem bzw. wirkt als Wink des Erzählers (vgl. Anm. zu 5 [Untertitel]) an den Leser.

95,32 *Le Havre:* zweitgrößter Hafen Frankreichs, am Nordufer der Mündungsbucht der Seine.

96,10f. *Wir hatten Abschied genommen:* Dass Faber diesen Abschied nicht gelten lässt, wird sinnfällig im nahtlosen Weitererzählen, während der Leser hier eine Abschnittgrenze erwartet. (In der Erstausgabe von 1957 fallen hier allerdings Absatz- und Seitengrenze zusammen, so dass der größere Abstand vielleicht versehentlich fehlt.)

96,16f. *Quai Voltaire:* Uferstraße links der Seine, genau gegenüber dem Louvre, benannt nach dem berühmten Aufklärer François-Marie Arouet, genannt Voltaire (1694–1778).

97,18 *Beaune ... c'est un vin rouge:* (frz.) »Beaune ist ein Rotwein.« Versehentlich bestellt Faber Rotwein zum Fisch, denselben Wein wie an seinem Geburtstag (88,25).

97,25 *Minderwertigkeitsgefühle:* vgl. 98,2. Angesichts der tiefen Irritation auf Grund der Begegnung mit Sabeth versucht Faber sich auf seine beruflichen Erfolge und seine Weltläufigkeit zurückzuziehen. Vgl. auch Anm. zu 82,12–15.

98,8–34 *der Spiegel gegenüber ... Natürlich wird man älter:*

Wie in der ersten (11,8–11) und der dritten (170,28ff.) Spiegelszene versucht Faber, Anzeichen von Alter und Krankheit zu verdrängen (99,6f. *ich vergaß sogar, in Paris zu einem Arzt zu gehen*). Auf den Tod verweist der Terminus *Ahnenbild*, der zudem mit der Assoziation an die vorher beteuerte *Ahnungslosigkeit* (72,26) trotz der *Ähnlichkeit* (78,34) Sabeths mit Hanna spielt. Auch hier lässt Faber Ahnungen lieber nicht aufkommen.

99,1 *Blinddarm:* vgl. Anm. zu 38,30f.

99,13–15 *eigentlich vergessen, das heißt, ich erinnere mich überhaupt nicht daran, wenn ich nicht will:* exakte Beschreibung einer Verdrängung.

99,16 *Maturität:* schweiz. für: Hochschulreife (Abitur).

99,20 *Occasion:* schweiz., österr. für: Gelegenheit(skauf).

99,21 *Lehrsatz des Pythagoras:* angeblich auf den griechischen Philosophen Pythagoras (um 570 – um 480 v. Chr.) zurückgehender Lehrsatz der Geometrie, dem zufolge im rechtwinkligen Dreieck die Summe der Quadrate über den Katheten gleich dem Quadrat über der Hypotenuse ist ($a^2 + b^2 = c^2$).

99,25–27 *wie eine Irre … oder wie eine Hündin … Das war absurd:* Fabers erste Erfahrung mit einer Frau (als Erinnerung eingeschaltet vor der Wiederbegegnung mit Sabeth) hat sein Verhältnis zu Frauen überhaupt entscheidend geprägt; vgl. 93,25–27 *Es ist absurd, … geradezu pervers*; 94,27f. *ob es mit Hanna (damals) auch absurd gewesen ist* und 100,7 *Nur mit Hanna ist es nie absurd gewesen.* – Objektiv wird die Beziehung des jungen Faber zu der viel älteren, todkranken Frau im Verhältnis Sabeth – Faber ironisch umgekehrt.

100,8 *Es war Frühling, aber es schneite:* Der Schnee *sozusagen aus blauem* [heiterem] *Himmel* (100,22) deutet auf Ungewöhnliches, wenn nicht gar Bedrohliches (wie die Schneestürme am Anfang; vgl. Anm. zu 7,2f.). Die Verbindung von Frühling und Winter (Jugend und Alter) zielt symbolisch auf das Verhältnis Sabeth – Faber.

100,8 *Tuilerien:* Parkanlage zwischen dem Louvre und der Place de la Concorde. Vom Ende des 16. bis zum Ende des 19. Jh.s hat hier, an der Stelle einer ehemaligen Ziegelei (»tuilerie«), ein Schloss gestanden, das vor allem als Residenz Ludwigs XVI. bekannt geworden ist (Sturm auf die Tuilerien am 10. August 1792).

100,16 *unten bei den Antiken:* Die berühmte Sammlung antiker Skulpturen (u. a. »Venus von Milo«) befindet sich weitgehend im Erdgeschoss des Louvre. Die Formulierung *unten bei den Antiken* gibt zudem einen Fingerzeig auf die mythologische Tiefenschicht des Romans.

100,23 *Haben Sie denn nicht kalt:* bei Frisch häufig begegnender Gallizismus (vgl. frz. *j'ai froid* ›ich friere‹). – Vgl. auch Anm. zu 95,27f.

100,28 *Place de la Concorde:* (wörtl. ›Platz der Eintracht‹) Anfang der Prachtstraße Champs-Elysées (wörtl. ›Paradiesische Gefilde‹; vgl. 104,24). – Auch Julika Stiller schickt, in Erwartung der ›Wiedervereinigung‹, ihrem Mann eine Ansichtskarte von der Place de la Concorde (JA III, S. 690).

100,31 *eine Meute von Autos:* vgl. Anm. zu 123,4.

100,32 *Trottoir:* Bürgersteig, Gehweg.

100,32f. *meinen Hut verloren:* In der psychoanalytischen Traumdeutung gilt der Hut als ein männliches Sexualsymbol. Hier, im Roman, bewirkt der Verlust des Hutes allerdings eher eine (scheinhafte) Verjüngung (101,1 *hutlos wie ein Jüngling*).

101,5f. *Patisserie:* Feingebäck (von frz. *pâtisser* ›kneten‹).

101,8 *Avignon, Nîmes:* südfranzösische Städte vorrömischen Ursprungs mit bedeutenden Kulturdenkmälern (vgl. die Anmerkungen zu 188,31ff.). Die beiden Städte spielen in Frischs Werk auch anderweit eine wichtige Rolle; vgl. z. B. *Tagebuch 1946–1949* (JA II, S. 719–723) und *Tagebuch 1966–1971* (JA VI, S. 204–225). Auch der Weg Isidors und seiner Frau (in Stillers Beispielgeschichte) führt über »das schöne Avignon« nach Marseille (JA III, S. 393).

101,9 *Marseille nicht unbedingt:* Die größte französische Hafenstadt, eine griechische Gründung (um 600 v. Chr.), weist auf Grund mehrfacher Zerstörung durch die jeweiligen neuen Herren nur noch wenige antike Kulturdenkmäler auf.

101,9f. *Pisa, Firenze, Siena, Orvieto, Assisi:* vgl. Anm. zu 107,27 und 107,28.

102,7 *Opéra:* das unter Napoleon III. begonnene, in den Jahren 1862–75 erbaute Théâtre de l'Opéra.

102,22 *Professor O.:* Der Zürcher Professor für Elektrodynamik, dem Leser schon aus Fabers Traum bekannt (15,34ff.), wird noch einmal in Zürich erscheinen (193,11ff.) und bald darauf sterben (172,2–4). O., der für Faber *immer eine Art Vorbild gewesen* ist (103,23), tritt hier als Todesbote auf: Grotesk entstellt, mit scheinbarem Dauerlächeln, mit Ballonbauch und Totenschädel nimmt der Magenkrebskranke (104,6) Fabers eigenes Schicksal vorweg. Auch die befremdliche Sentimentalität des Professors in Fabers Traum (15,35f.) spiegelt dessen eigene Entwicklung voraus: *Ich wurde sentimental, was sonst nicht meine Art ist* (88,16) und *eine Vorstellung, die mich ... eifersüchtig machte, geradezu sentimental* (101,32f.) – Rhonda L. Blair deutet den Namen »O.« als Hinweis auf den letzten Buchstaben des griechischen Alphabets, als Omega, wie es im Namen von Fabers Uhr dann ausdrücklich erscheint (vgl. Anm. zu 129,12; Rhonda L. Blair, »Archetypal Imagery in Max Frisch's ›Homo faber‹«, S. 106). Auch dieser Bezug würde O.s Funktion als Verkünder des Endes unterstützen. (Walter Schmitz meint »O.« auch als ›Null‹ lesen zu können; Mat., S. 231f.).

103,11 *Seine Ohren stehen ab:* vgl. 171,7 *Meine Ohren: wie bei geschorenen Häftlingen!*

103,12 *Apéro:* Abkürzung für »Aperitif«. Vgl. Anm. zu 83,36.

103,20 f. *meinen Taxi:* Im Schweizerischen wird »Taxi« maskulin dekliniert.

103,28 *Eine Hochzeitsreise (so sagte er immer) genügt vollkommen, nachher finden Sie alles Wichtige in Publikationen:* vgl. 113,33 und 194,21 (Faber bezeichnet die Reise mit Sabeth als Hochzeitsreise) sowie seinen *Bericht*.

103,34 *Atavismus:* Verhalten entsprechend einem längst überwundenen Entwicklungsstadium.

103,36 *es wird kommen der Tag:* ›geflügeltes Wort‹, zurückgehend auf die *Ilias* des Homer (IV,164 f. und VI,448 f.).

104,24 *Champs Elysées:* vgl. Anm. zu 100,28.

104,25 *Infra-Heizung:* Heizung, die mit der Infrarotstrahlung glühender Körper arbeitet.

104,35 *Rouge:* künstliches Lippen- und Wangenrot, hier allgemein: Make-up, Schminke.

105,11 f. *Schwangerschaftsunterbrechung:* verharmlosende Bezeichnung für Schwangerschaftsabbruch (Abtreibung). Dieses auch heute noch sehr umstrittene Thema war damals weitgehend tabu.

105,12–14 *wenn man es grundsätzlich betrachtet … Grundsätzlich betrachtet:* vgl. die Debatte mit Hanna über Statistik (136,29 ff.).

105,20 *Kindbettfieber:* früher sehr verbreitete, oft tödliche Erkrankung von Wöchnerinnen, die bei der Geburt mit Bakterien infiziert worden waren. Dank den von Ignaz Philipp Semmelweis (1818–65) eingeführten antiseptischen Maßnahmen selten geworden.

105,22 *Bach:* Der Komponist Johann Sebastian Bach (1685–1750) ist ein gern genanntes Beispiel für höchste geistige Kreativität bei gleichzeitigem Kinderreichtum. Von seinen zwanzig Kindern (aus zwei Ehen) überlebten ihn zehn (also durchaus *50 %*).

106,6 *Tuberkulose:* meist die Lunge befallende Infektionskrankheit (»Schwindsucht«), die vor Entdeckung des Tuberkelbazillus durch Robert Koch (1882) und vor der Entwicklung der Tuberkulostatika auch in Europa sehr verbreitet war und meist tödlich endete (vgl. die lungenkranke Lehrersfrau, 99,24f. und das Leiden von Julika Stiller).

106,20 *Lebensraumes:* Als politischer Begriff ist »Lebensraum« um 1870 in die Debatte gekommen und diente später vor allem den Nationalsozialisten zur Rechtfertigung territorialer Ansprüche.

107,4 *Physiologisch:* eigtl. ›die Lebensvorgänge betreffend‹. Hier im engeren Sinne ›körperlich‹; im Gegensatz zu *psychisch*: ›seelisch‹ (107,5).

107,9 *Penicillin:* vgl. Anm. zu 50,21. – *DDT:* Dichlordiphenyltrichloräthan: ein Gift, das vor allem nach 1945 als Insektenvertilgungsmittel mit großem Erfolg und ohne Bedenken eingesetzt worden ist. Seit man weiß, dass DDT im Körperfett gespeichert wird und sich im Verlauf von Nahrungsketten anreichert, wird es in den Industrieländern nur noch in besonderen Fällen angewandt, während man in den »Entwicklungsländern« ohne DDT nicht glaubt auskommen zu können.

107,11 *der Mensch als Ingenieur:* Faber setzt in seiner forcierten Verteidigungsrede die eigene Existenz (bzw. sein Bild von sich selbst) absolut. – Dass man es sich mit einer globalen Verwerfung von Fabers Argumentation (vgl. z. B. Manfred Jurgensen, *Max Frisch. Die Romane*, S. 139f.) wohl doch zu leicht macht, mag Frischs Plädoyer für die Sterbehilfe in seiner »Rede an junge Ärztinnen und Ärzte« von 1984 belegen: »[...] über dem Freitod bleibt ein Odium, das christliche. Als sei die Emanzipation, die wir uns längst angemaßt haben, plötzlich wieder aufzuheben, sollen wir von der Stunde an, da Medizin nichts mehr vermag, wieder einen Gottvater einsetzen, der das biologische ›timing‹ übernimmt. Das ist intellektuell unredlich. Dann müßten wir auch das Kindbettfieber wieder einführen und sämtliche Seuchen« (JA VII, S. 90). – Die Unangemessenheit von Fabers Argumentation liegt in dem Missverhältnis zwischen seinem eigenen konkreten Fall und den allgemeinen Gründen, auf die er sich zurückzuziehen versucht.

107,27 *Pisa:* berühmt durch den »schiefen Turm« (den Glockenturm des romanischen Doms aus dem 12. Jh.); reich an weiteren Kunstschätzen.

Florenz: (ital.: Firenze) berühmteste Kunststadt Italiens, die ihre Glanzzeit unter den Medicis im 15. und 16. Jh. erlebt hat.

Siena: Neben zahlreichen Museen und anderen Bauten verdient der innen und außen gänzlich mit Marmor verkleidete Dom (13./14. Jh.) mit seinen Bodenmosaiken besondere Beachtung.

107,28: *Perugia:* Hauptstadt der Region Umbrien; etruskische Gründung mit zahlreichen Überresten aus dieser Zeit sowie bedeutenden Bauwerken späterer Jahrhunderte.

Arezzo: eine ebenfalls ehedem etruskische Stadt; in mehreren Kirchen bedeutende Werke des Malers Piero della Francesca (um 1415–92).

Orvieto: Im romanisch-gotischen Dom (1290–1319) finden sich Fresken, unter anderem von Fra Angelico. Orvieto ist auch bekannt als Zentrum von Weinbau und -handel.

Assisi: Hier ist vor allem das Kloster San Francesco, das Hauptkloster des Franziskanerordens, zu nennen, das auf den hl. Franz von Assisi (um 1181–1226) zurückgeht. In der gotischen Doppelkirche des Klosters befinden sich berühmte Fresken.

107,29 f. *Fra Angelico:* Dem Dominikanermönch Fra Giovanni da Fiesole (d. i. Guido di Pietro; um 1400–55), einem der bedeutendsten italienischen Maler am Übergang von der Gotik zur Renaissance, ist wegen des selig-heiteren Grundtons seiner Werke der Beiname des »Engelhaften« verliehen worden. Sein Kloster San Marco in Florenz hat er mit zahlreichen Fresken geschmückt.

107,33 *Campari:* roter, bittersüßer italienischer Aperitif. Vgl. Anm. zu 83,36.

107,34 *Mandolinen-Bettler:* vielleicht ein erster Anklang an Thomas Manns Erzählung *Der Tod in Venedig* (vgl. Anm. zu 172,33f.). Dort labt sich Gustav Aschenbach an einem rubinroten Getränk, während eine »kleine Bande von Straßensängern« auftritt: »Bettelvirtuosen«, die »Mandoline, Gitarre, Harmonika und eine quinkelierende Geige« betätigen (Thomas Mann, *Gesammelte Werke*, Bd. VIII, S. 506). – Aschenbachs unerlaubte Liebe zu dem Knaben Tadzio mag ein weiteres Muster für die Beziehung Faber – Sabeth darstellen.

108,2 *Fiat:* italienischer Automobilkonzern (Fabbrica Italiana Automobili Torino).

der neue Bahnhof in Rom: Stazione Termini, vollendet 1950, liegt gegenüber dem Thermenmuseum (vgl. Anm. zu 110,11).

Rapido-Triebwagen: Schnell-Triebwagen.

108,3 *Olivetti:* italienisches Büromaschinen-Unternehmen.

108,5 *Piazza San Marco:* der Platz vor dem Kloster San Marco in Florenz; vgl. Anm. zu 107,29f.

108,8–17f. *seit Avignon … wäre nicht Avignon gewesen … Was in Avignon gewesen ist:* vgl. 124,4ff.

108,30 *Tivoli:* Stadt 30 km östlich von Rom, das antike Tibur. Berühmt sind die als Gipfelleistung römischer Baukunst geltende Villenanlage des Kaisers Hadrian (erbaut 118–134) sowie die aus dem 16. Jh. stammenden Gartenanlagen der Villa d'Este (von hierher wohl der Name »Tivoli« für Vergnügungsparks). – Das Roman-Thema ›Technik und Mythos‹ wird in Tivoli insofern anschaulich, als oberhalb der berühmten Wasserfälle des Anio (Aniene) ein antiker Sibyllentempel steht, die Wasserfälle selbst aber zur Stromerzeugung genutzt werden. – Die tiburtinische Sibylle war, wie ihre berühmteren Schwestern in Delphi, Cumae und anderwärts, eine göttlich inspirierte, weissagende Frau. Nach einer byzantinischen Legende hat sie dem Kaiser Augustus die Ankunft Christi geweissagt.

109,1 *heute (1957):* eindeutige Festlegung der Handlungszeit.

109,5 *etruskischen:* Das nichtindogermanische Volk der Etrusker hat vom 7. bis zum 4. vorchristlichen Jahrhundert Norditalien beherrscht. Vgl. Anmerkungen zu 107,28 (*Perugia, Arezzo*) und zu 136,2.

109,16f. *Zukunft … Gegenwart … Erfahrung:* vgl. Anm. zu 82,12–15.

110,11 *In einem großen Kreuzgang (Museo Nazionale):* Das Museo Nazionale Romano delle Terme di Diocleziano (›Römisches Nationalmuseum in den Diokletiansthermen‹) befindet sich auf der Fläche der ehemaligen Thermen (Bäderanlage), die der römische Kaiser Diokletian (reg. 284–305) hat errichten lassen. Im 16. Jh. wandelte man die Anlage in ein Karthäuserkloster um (Kirche Santa Maria degli Angeli); den Großen Kreuzgang (Grande Chiostro) hat Michelangelo entworfen. – Das »Thermenmuseum« beherbergt eine der größten europäischen Antikensammlungen und die überhaupt größte Sammlung römischer Sarkophage (vgl. Anm. zu 136,2).

110,12 *Baedeker:* Reiseführer aus dem von Karl Baedeker (1801–59) gegründeten Spezialverlag.

110,21f. *der Vater, der ihr schlafendes Kind auf den Armen trug:* vgl. 127,30f. *Ich stand außer Atem, die Bewußtlose auf den Armen.*

110,30 *Im kleinen Kreuzgang:* Versetzt angeschlossen an den Großen Kreuzgang, beherbergte dieser Raum die

Sammlung Ludovisi, so benannt nach der Villa, die der Kardinal Ludovico Ludovisi im ersten Drittel des 17. Jh.s auf dem Terrain der Gärten des römischen Historikers Sallust hat errichten lassen und in der berühmte antike Statuen zusammengetragen wurden (z. B. Juno Ludovisi; Ares Ludovisi; »Der Gallier und sein Weib« usw.).

110,36–111,1 *Geburt der Venus … Flötenbläserin:* der sog. Ludovisische Altar (116,4) oder auch Ludovisische Thron, ein dreiseitiges Marmorwerk mit Reliefschmuck an den Außenseiten, höchstwahrscheinlich ein Altaraufsatz, der im Sommer 1887 bei der Parzellierung der Villa Ludovisi (vgl. Anm. zu 110,30) ausgegraben wurde. Es handelt sich um ein Meisterwerk des sog. strengen Stils um 470/460 v. Chr., das als Verherrlichung der Liebesgöttin Aphrodite (Venus) zu deuten ist (vgl. Wolfgang Helbig, *Führer durch die öffentlichen Sammlungen klassischer Altertümer in Rom*, Bd. 2, S. 259–263): Das Hauptbild (Abb. S. 64) zeigt die aus dem Meer auftauchende Göttin, die linke Seite eine flöteblasende Hetäre (Abb. S. 65), die rechte (von Faber nicht erwähnt) eine weihrauchspendende Braut (zur Hochzeit wird es in Fabers Geschichte mit Sabeth nicht kommen). – Die Vorstellung, dass Aphrodite dem Meer entstiegen, »schaumgeboren« sei, geht auf die Theogonie (Bericht über Herkunft und Verwandtschaftsverhältnisse der Götter) des Hesiod (um 700 v. Chr.) zurück: Der Götterherrscher Kronos (später Vater des Zeus) habe seinen Vater Uranos mit einer Sichel entmannt; aus dem Blut, das auf die Erde tropfte, seien Erinnyen (vgl. Anm. zu 142,10), Giganten und Nymphen entstanden, aus dem Glied aber, das ins Meer fiel, Aphrodite. Auf der Insel Kypros (Zypern) sei sie ans Land gestiegen (vgl. Erika Simon, *Die Götter der Griechen*, S. 230). – Zum Ludovisischen Altar vgl. Erika Simon, *Die Geburt der Aphrodite*.

Hauptseite des Ludovisischen Altars: Geburt der Aphrodite
(Vgl. Anm. zu 110,36–111,1)

Linke Seite des Ludovisischen Altars: Flötespielende Hetäre
(Vgl. Anm. zu 110,36–111,1)

111,3 *terrific:* (engl.) eigtl. ›schrecklich‹, ›furchtbar‹; hier im Sinne von ›gewaltig‹, ›großartig‹. Der ursprüngliche Sinn fungiert als Vordeutung.

111,8 *Kopf einer schlafenden Erinnye:* Die sog. Medusa Ludovisi (Abb. S. 67), Kopie eines verlorenen hellenistischen Originals, ist sehr unterschiedlich gedeutet worden. Frisch schließt sich der Interpretation an, dass es sich um eine ermattet eingeschlafene Rachegöttin handelt (vgl. Anm. zu 142,10). Dem Schlaf der Erinnye entsprechen Fabers Unkenntnis bezüglich der Benennung des Frauenkopfs und seine Unwissenheit bezüglich der Gesamtsituation. – Vgl. auch 160,12f. *genau wie wenn sie schläft.*

111,27 *eine Belichtungssache:* Die schon im antiken Mythos vorhandene Beziehung zwischen Aphrodite und den Erinnyen (vgl. Anm. zu 110,36–111,1) wird von Frisch in ein bedeutungsvolles Bild gefasst (die – verbotene – Liebe weckt die Rachegeister), das Faber in bekannter Weise bagatellisiert. Auch hier ist die ›Konstellation‹ wichtig (vgl. Anm. zu 117,7 *Super-Constellation*).

112,4 *archaisch:* wörtl. ›anfänglich, ursprünglich‹. Als archaisch wird die der Klassik vorangehende Kunstepoche Griechenlands bezeichnet (etwa 700–500 v. Chr.), der ihrerseits allerdings schon die Zeit des geometrischen Stils (etwa 900–700) vorangegangen war.
linear: ein Kunststil, der klare Konturen und einfache Komposition bevorzugt.
hellenistisch: die auf die griechische Klassik folgende Kunstepoche (etwa 300–100 v. Chr.), die von der Ausbreitung griechischer (hellenischer) Herrschaft seit Alexander dem Großen geprägt ist.

112,4f. *dekorativ:* ein (im Gegensatz zum linearen) ausschmückender, reicher Stil.

112,5 *sakral:* (von lat. *sacer* ›heilig‹); sakrale Kunst ist auf den Gottesdienst bezogen; Gegensatz: »profan«.

Medusa Ludovisi
(Vgl. Anm. zu 111,8)

naturalistisch: jeder Stil, der um eine möglichst genaue und direkte, ›naturgetreue‹ Wiedergabe der Wirklichkeit bemüht ist.
expressiv: ausdrucksstark.
kubisch: würfelförmig. Hier wahrscheinlich auf archaische Baustile bezogen.
allegorisch: Allegorie (wörtl. ›das Anderssagen‹) meint die Übertragung eines abstrakten Begriffs in ein Bild oder einen bildhaften Ausdruck (bekanntes Beispiel: Justitia, die Göttin der Gerechtigkeit, als Frau mit verbundenen Augen, in der einen Hand eine Waage, in der anderen ein Schwert tragend). Allegorisch sind also Kunstwerke, die einen vordergründig nicht erkennbaren, aber entschlüsselbaren Sinn enthalten.

112,5 f. *kultisch:* »Kultisch« nennt man Gegenstände und Handlungen, die unmittelbar dem Kultus (wörtl. ›Pflege‹), d. h. dem Gottesdienst gewidmet sind, z. B. gewisse Gewänder, ›Gnadenbilder‹ usw.

112,6 f. *highbrow-Vokabular:* »highbrow« (engl. ›jemand mit bedeutsam hochgezogenen Augenbrauen‹) ist eine spöttische Bezeichnung für Intellektuelle bzw. Bildungsprotze.

112,17 *Hors d'œuvre:* (frz.) Vorspeise(n).

112,22 f. *da ich intellektuelle Damen nicht mag:* Frauen, die sich auf angeblich männlichem Terrain bewegen (vgl. Anm. zu 24,24), nennt Faber lieber gleich »Dame«. Vgl. 113,6 f. *vielleicht weil zu intellektuell.*

112,28–34 *Ostdeutschland / Westdeutschland:* Die gegenseitige ideologische Fixiertheit der deutschen Staaten DDR und BRD hat auch zahlreiche andere Emigranten an der Heimkehr gehindert.

113,2 *Orvieto Abbocato:* ein halbsüßer Weißwein.

113,12 *Via Appia:* Die seinerzeit bedeutendste Straße des Römischen Reichs, über deren Entstehung Sabeths Baedeker hinreichend Auskunft gibt, wird zwischen Rom und Fratocchi (bei Albano) von zahlreichen Grabhügeln und -monumenten gesäumt. Eine Variante zu der anschließend erzählten Szene findet sich in dem Roman *Mein Name sei Gantenbein* (vgl. Kap. III).

113,14 *Censor:* Staatsbeamter im alten Rom, dem zum Zweck der Steuererhebung die Schätzung (der Zensus) der Bürger nach Stand und Vermögen oblag, ferner der Bau und die Instandhaltung öffentlicher Straßen, aber auch die Aufsicht über die Sitten der Bürger (Zensur).

113,14f. *Appius Claudius Caecus:* Censor (312 v. Chr.) und Konsul (307 und 296 v. Chr.). Sein Beiname »Caecus« bedeutet ›der Blinde‹ und bezieht sich auf seine altersbedingte Erblindung (während Faber erst im vorgerückten Alter ›sehend‹ wird; vgl. Anm. zu 7,33).

113,19 *Grabmal:* Der Ort von Sabeths Eröffnung (vgl. 117,16ff.) ist ein Ort des Todes.

113,33 *Hochzeitsreise:* vgl. Anm. zu 103,28.

114,10 *Du bist ein Mann!:* Sabeths Männerbild korrespondiert in etwa Fabers Vorstellungen von Männlichkeit und Weiblichkeit (vgl. Anm. zu 24,24), ist ihm aber nicht zivilisiert genug.

114,11f. *daß ich aufspringe und Steine schleudere, um die Leute zu vertreiben wie eine Gruppe von Ziegen:* möglicherweise Anspielung auf die Figur des Polyphem aus der *Odyssee*: Dem einäugigen, menschenfressenden Riesen fallen Odysseus und seine Gefährten in die Hände, aber Odysseus gelingt es, ihn mit einem angespitzten Stock zu blenden (!); unter den Bäuchen von Schafböcken angeklammert, entkommen die Griechen aus der Höhle Polyphems, der auf die anschließenden Hohnreden des Odysseus mit Steinwürfen antwortet.

114,13f. *Kind … Frau:* vgl. 81,25 *Sabeth war schon eine richtige Frau … kein Kind* und 141,31 (Hanna: *Eigentlich ist sie noch ein Kind*).

114,16 *Amerikaner:* vgl. Anm. zu 175,14.

114,24f. *Die violetten Frisuren:* Verschönerungsversuch an grauen Haaren.

114,26 *Panama-Hüte:* breitrandige leichte Sommerhüte aus getrockneten Blättern der Panamapalme.

114,33 *Autocar:* (engl./schweiz.) Omnibus.

114,34–115,9 *Wie Sabeth über mir steht beziehungsweise neben mir ... ihre Augenbogen blaß wie Marmor ... wie eine Statue:* Das Bild von Sabeth als Statue (als etwas Fest-Gestelltem, Stillstehendem) nimmt ihren Tod vorweg. Vgl. 131,9 *ihr Ohr wie aus Marmor*; 160,12f. *genau wie wenn sie schläft, aber weißlich wie Gips*; 191,13f. *ihre Marmorhaut mit Wassertropfen drauf*; 191,22f. *sie steht jetzt, unsere tote Tochter, und singt.* – Faber spielt gegenüber Sabeth (wie Stiller gegenüber Julika; vgl. JA III, S. 779) die Rolle eines umgekehrten Pygmalion (des sagenhaften Bildhauers, dessen Liebe zu einer selbstgeschaffenen Statue diese zum Leben erweckt).

116,9 *Hotel Henri IV.:* Der in Frankreich immer noch verehrte »gute« König Henri IV. (1553–1610), berühmt wegen seiner sozialen Gesinnung und seiner religiösen Toleranz, ist auch als großer Liebhaber in die Geschichte eingegangen.

116,18 *Aqua Marcia:* im Jahre 144 v. Chr. gebaute Wasserleitung, die dritte von schließlich – in der Kaiserzeit – elf Anlagen, deren erste der schon genannte Censor Appius Claudius Caecus im Jahre 312 v. Chr. hatte erstellen lassen. Die Aqua Marcia wird über beträchtliche Strecken (insgesamt etwa 11 km) auf Arkaden (Brückenbögen) als Aquädukt geführt (vgl. Anm. zu 119,6 und zu 189,15).

116,25 *Travertin:* mit Kalk aufgefüllter Kalktuffstein. Der italienische Name (aus lat. *lapis Tiburtinus*) verweist auf den ursprünglichen Abbauort: Tibur, das spätere Tivoli (vgl. Anm. zu 108,30).

116,26f. *Caecilia[e] Q. Cretici f(iliae) Metellae Crassi:* zu ergänzen: »Uxori«: (lat.) wörtl.: »Der Caecilia Metella, Tochter des Quintus Creticus, des Crassus (Gemahlin)«. – Nach längerer Unsicherheit neigt die Forschung heute zu der Meinung, dass mit jenem Crassus der Sohn Marcus des berühmten Marcus Licinius Crassus gemeint ist, so dass Caecilia Metella in der Tat die Schwiegertochter des Triumvirn (116,28) gewesen wäre. – Der Zusammenhang im Roman ist ironisch: Mit der Frage nach Sabeths Mutter (seiner potentiellen Schwiegermutter: 132,24) ist Faber einer Identität von Liebhaber und Vater auf der Spur, die in der Namensgleichheit von Ehemann und Schwiegervater der Caecilia Metella gespiegelt wird. Eine Heirat mit Sabeth würde ihn zu seinem eigenen Schwiegervater machen.

117,3 *ein Flugplatz:* der Flugplatz von Centocelle, auf dem allerdings, dortigen Angaben zufolge, nie Flugzeuge des Typs Super Constellation gelandet sind (Mitteilung von Christian Heezen). Der hierfür geeignete Flugplatz Ciampino liegt in anderer (südöstlicher) Richtung.

117,7 *DC-7:* vgl. Anm. zu 17,34.

Super-Constellation: Den Namen des immer wieder erwähnten Flugzeugtyps hatte Frisch einmal als Überschrift für die *»erste Station«* vorgesehen (vgl. Kap. II). Hier wird deutlich, dass *Super-Constellation* auch und vor allem die höchst ungewöhnliche Personen-Konstellation Joachim – Hanna – Faber – Sabeth meint, aus der die ›schicksalhaften‹ Ereignisse sich ergeben. – »Konstellation« (von lat. *stella* ›Stern‹) meint ursprünglich die Stellung der Gestirne zueinander, wie sie von der Erde aus zu beobachten ist, insbesondere die Stellung der Sonne zu Mond und Planeten (vgl. Anm. zu 124,14–16) sowie die Stellung einzelner oder mehrerer besonders auffälliger Gestirne am Himmel (vgl. 90,10ff.: Sternbilder und Komet). In der Astrologie glaubt man das Schicksal eines Menschen aus der Konstellation der Gestirne im Augenblick seiner Geburt ableiten zu können. Gegen einen solchen Glauben an ein von außen kommendes Schicksal (gegen »Fügung«) protestiert Faber wiederholt (22,1; 73,4; 107,1 u. ö.). Die Zwangsläufigkeit der Begebenheiten in diesem Roman hat denn auch eine andere Ursache; sie beruht auf Fabers innerer Disponiertheit: Sein Versagen gegenüber Hanna hat er zu verdrängen gesucht, bleibt gerade darum auf seine damalige Existenz fixiert (vgl. Anm. zu 59,19f.); darum fährt er mit Herbert auf die Tabakplantage, und darum verliebt er sich in ein Mädchen, das Hanna ähnelt. – Der Ausbruch des so lange gewaltsam Verdrängten erfolgt zu einem Zeitpunkt, da Alter und Krankheit Fabers starre Haltung insgesamt aufzulösen beginnen. Das stellt – über die Kuba-Episode hinaus – den zentralen Vergleichspunkt zu Thomas Manns *Tod in Venedig* dar (vgl. Anm. zu 107,34; 131,31 und zu 172,33f.).

117,9.24.29f.; 118,1 *verschwinden:* vom Flugzeug und von Sabeth in unterschiedlichem Sinne gesagt; im Moment der Identifizierung von Sabeths Mutter gewinnt die eigentliche, zuerst verifizierte Bedeutung aber auch für Sabeth bedrohliche Aktualität, ohne dass sie das wissen könnte. – Dass Sabeth auf den Boden (d. h. auf den Grabhügel) stampft, bringt Rhonda L. Blair in Verbindung mit dem antiken Glauben, auf solche Weise rufe man die Geister der Unterwelt herauf (Mat., S. 154). Im Romanzusammenhang hieße das: Sabeths Eröffnung erweckt Totgeglaubtes (Fabers Beziehung zu Hanna) zum (seinerseits lebensbedrohenden) Leben.

119,6 *Aquaedukte:* Als *aquaeductus* wurde im antiken Rom jede Wasserleitung bezeichnet; in der Archäologie dagegen meint »Aquädukt« speziell die auf Arkadenbögen geführte Leitung. Vgl. Anm. zu 116,18.

119,8 *der Kommunizierenden Röhre:* In miteinander verbundenen Röhren liegen die Flüssigkeitsspiegel (sofern es sich um ein und dieselbe Flüssigkeit handelt) auf gleicher Höhe. – Entgegen der Meinung Fabers haben auch die Erbauer römischer Wasserleitungen dieses Prinzip schon benutzt, um Täler oder Ebenen zu überwinden, wenn der Bau von Aquädukten nicht möglich schien; diesen haben sie freilich den Vorzug gegeben. Vgl. Fabers Polemik gegen den *idiotischen Verschleiß an Menschenkraft* bei den Mayas (44,24 f.).

121,15 *Emigration:* Genaueres dazu: 143,30 ff. und 184,35 ff.

121,21 *Porta San Sebastiano:* ehemaliges Stadttor, die frühere Porta Appia.

121,22 *San Giovanni in Laterano:* Die im 4. Jh. gegründete und seither mehrfach beschädigte und wiederhergestellte Kirche ist die Kathedrale des Papstes als des Bischofs von Rom. Der angrenzende Lateranpalast, bis 1308 päpstliche Residenz, führt seinen Namen nach der altrömischen Familie der Laterani, denen das Gelände bis zur Zeit des Kaisers Nero gehört hat.

121,34 f. *ich legte mir die Daten zurecht, bis die Rechnung wirklich stimmte:* Der angeblich ›sachliche‹ Techniker lässt sich durch Wunschdenken zu elementaren Fehlern auf eigenstem Gebiet verführen.

122,5 *nach Adam Riese:* Redensart bezüglich einfacher Rechenvorgänge, zurückgehend auf den deutschen Rechenmeister Adam Riese (um 1492–1559), dessen Rechenbücher lange Zeit an deutschen Schulen benutzt worden sind.

122,9 *Pantheon:* Das Pantheon ist ein römischer Tempel, der der Gesamtheit der Götter geweiht war. 609 n. Chr. weihte Papst Bonifatius IV. den Bau als Kirche Santa Maria ad Martyres der Heiligen Jungfrau und allen Märtyrern.

122,9 f. *Piazza Colonna:* ›Säulenplatz‹ nach einer vom römischen Kaiser Mark Aurel (121–180) errichteten Säule, deren Reliefband seine Feldzüge gegen Germanen und Sarmaten darstellt. Auf der Säule steht seit 1589 ein Bronzestandbild des Apostels Paulus.

122,15 *Via Veneto:* nach Vittorio Veneto benannte, in den fünfziger und sechziger Jahren als Promenade der Reichen und Berühmten geltende Straße.

122,17 *Alabaster-Halle:* Alabaster: nach der oberägyptischen Stadt Alabastron benannter marmorähnlicher, durchscheinender Gips.

122,29 *gelbes Pyjama:* Das hindi-englische Wort für ›Schlafanzug‹ wird in der Schweiz und in Österreich als Neutrum flektiert.

123,4 *Alfa Romeo:* Der Alfa Romeo (benannt nach Shakespeares berühmtem Liebenden), der die ganze Nacht das Hotel umkreist, wird von Rhonda L. Blair (im Anschluss an Hans Geulen) mit der *Meute von Autos* auf der Place de la Concorde (100,31) in Verbindung gebracht und als Hinweis auf die (mit einer Hundemeute jagenden) Erinnyen gedeutet (Mat., S. 153); vgl. Fabers Satz: *ich lag wie gefoltert* (123,15 f.). – Im Übrigen korrespondiert »Alpha« als erster Buchstabe des griechischen Alphabets dem »Omega« in der Markenbezeichnung von Fabers Uhr (vgl. Anm. zu 129,12).

123,8 f. *Vollgas auf Leerlauf:* vgl. 123,3 und 123,22; auch 169,16 f.; sowie Anm. zu 7,1 (Ruhe und Bewegung).

124,2 f. *Saint Germain:* Saint-Germain-en-Laye, Stadt im westlichen Vorortbereich von Paris.

124,4 *da ich den Citroën von Williams hatte:* In Wahrheit ist das Kausalverhältnis umgekehrt.

124,9 f. *die Nacht (13. V.) mit der Mondfinsternis:* Die totale Mondfinsternis vom 13. Mai 1957 stellt eine der Realität entnommene Begebenheit dar.

124,14–16 *Die bloße Tatsache, daß drei Himmelskörper, Sonne und Erde und Mond, gelegentlich in einer Geraden liegen:* vgl. Anm. zu 117,7 *Super-Constellation.* – Klaus Schuhmacher hat, ausgehend von der Identifikation Frau = Teich, Mann = Mond in *Don Juan oder Die Liebe zur Geometrie* (JA III, S. 100), die Konstellation Mond – Erde – Sonne auf Faber – Hanna – Sabeth bezogen: Sabeth erhellt Fabers Existenz; Hanna, als Archäologin und als Mutter der Erde verbunden, verschattet die Selbstherrlichkeit des Mannes (Klaus Schuhmacher, *»Weil es geschehen ist«*, S. 74; vgl. auch Walter Schmitz in: Mat., S. 226 f.). – Da die Mondszenen im *Homo faber* durchaus des Elementes ›Teich‹ entbehren, ist die Annahme wahrscheinlicher, dass Sonne und Mond hier im traditionellen Sinne für das männliche und das weibliche Prinzip stehen: Sabeth (der Mond) wird für Faber (die Sonne) deshalb so bedeutsam (*eine Belichtungssache*, 111,27), weil zwischen ihr und ihm seine verdrängte Erinnerung an Hanna (die Erde) steht. Hanna, bzw. seine unbewusste Fixiertheit auf das Hanna-Erlebnis, lässt ihm einerseits das Mädchen wichtiger als alle anderen werden (*deutlicher sogar als sonst*, 124,26 f.), wirft andererseits einen Todesschatten auf die ›unnatürliche‹ Beziehung. – Diese Deutung gewinnt an Wahrscheinlichkeit durch die Beziehung Sabeth – Persephone (vgl. Anm. zu 129,6–13); Persephone ist ursprünglich eine Mondgöttin gewesen, und ihren Wechsel zwischen Ober- und Unterwelt hat man teilweise mit den Mondphasen identifiziert (W. H. Roscher, *Lexikon der griechischen und römischen Mythologie*, Bd. 2, Sp. 1320 und 1333 f.).

124,21 *Terrasse über der Rhone:* Gemeint ist wohl der an den Papstpalast (vgl. Anm. zu 188,31 f.) anschließende Park Rocher des Doms auf einem Felsen hoch über der Rhône.

124,23 *die verständliche Erscheinung:* vgl. 24,27 *ich finde es nicht fantastisch, sondern erklärlich.*

125,6 *bis zum Schlottern:* vgl. Anm. zu 95,27 f.

125,9 *Athen:* Die wichtigste Stadt des alten Griechenland heißt nach der Göttin Athene, der jungfräulichen (Parthenos) Göttin der Weisheit. Die Beziehungen Hannas zu der später (142,9) auch ausdrücklich genannten Göttin sind deutlich.

125,11 *Diakonissin:* sozialpflegerisch tätige Frau im Rahmen evangelischer Institutionen; hier: Oberschwester im Krankenhaus.

125,11f. *ob die Operation gemacht ist:* Da Faber einen Schlangenbiss als Ursache für Sabeths Bewusstlosigkeit vermutet, ist *Operation* hier im weiteren Sinne zu verstehen (Eingriff, der auch eine Injektion – so 126,27 – meinen kann). Zugleich aber fungieren die ersten Sätze dieses Abschnitts als Vorwegnahme des Endes (198,17f. *wenn ich wieder zum Bewußtsein komme, wird es heißen, ich sei operiert*): Sabeths und Fabers Ende werden aufeinander bezogen. Ohnehin dürfte der unbefangene Leser die Situation zunächst ›missverstehen‹ und *Operation* auf Faber beziehen.

125,29 *Brille:* vgl. dazu das Motiv der Blindheit (7,33 u. ö.).

126,1 *Sonnenstores:* Stores (frz.) sind Fenstervorhänge, im Schweizerischen auch Markisen, Sonnenvorhänge aus Segeltuch oder (wie hier) aus Kunststofflamellen.

126,2 *mädchenhaft:* Verstärkung des Ähnlichkeitsmotivs. Vgl. 94,34: *Ihr Hanna-Mädchen-Gesicht!*

126,21 *Dr. Eleutheropulos:* Der Name bedeutet wörtlich ›Sohn (Abkömmling) des Freien‹. – Der Arzt, der zunächst Hanna und Faber scheinbar von ihren Sorgen um Sabeth befreit, erscheint am Ende als ein ›Befreier‹ zum Tode. – Vgl. auch Anm. zu 131,31.

126,22 *Kreuzotter:* Nach der X-förmigen Zeichnung am Hinterkopf benannte Giftviper.

127,1 *Korinth:* im Altertum bedeutende Handelsstadt mit Häfen westlich und östlich der Meerenge zwischen der Balkanhalbinsel und dem Peloponnes (1893 wurde die Meerenge durchstochen). Vgl. Anm. zu 150,11.

127,7f. *Ich staunte über Hanna; ein Mann, ein Freund, hätte nicht sachlicher fragen können:* vgl. 158,13f. *Hanna wie ein Freund* und 198,26 *Hanna ist mein Freund.* In Fabers Staunen spiegelt sich sein Klischeebild von der Frau.

127,17–25 *Schlange … Der Biß war oberhalb der linken Brust:* Die Symbolik des auf das Herz zielenden Schlangenbisses deutet auf den Vater-Tochter-Inzest, der in verschiedenen mythischen Überlieferungen als Vereinigung der Tochter mit einer Schlange erscheint (vgl. Otto Rank, *Das Inzest-Motiv in Dichtung und Sage*, S. 344, Anm.). Vgl. Anm. zu 157,35–158,4. Vgl. auch schon Fabers Heiratsantrag im *Papierschlangensaal* (94,31; Ferdinand van Ingen, »Max Frischs ›Homo faber‹ zwischen Technik und Mythologie«, S. 77).

128,18 *Serum:* hier: Impfstoff mit Gegengift.

129,1 *Mittag, Totenstille:* vgl. Anm. zu 157,12f.

129,6–13 *Megara / Eleusis:* Megara und vor allem Eleusis waren in der Antike Zentren der Demeter-Verehrung. Demeter, die Göttin der Fruchtbarkeit, des Ackerbaus und des Getreides, Schwester und Geliebte des Zeus, war die Mutter der Persephone. Diese wurde vom Unterweltgott Hades geraubt, der erst nach langen Verhandlungen der Vereinbarung zustimmte, dass Persephone nur ein Drittel (andere Überlieferung: die Hälfte) des Jahres in der Unterwelt zubringen musste, für den Rest aber bei den himmlischen Göttern im Olymp weilen durfte. – Diesem Vegetationsmythos (Aufblühen, Reife und Absterben des Pflanzenreichs symbolisierend) waren die Eleusinischen Mysterienfeiern gewidmet, die vor allem der Versöhnung der klagenden und zornigen Mutter galten. Der Sage zufolge war sie auf der Suche nach der verlorenen Tochter auch zu König Keleos von Eleusis gekommen und hatte dessen Sohn Triptolemos den Weizen geschenkt mit dem Auftrag, den Ackerbau und ihren Kult über die ganze Welt zu verbreiten (vgl. Abb. S. 78). – Das Verhältnis zwischen Demeter und Persephone (die auch Kore – ›Mädchen‹ – genannt wird) gilt als *das* urbildliche Mutter-Tochter-Verhältnis im antiken Mythos. Die Beziehung der Konstellation Demeter – Persephone – Hades zu Hanna – Sabeth – Faber ist deutlich. Vgl. auch Rhonda L. Blair in: Mat., S. 142–170.

Triptolemos zwischen Demeter und Persephone
Das große eleusinische Relief, um 430 v. Chr. (Athen, Nationalmuseum)
(Vgl. Anm. zu 129,6–13)

129,12 *Omega-Uhr:* »Omega« ist eine bekannte Uhrenfirma, aber auch der letzte Buchstabe des griechischen Alphabets und bezeichnet das Ende. Sabeths und auch Fabers Uhr ist abgelaufen. Vgl. 14,19f. *Ich sagte, meine Uhr sei stehen geblieben*; 134,11f. *einer archaischen Wanduhr mit zersprungenem Zifferblatt*; 147,1f. *es war tatsächlich, als stehe die Zeit*; 155,27f. *Uhren, die imstande wären, die Zeit rückwärts laufen zu lassen*. Vgl. auch Anm. zu 102,22. – Wie bei anderen Fabrikaten mit antikisierenden Namen – *Hermes-Baby* (vgl. Anm. zu 161,4), *Opel-Olympia* (vgl. Anm. zu 159,34) und vor allem *Alfa Romeo* (vgl. Anm. zu 123,4) – nutzt Frisch den möglichen Beziehungsreichtum für symbolische Verweise.

129,19 *Pullman:* nach dem amerikanischen Industriellen George Mortimer Pullman (1831–97) benannter luxuriös ausgestatteter Eisenbahnschlafwagen; später auf Luxus-Reisebusse übertragen.

129,23 *Daphni:* in der Antike »Daphne«, nach der gleichnamigen Nymphe, die auf der Flucht vor der Liebe des Gottes Apollon in einen Lorbeerbaum verwandelt wurde (Ovid, *Metamorphosen* 1,452ff.). In einer älteren Version wird Daphne von ihrer Mutter Gäa (›Erde‹) verschlungen, die an ihrer Stelle einen Lorbeerbaum emporsprießen lässt. – Auch Sabeth kommt zu Tode (und vorher in die Obhut der Mutter), weil sie vor Faber zurückweicht (157,36–158,2).

129,35 *Leofores:* korrekt: Leoforos (›das Volk tragend‹): alte Bezeichnung für Heer- und Landstraße. Zum Zentralkrankenhaus von Athen führen der Leoforos Vasilissis Sofias und der Leoforos Vasileos Konstantinou.

130,11 *Aspisviper:* nach ihrer Zeichnung (griech. *aspis* ›der Schild‹) benannte Giftschlange, deren Biss noch gefährlicher ist als der der Kreuzotter.

130,15 *als Fachmann:* Auch dieser – Faber durch seine Sachlichkeit so imponierende – »Fachmann« versagt, indem er eine falsche Diagnose stellt (160,26f.).

130,22 f. *meine Füße, die er der Diakonissin überließ:* Fabers dann noch öfter erwähnte schmerzende Füße können als Hinweis auf Oedipus verstanden werden (der Name »Oedipus« bedeutet ›Schwellfuß‹ und bezieht sich auf die Verletzung des von den Eltern zum Tode bestimmten Kindes) – vgl. Anm. zu 142,8 –, aber auch wieder auf Odysseus, der verkleidet nach Hause kommt und beim Füßewaschen von der alten Dienerin Euryklea an einer Narbe erkannt wird.

130,26: *Mortalität:* Sterblichkeit, Sterblichkeitsquote.

130,28 *Kobra:* sehr giftige Natter mit mehreren Arten in Asien und Afrika (»Brillenschlange«).

131,9 *ihr Ohr wie aus Marmor:* vgl. Anm. zu 114,34–115,9.

131,23 *Elsbeth:* Auch Hanna kürzt den Namen ihrer Tochter ab, wenn auch anders als Faber. Diese ›Verstümmelungen‹ »veranschaulichen, wie jeder Opponent seinen begrenzten Anteil [am gemeinsamen Kind] als das Ganze beansprucht« (Walter Schmitz in: Mat., S. 220). Vgl. Anm. zu 131,36–132,1 und zu 183,5.

131,31 *Das Dionysos-Theater:* nach dem Gott Dionysos benanntes, aus dem 6. Jh. v. Chr. stammendes Theater, das im 1.–3. Jh. n. Chr. von den Römern umgestaltet wurde. Bei den Dionysosfesten in Athen wurden Komödien und Tragödien aufgeführt. – Auch Dionysos ist ursprünglich, wie Demeter und Persephone, eine Vegetationsgottheit und wurde mit beiden zusammen bei den Eleusinischen Mysterien gefeiert (vgl. Anm. zu 129,6–13). Als Gott speziell des Weines leitete er orgiastische Umzüge seiner ekstatisch erregten Anhänger, bei denen er selbst in Tiergestalt erschien (meist als Bock oder Stier) und ein riesiger Phallus als Zeichen der Fruchtbarkeit mitgeführt wurde. – Getreu der Gegenüberstellung des apollinischen und des dionysischen Kunst- und Lebensprinzips bei Friedrich Nietzsche (*Die Geburt der Tragödie aus dem Geist der Musik*,

1872) hat Thomas Mann in der Novelle *Der Tod in Venedig*, auf die der *Homo faber* sich mehrfach (ironisch) bezieht, den Untergang des apollinischen Künstlers Aschenbach in dionysischer Zuchtlosigkeit gestaltet. – Dafür, dass Dionysos auch im *Homo faber* das verdrängte Elementare, Kreatürliche, Zucht-lose bedeutet, sprechen sowohl die Dschungel-Thematik (man dachte sich Dionysos aus Indien gekommen; vgl. im *Tod in Venedig* Aschenbachs Vision; *Gesammelte Werke*, Bd. VIII, S. 447) als auch der Name »Ivy« (vgl. Anm. zu 91,22f.). – Da Dionysos als ein Leben und Tod umfassender Gott gedacht war (man feierte seinen Tod und seine Wiedergeburt), mag auch der Name des Arztes (*Eleutheropulos*, 126,21) auf ihn zu beziehen sein. In Athen führte Dionysos nämlich den Beinamen »Eleuthereus«, weil der Kult aus der Stadt Eleutherai nach Attika eingeführt worden war. (Entgegen einer in der Forschung wiederholt aufgestellten Behauptung bedeutet »Eleuthereus« keineswegs ›Befreier‹.)

131,36–132,1 *auf Wunsch ihres Vaters:* Es fällt auf, dass Hannas Tochter von jedem anders genannt wird (vgl. Anm. zu 131,23 und zu 183,5). Auch ihr ›eigentlicher‹ Name, Elisabeth Piper (80,30), spiegelt diese Fremdbestimmung: Vor- wie Nachname stammen von Stiefvätern. Wie sie selbst sich nennt, erfahren wir nicht.

132,6 *Athen eine gräßliche Stadt, Balkan:* Vgl. Frischs Tagebuch von seiner Griechenlandreise im Frühjahr 1957: »Athen widerborstig; erster Eindruck: Balkanstadt« (*Jetzt ist Sehenszeit*, S. 160).

132,8 *levantinisch:* Als Levante (›Sonnenaufgang‹) bezeichneten die Italiener des Mittelalters die Länder des östlichen Mittelmeers. Die dortige europäisch-orientalische Mischbevölkerung, die sogenannten Levantiner, galt als besonders geschäftstüchtig.

132,29f. *übrigens hat sie recht: es sind einundzwanzig Jahre, genau gerechnet:* Da diese ›genaue‹ Rechnung Fabers

Selbstbetrug (vgl. Anm. zu 121,34 f.) zerstört, zieht er sie kurz darauf schon wieder in Zweifel (142,33 f.).

133,12 *Akropolis:* wörtl. ›Bergstadt‹. Die Akropolis von Athen ist der berühmteste Tempelbezirk der Antike mit (u. a.) dem Parthenon (dem Tempel der Athene Parthenos), dem Erechtheion (nach dem sagenhaften König Erechtheus) und dem Niketempel.

133,13 *Lykabettos:* Hügel im Nordosten Athens. Der Sage nach ein Felsen, den Athene hier hat fallen lassen. – Da auf dem Lykabettos lediglich eine Kapelle steht, die Akropolis aber das berühmteste Ensemble der Antike überhaupt darstellt, betrifft Hannas Korrektur keineswegs *Nebensachen*, wie Faber notiert (133,15).

134,11 f. *Wanduhr mit zersprungenem Zifferblatt:* vgl. Anm. zu 129,12 und zu 139,24 f.

136,2 *Sarkophag; etruskisch:* »Sarkophag« heißt wörtlich ›fleischfressend‹ und bezeichnete eine in Griechenland für Särge verwendete Kalksteinart, die angeblich die Leiche rasch aufzehrte. Später Bezeichnung für monumentale Särge, zum Teil mit Reliefs an den Seiten und Figurenplastik auf dem Deckel. Die Etrusker (vgl. Anm. zu 109,5), die über eine reiche Grabkultur verfügten, haben berühmte Sarkophage hinterlassen, deren reichste Sammlung sich im römischen Thermenmuseum befindet (vgl. Anm. zu 110,11). Neben dem Hinweis auf den Tod (vgl. den mehrdeutigen Satz *Meine Zeit war abgelaufen*, 136,8) enthält der Passus also auch noch einen versteckten Rückverweis auf die Szene im römischen Museum.

136,10 *Bari:* italienische Hafenstadt am Adriatischen Meer. Faber und Sabeth sind also mit dem Schiff nach Patras gekommen und von dort mit der Eisenbahn oder mit dem Bus weitergereist (150,13).

136,19 *Die Mumie im Vatikan:* Im Palast des Papstes auf dem Monte Vaticano in Rom befindet sich neben anderen weltberühmten Sammlungen auch ein Ägyptisches

Museum (Museo Gregoriano Egizio). Der Versuch der alten Ägypter, Leichen durch eine besondere Behandlung (Mumifizierung) der Verwesung zu entziehen, kann (neben den Statuen und den Robotern) als eine weitere Methode betrachtet werden, *den Tod zu annullieren* (77,33).

136,22f. *eintreten, um mich von rückwärts mit einer Axt zu erschlagen:* Im Gegensatz zu seiner späteren Behauptung, *daß ich in Mythologie … nicht beschlagen bin* (142,13f.), assoziiert Faber hier durchaus passend die Ermordung des heimgekehrten griechischen Heerführers Agamemnon durch seine ungetreue Gattin Klytämnestra; denn die Entfremdung zwischen diesen beiden ging zurück auf Agamemnons Entscheidung, die eigene Tochter, Iphigenie, opfern zu lassen, um günstigen Wind für den Zug gegen Troja zu erlangen.

136,30 *Statistik:* Hanna wendet hier das gleiche Argument gegen Faber, das er gegenüber Ivy als Begründung für seine angebliche Flugangst benutzt hatte (vgl. Anm. zu 61,7f.).

137,13 *als gebe es nur Hanna, die Mutter:* vgl. 201,5–7 *daß sie ein Kind wünschte … ohne Vater, nicht unser Kind, sondern ihr Kind.*

138,20f. *Haut unter ihrem Kinn, die mich an die Haut von Eidechsen erinnert:* Diese Bemerkung macht Faber schon auf dem Schiff, als er sich vorzustellen versucht, wie Hanna inzwischen wohl aussehen könnte (79,24f.). Vgl. Anm. zu 23,5f.

138,28 *Sie ist ja kein Kind mehr:* vgl. dagegen 141,31 *Eigentlich ist sie noch ein Kind.* Hanna schwankt zwischen rationaler Einsicht und dem Bedürfnis, ›ihr‹ Kind für sich zu behalten.

139,24f. *Ich kleistere die Vergangenheit zusammen:* Während Faber die gemeinsame Zeit bis 1936 durch forcierte Ausrichtung auf Gegenwart und Zukunft zu verdrängen suchte, zog Hanna sich in weit zurückliegende

Vergangenheiten zurück; darauf verweist auch die »archaische« Uhr mit dem zerbrochenen Zifferblatt (134,11f.). – Die Vereinseitigung beider Existenzen spiegelt sich in dem selektiven Verhältnis zum Zeitkontinuum von Vergangenheit, Gegenwart und Zukunft.

139,35 *die Männer ganz allgemein:* Dem Klischeebild Fabers von der Frau wird hier ein Klischeebild vom Mann entgegengestellt, das seinerseits wiederum die Ansichten Jürg Reinharts aus Frischs früherem Roman *Die Schwierigen oder J'adore ce qui me brûle* persifliert (vgl. JA I, S. 478–480).

140,21 *die Frau als Proletarier der Schöpfung:* Hannas Darlegung, die manches feministische Argument der Gegenwart vorwegnimmt, hat ihr zeitgenössisches Pendant (wahrscheinlich ihre Quelle) in Simone de Beauvoirs Buch *Das andere Geschlecht* (dt. 1951); vgl. die Ausschnitte in Kap. VII.

140,23 *Backfisch:* früher geläufige Bezeichnung für weibliche Teenager (abgeleitet wohl vom jungen Fisch, der nur zum Backen und Braten taugt).

141,19f. *klein wie eine Kinderhand, älter als die übrige Hanna:* In den höchst widersprüchlichen Bemerkungen über Hannas Hand kommen die Dichotomien Kind – Frau, Jugend – Alter, Vergangenheit – Gegenwart, d. h. das Thema der Vergänglichkeit zum Ausdruck.

142,3f. *Alle Frauen haben einen Hang zum Aberglauben:* vgl. Anm. zu 24,24.

142,5 *Wärmesatz:* vgl. Anm. zu 74,19.

142,8 *Oedipus und die Sphinx:* beliebtes Bildmotiv auf antiken Vasen (vgl. Abb. S. 5 und 85). Das Schicksal des Oedipus, der auf Grund einer schrecklichen Weissagung (vgl. 61,33f.) als Kind ausgesetzt wird, später unwissentlich seinen Vater erschlägt und ebenso unwissentlich seine Mutter heiratet, sich nach Aufdeckung des Inzests blendet und, von seiner Tochter Antigone geleitet, die Heimat Theben verlässt, um schließlich entsühnt im

Oedipus und die Sphinx
Attische Pelike (Berlin, Staatliche Museen)
(Vgl. Anm. zu 142,8)

Hain der Eumeniden (Kolonos bei Athen) zu sterben, gibt, wie in der Forschung häufig bemerkt, mehrere Parallelen zum Fall Walter Fabers her (unwissentlicher Inzest, erwogene Selbstblendung – 192,22–24 –, Tod in Athen). Viel wichtiger ist aber das hier ausdrücklich genannte Motiv *Oedipus und die Sphinx*: Die Sphinx, ein Ungeheuer mit dem Kopf eines Mädchens und dem Leib eines geflügelten Löwen, versinnbildlicht die rätselhafte Natur, darüber hinaus (nach altgriechischer Auffassung) die Unabwendbarkeit des Todes. Oedipus befreite Theben von der Sphinx, die vor der Stadt saß, jedem Vorüberkommenden ihr Rätsel aufgab und diejenigen, die die Antwort nicht wussten, verschlang. Das Rätsel (»Was ist am Morgen vierfüßig, am Mittag zweifüßig, am Abend dreifüßig?«) wurde von Oedipus gelöst (»der Mensch«: als kleines Kind auf allen Vieren; als Erwachsener; als Greis am Stock). Zum Lohn wurde er Herrscher von Theben und Gatte der verwitweten Königin, seiner Mutter. Der Sieg über die Sphinx lässt ihn hochmütig werden; er bildet sich ein, alle Geheimnisse durchschauen zu können, und bringt mit der Untersuchung über die Ursachen der Pest, die nach Jahren die Stadt heimzusuchen beginnt, sich selbst zur Strecke. – *Oedipus und die Sphinx* meint im Kontext des Romans also vor allem Fabers technizistischen Hochmut gegenüber der Natur und gegenüber allen Lebenserscheinungen, seinen Irrglauben, alles mit Wahrscheinlichkeitsrechnung, Statistik usw. ›in den Griff bekommen‹ zu können, während er in Wahrheit, wie Oedipus, ›blind‹ ist gegenüber den tatsächlichen Zusammenhängen und vor allem gegenüber den Besonderheiten des konkreten Falls.

142,9 *Athene:* vgl. Anm. zu 125,9.

142,10 *die Erinnyen beziehungsweise Eumeniden:* Die Rachegöttinnen (vgl. Anm. zu 111,8) wurden euphemistisch (im Sinne beschönigender Beschwörung) »Eumeniden«, d. h. ›die Wohlmeinenden‹, genannt. Aischylos hat das im dritten Teil seiner *Orestie* (der Geschichte des von den Erinnyen verfolgten Muttermörders Orest) in Handlung umgesetzt: Orest, der, um den Vater Agamemnon zu rächen, die Mutter Klytämnestra erschlagen hat, wird in Athen von den Erinnyen angeklagt, von Apollo verteidigt und, bei Stimmengleichheit, von Pallas Athene freigesprochen. Athene versöhnt auch die aufgebrachten Erinnyen, die nun, als Eumeniden, beschützende Gottheiten werden. – Frisch hat den zweiten Teil des *Homo faber* ursprünglich »Die Eumeniden« nennen wollen (vgl. die Kompositionsskizze in Kap. II und Anm. zu 161,1). In *Montauk* werden die Erinnyen als Verkörperung quälender Erinnerungen nochmals beschworen (JA VI, S. 634). – Vgl. auch Anm. zu 182,25.

142,13 *Mythologie:* die Gesamtheit der mythischen Überlieferung, d. h. der Sagen von der Entstehung der Welt, von den Göttern und von den Heroen.

Belletristik: ›schöne Literatur‹: Dichtung im Gegensatz zur Sach- und Gebrauchsliteratur; oft mit abfälligem Nebensinn benutzt.

142,21 f. *déformation professionelle:* (frz.) berufsbedingte ›Verformung‹, Vereinseitigung.

143,3 f. *aus dem Leben geschieden:* beschönigend für ›gestorben‹; bei dem auf Klarheit und Prägnanz bedachten Faber eine auffällige und entlarvende Redeweise.

143,26–28 *Dabei kann man nicht einmal sagen, Hanna sei unfraulich. Es steht ihr, eine Arbeit zu haben:* Großzügig gesteht Faber eine ›Ausnahme von der Regel‹ zu (wobei vorherrschendes Kriterium bleibt, ob einer Frau etwas ›steht‹).

143,34 *BBC:* British Broadcasting Corporation (›Britische Rundfunkgesellschaft‹). 1938 richtete die BBC einen Deutschen Dienst ein, der vor allem nach Beginn des Zweiten Weltkriegs Aufklärungs- und Propagandasendungen für Deutschland brachte und an dem auch deutsche Emigranten mitwirkten. Z. B. sind auch Thomas Manns Ansprachen an die Deutschen im Hitlerreich von der BBC aufgenommen und ausgestrahlt worden.

143,36 *aus einem Lager heraus:* Nach Kriegsausbruch wurden in Großbritannien (wie auch in Frankreich und anderswo) deutsche Emigranten wegen ihrer Herkunft als ›feindliche‹ Ausländer in Internierungslagern inhaftiert, wobei Kommunisten infolge des deutsch-sowjetischen Nichtangriffsvertrags (Hitler-Stalin-Pakt vom 23. August 1939) als doppelt verdächtig galten.

144,3 f. *neuerdings bereit, Konzentrationslager gutzufinden:* Anspielung auf die sowjetischen ›Arbeitslager‹, die wegen ihrer oft unmenschlichen Lebensbedingungen von vielen mit den nationalsozialistischen Konzentrationslagern (die teilweise Vernichtungslager waren) gleichgestellt wurden und werden (vgl. etwa Alexander Solschenizyn, *Der Archipel Gulag*, München 1974–76).

144,5–19 *Filme / stockblind / Auch mich fand sie stockblind:* Die Verbindung von Filmen und Realitätsblindheit teilt Piper mit Faber.

144,6 *Juni 1953:* Am 17. Juni 1953 kam es in der DDR zu einem Aufstand, der sich zunächst gegen die vom SED-Politbüro verfügte Erhöhung der Arbeitsnormen richtete, dann in weiter gehende Forderungen mündete (Rücktritt der Regierung, freie Wahlen) und von sowjetischen Truppen gewaltsam niedergeschlagen wurde.

144,23 *Wieso Gott[?]:* vgl. Anm. zu 183,5.

144,33 *Klimakterium:* »Wechseljahre« der Frau, etwa zwischen dem 45. und dem 55. Lebensjahr, in denen die Fruchtbarkeit endet.

145,36–146,1 *Äußerlichkeiten, nicht der Rede wert. Karriere und Derartiges:* vgl. dagegen 90,35 f. *Ich lebe, wie jeder wirkliche Mann, in meiner Arbeit.*

146,25 *angina pectoris:* wörtl. ›Brustenge‹; auf Sauerstoffmangel des Herzmuskels beruhende, in schweren Fällen lebensbedrohende Zustände.

148,21 *wie ein Fötus:* Als Fötus oder Fetus bezeichnet man die menschliche Leibesfrucht etwa vom vierten Schwangerschaftsmonat an. – Auch Faber, seiner Scheinsicherheit beraubt, ist sozusagen ›obdachlos‹ geworden und nimmt die Haltung des hilflosen, aber geborgenen Kindes im Mutterleib an.

149,8 *zum Tod verurteilt:* trifft in der Tat auf Sabeth und den unwissentlich todkranken Faber zu. Vgl. Anm. zu 14,11f.

149,20 *Ihre Flöte auf dem Bücherbrett:* vgl. Anm. zu 110,36–111,1.

150,5 *mit nacktem Oberkörper:* vgl. Anm. zu 157,35–158,4.

150,11 *Akrokorinth:* Burgberg von Korinth (vgl. Anm. zu 127,1). Frisch verwendet für die Darstellung dieser Nacht und des folgenden Tages Reminiszenzen an seine erste Griechenlandreise im Jahre 1933; vgl. *Korinthische Wanderung* (JA I, S. 57–61): »der olle Pan, den ich kennenlerne, indem ich plötzlich erwache mit einem unsagbaren Schrecken« (ebd., S. 57; vgl. Anm. zu 157,12f.); Vollmond, Schlaf unter einem Feigenbaum (vgl. Anm. zu 150,18f.), Hühnerhof (150,16 *Hühnerdorf*), Apollotempel (vgl. Anm. zu 150,14), Fahrt auf einem mit Kieseln gefüllten, »beinahe historischen Zweiräderkarren« (ebd., S. 60f.; vgl. 128,3ff.). – Die Wiederaufnahme dieser autobiographischen Reminiszenzen könnte mitveranlasst worden sein von solchen aus der literarischen Tradition: Nicht unwahrscheinlich ist eine Anspielung auf Goethes Ballade *Die Braut von Korinth* (tote Braut, Mutter-Tochter-Problematik); Schillers Ballade *Die Kraniche des Ibykus* spielt in Korinth und stellt den Gesang der Erinnyen ins Zentrum, jener »furchtbaren Macht«, »die unerforschlich, unergründet / des Schicksals dunkeln Knäuel flicht«; »der Eumeniden Macht« bringt die Untat ans Licht.

150,13 *Patras:* bedeutendste Hafenstadt auf dem Peloponnes (am Ionischen Meer).

150,14 *die sieben Säulen eines Tempels:* Es handelt sich um den Rest des aus dem 6. Jh. v. Chr. stammenden Apollotempels.

150,15 *Guest-House:* (engl.) Pension.

150,18 f. *Feigenbaum:* Die Feige gilt von altersher als Fruchtbarkeitssymbol, wird daher im Mythos sowohl mit Dionysos (W. H. Roscher, *Lexikon der griechischen und römischen Mythologie*, Bd. 1, Sp. 1012) als auch mit Demeter (ebd., Bd. 2, Sp. 1323) in Verbindung gebracht (vgl. Anm. zu 129,6–13 und 131,31). – In manchen Überlieferungen wird aber auch der Eingang zur Unterwelt durch einen Feigenbaum markiert (vgl. Roscher, Bd. 6, Sp. 49 und 52), und Rhonda L. Blair zufolge herrscht heute noch eine abergläubische Furcht davor, unter einem Feigenbaum einzuschlafen (Mat., S. 155). Eben dies schlägt Faber vor, und auch sonst fehlen der scheinbar idyllischen Szene nicht die beunruhigenden Elemente (150,22 *Alarm*; 151,3 *Totenstille*; 151,7 *schwarze Zypresse. Wie ein Ausrufzeichen!*).

150,22 *Alarm:* vgl. Anm. zu 39,23.

151,19 *türkischen Mauern:* Im 15. und 16. Jh. geriet auch dieser Teil Griechenlands unter osmanische Herrschaft, aus der es sich erst im 19. Jh. befreien konnte.

151,23 f. *unser Komet ist nicht mehr zu sehen:* vgl. Anm. zu 90,12 f.

151,25 f. *Wie Zinkblech! finde ich, während Sabeth findet, es sei kalt:* vgl. 24,5–8 *Er fand es ein Erlebnis … Ich fand es kalt.*

152,6 *Glaswolle:* Isoliermaterial aus Fasern, die aus geschmolzenem Rohglas gefertigt werden.

152,9 *Monstranz:* (von lat. *monstrare* ›zeigen‹) in der katholischen Kirche Gefäß zur Schaustellung der geweihten Hostie: ein Glaszylinder innerhalb eines mehr oder minder aufwendig geschmückten Gehäuses, im Barock oft als Strahlen- oder Sonnenmonstranz.

Elektronen-Beschießungen: Beim Beschuss von Atomkernen mit hochenergetischen Elektronen treten Kernreaktionen auf, die sog. Elektronenzertrümmerung.

152,19f. *die rote Farbe der Äcker ... auf der roten Erde:* Auch rote Erde galt im antiken Mythos als Hinweis auf einen Eingang zur Unterwelt (W. H. Roscher, *Lexikon der griechischen und römischen Mythologie*, Bd. 6, Sp. 49).

155,10 *Greek Government Oil Refinery:* die staatliche griechische Ölraffinerie, ein sichtbares Zeichen für die Industrialisierung Griechenlands (159,12). In ihren Frankfurter Poetik-Vorlesungen *Voraussetzungen einer Erzählung: Kassandra* (Darmstadt/Neuwied 1983, S. 73) konstatiert Christa Wolf »die Vernichtung von Eleusis durch Ölraffinerien«, stellt dann die eigene Empörung darüber in Frage mit dem Satz: »Wieso soll auf den Eselskarren [!], die Waren und Lebensmittel zur Stadt Eleusis und zum Demeterheiligtum brachten, kein Fluch liegen, aber auf den Öltransportern doch?« – Diese beiden ›Ansichten‹ von Eleusis sind die von Hanna und von Faber.

155,16 *Theodohori:* (wörtl. ›Dorf des Theodor‹) in der dortigen Region gebräuchliche Benennung des Ortes Hagioi Theodoroi. – »Theodor« heißt ›Geschenk Gottes‹.

155,27f. *Uhren, die imstande wären, die Zeit rückwärts laufen zu lassen:* Fabers Wunsch, das Geschehene ungeschehen zu machen, lässt ihn das Fahren in umgekehrter Richtung, die Rückbewegung im Raum, auf die Zeit übertragen. Ähnliche Gedanken begleiten ihn auf der ›Eumenidenfahrt‹ (vgl. Anm. zu 161,1).

156,7 *Zisterne:* Auffang- und Sammelbehälter für Regenwasser; hier: Ziehbrunnen (128,15).

157,12f. *Mittagsstille, ich bin erschrocken:* vgl. 129,1 und 161,5f. – Der griechische Wald- und Weidegott Pan, ein lüsternes Bockwesen, pflegt in der sommerlichen Mittagsstille durch sein überraschendes Erscheinen den nach ihm benannten panischen Schrecken auszulösen. –

In Panik gerät dann Sabeth nach dem Schlangenbiss und beim Anblick Fabers. – Vgl. auch Anm. zu 150,11.

157,35–158,4 *es ist mir nicht bewußt gewesen, daß ich nackt bin … bis sie rücklings … über die Böschung fällt … eine Mannshöhe:* In der sagenhaften und der dichterischen Ausformung des Vater-Tochter-Inzests begegnet (neben der Schlange: vgl. Anm. zu 127,17–25) des Öfteren die Verfolgung der Tochter durch den nackten Vater (Otto Rank, *Das Inzest-Motiv in Dichtung und Sage*, S. 344, Anm.). Wie in Sabeths Schlottern (vgl. Anm. zu 95,27f.) wird auch in ihrem (an sich ›unsinnigen‹) Zurückweichen ein unbewusstes Entsetzen manifest. Zu *rücklings* vgl. Anm. zu 182,33.

159,3 *Hanna verstand mich sehr genau:* Ausgespart ist ein Heiratsantrag Fabers.

159,7–32 *Ich war nicht imstande, alles zugleich in meine Rechnung zu nehmen; aber irgendeine Lösung, fand ich, muß es immer geben … Irgendeine Zukunft, fand ich, gibt es immer … ich bin gewohnt, Lösungen zu suchen:* Nach anfänglicher Ratlosigkeit beginnt Faber schon wieder zu ›rechnen‹, sich in Allerweltsweisheiten zu flüchten und in seine ›Gewohnheiten‹ einzurasten.

159,34 *Opel-Olympia:* Der Name des nach der griechischen Stadt Olympia benannten Automobils gibt wieder einen ironischen Hinweis auf das komplexe Verhältnis von abendländischer Kultur und Technik.

160,12f. *wie wenn sie schläft:* vgl. Anm. zu 111,8.

160,26–29 *Fraktur der Schädelbasis, compressio cerebri … arteria meningica media, sog. Epidural-Haematom:* Bruch der Schädelbasis (d. h. des Bodens des Hirn- bzw. des Dachs des Gesichtsschädels); Gehirnquetschung; mittlere Schlagader der Hirnhäute; Bluterguss zwischen harter Hirnhaut und Schädelinnenfläche.

160,31 *Caracas, 21. Juni bis 8. Juli:* vgl. Anm. zu 170,25f.

161,1 *Zweite Station:* vgl. Anm. zu 7,1. – In der Kompositionsskizze (vgl. Kap. II) hat dieser Teil die Überschrift

»Die Eumeniden«; dort spricht Frisch auch von der »Eumeniden-Fahrt« Fabers. »Die Eumeniden« meint also zweierlei: zum einen die rastlose Reise Fabers als die eines von Rachegeistern (Schuldgefühlen) Gejagten, zum anderen den versöhnten Tod dessen, der seine Schuld einsieht und bereut (vgl. Anm. zu 142,10). – Die Wiederholung der Reise zur Plantage, bei der (außer dem Rio Usumacinta und Herbert) *alles unverändert* scheint (165,19f.), sowie der Aufenthalt in Zürich gelten in ähnlicher Weise der Aufarbeitung verstörender Erfahrungen wie die ›Nordlandreise‹ von Thomas Manns Tonio Kröger, der ebenfalls unter anderem die »Vaterstadt« besucht (*Gesammelte Werke*, Bd. VIII, S. 318).

161,4 *Hermes-Baby:* Der sprechende Name der Reiseschreibmaschine eröffnet ein komplexes Beziehungsfeld. Der griechische Gott Hermes, der Götterbote, hat eine ganze Reihe von Funktionen, die Frisch in seinem Roman *Mein Name sei Gantenbein* aufzählen lässt (vgl. den Text in Kap. III). In *Montauk* berichtet Frisch von dem Plan zu einer Oper mit dem Titel »Hermes geht vorbei« (JA VI, S. 680). – In *Homo faber* treten von den Hermes-Rollen vor allem die des Gelegenheitsmachers für Liebende und die des Seelenführers zum Tode hervor. Der Name *Hermes-Baby* ist von einigen Forschern in Verbindung mit Sabeth gebracht worden, Fabers Kind, das ihn nach Athen zum Tode führt (Klaus Schuhmacher, *»Weil es geschehen ist«*, S. 69ff; Walter Schmitz in: Mat., S. 210); das würde der Rolle Tadzios in Thomas Manns *Tod in Venedig* entsprechen. – Zuvörderst deutet die Hermes-Baby aber (ähnlich wie die Omega-Uhr, der Opel Olympia usw.) auf den Ersatz-Charakter der Dinge und Werte, mit denen Faber sich umgibt: Statt eines tatsächlichen Babys (vor dem er davongelaufen ist) hat er die allgegenwärtige Schreibmaschine, die ihrerseits schon wieder ein Mittel der Distanzierung, Objektivierung des Schreibakts darstellt

Hermes und Persephone bei ihrer Rückkehr aus dem Schlund des Hades

Glockenkrater des Persephone-Malers, um 440 v. Chr.
(New York, Metropolitan Museum of Arts)
(Vgl. Anm. zu 161,4)

(*Ich kann Handschrift nicht leiden*, 161,6; sogar den Abschiedsbrief an Ivy schreibt er ja nicht mit der Hand, sondern mit der Maschine: 30,3). Hermes ist für Faber nur eine Markenbezeichnung; seiner Bedeutung als Todesbote gegenüber ist er ›blind‹. – Zu bedenken bleibt aber auch die Rolle, die Hermes speziell im Demeter-Kore-Mythos spielt: Er ist es, der die geraubte Persephone aus der Unterwelt ans Tageslicht zurückführt (vgl. W. H. Roscher, *Lexikon der griechischen und römischen Mythologie*, Bd. 2, Sp. 1319 und 1377–79; vgl. Abb. S. 94). Hier wäre an den *Bericht* zu denken, den Faber auf der *Hermes-Baby* schreibt und der in gewisser Weise Sabeth ›wieder zum Leben erweckt‹, wenn auch zu einem ähnlich scheinhaften Leben wie die Filmvorführung in Düsseldorf (vgl. Anm. zu 191,32).

161,5–8 f. *weil Mittag, weil Ruhestunde … Totenstille:* vgl. Anm. zu 157,12 f.

161,5 f. *von Hand schreiben:* Die ›handschriftlichen‹ Teile sind durch Kursivdruck kenntlich gemacht.

161,11 *meinen Kalender:* Gemeint ist der im Normaldruck wiedergegebene chronologische Bericht von seiner letzten Reise.

161,29 f. *ich fragte mich, ob ich meiner Aufgabe gewachsen bin … Williams, der Optimist:* Umkehrung der Situation in Paris (96,12 ff.).

162,10 f. *Walter can't find the key of his home:* mehrdeutig: Vor allem sucht Faber nach dem ›Schlüssel‹ für seine Erlebnisse.

162,17 *Masaccio fresco:* Fresken des Malers Tommaso di Ser Giovanni di Simone Guidi Cassai, genannt Masaccio (1401–28), finden sich in zwei Florentiner Kirchen.

162,19 *Semantics:* Semantik: Wortbedeutungslehre. Die moderne Semantik, inzwischen die wichtigste Teildisziplin der Linguistik (Sprachwissenschaft), setzte sich damals in Amerika zögernd durch. Das Partygeplauder gilt also einer Modeneuheit. Darüber hinaus gibt die Erwähnung der Semantik einen Hinweis auf die Vieldeutigkeit der Sprache, die Frischs erzählerisches Verfahren in hohem Maße bestimmt.

162,21 *Times Square:* Kreuzungsplatz von Broadway und 7th Avenue sowie zweier U-Bahn-Linien; Faber steht sozusagen ›am Scheidewege‹. Im Übrigen gibt der Name des Platzes einen Hinweis auf die Problematik der Zeit (vgl. Anm. zu 129,12).

162,23 f. *ich klingelte an meiner eignen Tür:* Der verwirrende Verlust der eigenen Wohnung (vgl. 148,20 *die Obdachlosen* und Anm. zu 148,21) steht für die Entfremdung Fabers von seinem bisherigen Leben (vgl. 163,19 *Ich war schon nicht mehr da*; 164,14 *Are you Walter Faber?*).

162,26 f. *die Wolkenkratzer wie Grabsteine (das habe ich schon immer gefunden):* vgl. *Stiller* (JA III, S. 671): »dieses graue Manhattan von Grabsteinen«.

162,28 *Rockefeller Center:* 1931–40 erbauter Sitz der von dem Multimillionär John Davison Rockefeller (1839–1937) begründeten Unternehmen.

Empire State: Das Empire State Building (erbaut 1931) war bis 1970 mit 381 m das höchste Gebäude der Welt.

162,29 *United Nations:* das 38-stöckige Gebäude der Vereinten Nationen am East River (erbaut 1952).

162,31 f. *IRT, Express Uptown, ... Independent:* Untergrundbahnlinien.

162,32 *Columbus Circle:* Platz und Untergrundbahnhof an der südwestlichen Ecke des Central Park. Vgl. Anm. zu 172,15 f.

162,35 f. *Chinese Laundry, wo man mich noch kennt:* In den USA werden viele Wäschereien von eingewanderten Chinesen betrieben. – Kennzeichnend für Fabers Entfremdungserlebnis ist der Umstand, dass (nur) ›Fremde‹ ihn noch kennen (vgl. die Leute in Palenque: 165,32 f.).

164,3 *Trafalgar 4–5571:* In New York, wie in anderen Millionenstädten, ist das Telefonnetz noch einmal in eigens benannte Bezirke unterteilt. – In der Nähe der südwestspanischen Kaps Trafalgar errang am 21. Oktober 1805 die englische Flotte einen entscheidenden Sieg gegen die Franzosen; der siegreiche Admiral Nelson wurde allerdings tödlich verwundet.

165,9 *Miami:* größte Stadt des US-Staates Florida; Tourismus-Zentrum, vor allem von Pensionären geschätzt.
Merida: Mérida: Hauptstadt des mexikanischen Staates Yucatán. Vgl. Karte S. 19.

166,19f. *Herbert mit einem Bart:* Herbert ist auf seine Weise ›ausgestiegen‹ und hat sich als Bärtiger dem von Faber verabscheuten vegetativen Bereich angenähert (vgl. 167,3 und 168,5 *Sein Grinsen im Bart*; 168,13 *Herbert wie ein Indio!*).

166,26 *Er hat seine Brille zerbrochen:* Die zerbrochene und von Herbert offenbar ebenso wie der Nash (169,9) als entbehrlich eingeschätzte Sehhilfe gehört in den Motivkreis Blindheit – Sehen.

166,33f. *Aufruf der Göttinger Professoren:* Am 12. April 1957 veröffentlichten achtzehn deutsche Physiker ein Manifest, in dem sie gegen die geplante atomare Ausrüstung der Bundeswehr protestierten und erklärten, sich an Herstellung, Erprobung und Einsatz von Atomwaffen in keiner Weise beteiligen zu wollen. Vgl. Anm. zu 9,24.

167,15 *Guana-Fang:* Gemeint ist der Grüne Leguan (Iguana iguana), eine von Mexiko bis Brasilien weitverbreitete Echsenart, die wegen ihres schmackhaften Fleisches häufig gejagt wird.

167,17f. *alles verfilzt und verschleimt:* Wie dann noch einmal in der Überschwemmung der Motorteile (168,23ff.) wird die gleichmütige Übermacht der Natur über die Technik sichtbar. Auch die Motive des Verwesens (Blütenstaub) und des Gebärens (Indiofrauen) erscheinen wieder.

168,9 *Nada:* (span.) ›Nichts‹. Oft, wie hier, im Sinne von: ›Das ist mir egal.‹

168,13 *Herbert wie ein Indio!:* vgl. Anm. zu 38,20–24 und zu 166,19 f.

169,20 f. *Stoßverkehr in Düsseldorf:* vgl. 192,11.

169,22 *Diskussion mit Hanna! – über Technik:* Die mehrmals mit Bekundungen mangelnden Verständnisses wiedergegebenen Äußerungen Hannas werden hinsichtlich der Techniker-Existenz Fabers vom übrigen Text weitgehend bestätigt, verkürzen allerdings den Blick auf die Konstellation Faber – Sabeth – Hanna, insofern die frühere Beziehung Fabers zu Hanna nicht mitbedacht wird. Auch Hannas Urteile verfehlen also zum Teil den konkreten Fall, weil sie allzu unbesehen verallgemeinern, d. h. ein ›Bildnis‹ verfertigen.

169,22 f. *Technik … als Kniff, die Welt so einzurichten, dass wir sie nicht erleben müssen:* vgl. Fabers Polemik gegen die Rede vom *Erlebnis* (24,9 ff.) sowie seine Manie, alles zu filmen, statt es zu sehen (vgl. Anm. zu 189,2 f.).

169,24 *die Schöpfung nutzbar zu machen:* vgl. die Ausschnitte aus Max Horkheimers *Kritik der instrumentellen Vernunft* in Kap. VII.

169,27 *durch Tempo zu verdünnen:* Klaus Haberkamm (»Il était un petit navire«) verweist auf Fabers unterschiedliche und unterschiedlich geschwinde Fortbewegungsweise (Flugzeug, Auto, Schiff, Eselskarren) und die je andere Weise des Erlebens, auch des Zeiterlebens.

169,28 f. *Weltlosigkeit des Technikers:* Gemeint ist die Entfremdung von der Welt durch Instrumentalisierung und Funktionalisierung. Vgl. 48,30 *Ich meldete Hanna, daß alles kein Problem ist.*

169,32 f. *eine Art von Beziehung erlebt, die ich nicht kannte:* Hanna sieht richtig, dass Sabeth für Faber seit langem die erste Frau war, die er nicht nur als Frau, sondern als Person wahrgenommen und empfunden hat. Falsch ist die Meinung, Faber habe dergleichen zuvor nie erlebt.

Gerade seine Fixierung auf Hanna ist ja mitverantwortlich für das Sabeth-Erlebnis. Insofern ist *Repetition* (170,8) wörtlicher zu nehmen, als Hanna es tut.

170,4 f. *kein Verhältnis zur Zeit, weil kein Verhältnis zum Tod:* Diese Diagnose wird von Fabers Selbstcharakterisierung bestätigt (vgl. Anm. zu 77,33–35).

170,5 *Leben sei Gestalt in der Zeit:* Hanna stellt Fabers angeblich nur additivem, auf die bloße Sukzession (Abfolge) beschränktem Zeitempfinden und Lebensgefühl ein auf die Ganzheit der Person abzielendes Konzept entgegen, das die Anerkennung von Geburt und Tod als der zeitlichen Grenzen des Lebens einbeschließt. Ihre Formulierung erinnert an die Schlusszeile von Goethes Gedicht *Dämon*, dem ersten seiner *Urworte. Orphisch*: »Geprägte Form, die lebend sich entwickelt«.

170,7 f. *Mein Irrtum mit Sabeth: Repetition … als gebe es kein Alter:* Hanna beschränkt sich auf den Aspekt der Negierung von Zeit und Alter (»Repetition«: Wiederholung), klammert ihre eigene Rolle und damit das durchaus Einmalige an der Beziehung Faber – Sabeth aus.

170,11 *20. VI.:* Am 20. Juni 1957 hat Frisch selbst das Manuskript des *Homo faber* abgeschlossen (vgl. Kap. II).

170,18 *insofern meine Schuld:* wohl fehlerhaft für »insofern nicht meine Schuld«.

170,25 f. *einen Bericht abzufassen, ohne denselben zu adressieren:* Dass der eigentliche und erste Adressat Hanna ist, folgt aus den voranstehenden Sätzen. – Der uns schon bekannte *Bericht* dient zwar inhaltlich noch der Selbstrechtfertigung, erweist für Faber selbst aber offenbar die Unmöglichkeit einer solchen Haltung: Er fasst den Entschluss, anders zu leben (173,3), und stellt sich der Tatsache seiner Schuld.

170,27 *Die Montage ging in Ordnung – ohne mich:* Wie schon bei Fabers Pariser Aufenthalt (103,22 *Die Konferenz ging mich nichts an*) demonstriert der *Bericht* wider Willen die Entbehrlichkeit des Protagonisten bei eben jener Arbeit, die er bislang mit seinem Leben identifiziert hat (vgl. 97,29 *ich leite Montagen*). – Statt der Montage der Turbinen bietet er uns freilich den aus Gegenwartsschilderungen und Reminiszenzen ›montierten‹ *Bericht*.

170,28 f. *einen Spiegel … ich bin erschrocken:* Wie in den beiden anderen Spiegelszenen (vgl. Anm. zu 11,8–11 und zu 98,8–34) versucht Faber auch hier noch einmal, die Erkenntnis der wahren Zusammenhänge zu verdrängen; schon im dritten Satz ist er nur noch *etwas* erschrocken, dann wählt er eine Lage, in der er angeblich unverändert aussieht, und schließlich findet er: *Kein Grund zum Erschrecken* (172,6 f.). Wie in Houston (und wie bei der Schlafenden Erinnye; vgl. Anm. zu 111,27) versucht er den erschreckenden Effekt auf die Beleuchtung zurückzuführen.

170,30 f. *der alte Indio in Palenque, der uns die feuchte Grabkammer zeigte:* Diese Szene ›fehlt‹ im *Bericht*. Erst der Blick auf die eigene Todesverfallenheit lässt diese Reminiszenz wieder auftauchen. Vgl. auch 126,5 f. über Hanna: *es könnte … das Gesicht von einem alten Indio sein.*

171,7 *Meine Ohren: wie bei geschorenen Häftlingen!:* vgl. 103,11. Die Reminiszenz an Professor O. wird dem Leser erleichtert durch das PS über O.s Tod (172,2–4).

171,10 f. *Nasen … eher absurd, geradezu obszön:* Wie die Sexualität überhaupt (vgl. Anm. zu 99,25–27) nennt Faber auch die Nase »absurd«, jenes Organ, das laut Freud »in zahlreichen Anspielungen dem Penis gleichgestellt« wird (*Die Traumdeutung*, Frankfurt a. M. 1980, S. 320).

171,22 *Granulom:* »Wurzelspitzengranulom« heißt eine Entzündung an der Zahnwurzel mit Bildung von geschwulstähnlichem Bindegewebe.

171,35 *Fleisch ist kein Material, sondern ein Fluch:* noch

einmal der Protest gegen die Vergänglichkeit (*Verwitterung*).

172,1 *PS.:* Postskriptum: Nachschrift. Wie schon im *Stiller* verwendet Frisch dieses Signal auch hier, um die Wichtigkeit des scheinbar Unwichtigen, Beiläufigen anzuzeigen (besonders deutlich: 182,31 ff.).

172,3 *noch vor einer Woche:* Von 193,6 her (*16. VII. Zürich*) lässt dieser Eintrag sich also auf den 23. Juli datieren.

172,9 *Cuba:* einheimische Schreibung von Kuba, der größten westindischen Insel, die von den spanischen Eroberern zunächst »Juana« genannt worden war. Die Bevölkerung besteht zu 50 % aus Weißen, zu 26 % aus Schwarzen, zu 23 % aus Mestizen und Mulatten und zu 1 % aus Asiaten. – Zur Handlungszeit des Romans herrschte auf Kuba noch die Militärdiktatur des Fulgencio Batista y Zaldívar, gegen die Fidel Castro erstmals 1953 vergeblich einen Aufstand versucht hatte.

172,10 *Habana:* La Habana, eigtl. San Cristóbal de la Habana: Havanna, die Hauptstadt Kubas.

172,11 *KLM:* die niederländische Luftfahrtgesellschaft Koninklijke Luchtvaart Maatschappij NV.

172,12 *Cubana:* kubanische Fluglinie.

172,12 f. *nichts als Schauen:* Zumindest teilweise überwindet Faber hier seine ›Blindheit‹. Gestaltet wird das Schauen im Folgenden durch die Häufung bloßer Nennungen (statt vollständiger Sätze): durch bloße Evokation des Geschauten, die auf Einordnung und Instrumentalisierung verzichtet. Vgl. auch Anm. zu 182,20–22.

172,14 *El Prado:* (wörtl. ›Wiese, Aue, Anger‹) Parkanlage. Hier: die mit Anlagen geschmückte Straße, die aus dem Zentrum der Stadt an die Nordspitze führt.

172,15 f. *Rambla[s] in Barcelona:* In der spanischen Hafenstadt Barcelona bilden die Ramblas, in einem ehemaligen Flussbett verlaufend und als Allee gestaltet, die Hauptstraße der Altstadt. Dort, wo die Ramblas den

Hafen erreichen, steht ein Denkmal des Christoph Kolumbus, und am Quai liegt eine Nachbildung der Karavelle Santa Maria, mit der er am 27. Oktober 1492 auf Kuba landete. In der Kathedrale San Cristóbal in Havanna wurden von 1796 bis 1898 die angeblichen Gebeine des Kolumbus aufbewahrt. – Die Beziehung zwischen dem Entdecker Amerikas, einem Wegbereiter der Neuzeit, und dem amerikanisierten Techniker Faber ist vielleicht nicht zufällig (vgl. auch 162,32 *Columbus Circle*). Die von Kolumbus eingeleitete Versklavung der Ureinwohner könnte ebenfalls in Beziehung zu Fabers unreflektiertem Umgang mit den Schwarzen gesetzt werden. – Frisch selbst hat sich schon 1954 über die Diskriminierung der Schwarzen in den USA geäußert: *Begegnung mit Negern. Eindrücke aus Amerika* (JA III, S. 243–259).

172,16 *Corso:* Umzug. Faber stilisiert das Flanieren der Kubaner zu einer Festveranstaltung.

172,22 f. *in der roten Blume ihrer Lippen (wenn man so sagen kann):* Auch anderweit in der Schilderung der Kuba-Episode fällt Fabers ungewohnt ›poetische‹ Sprachgebung auf (174,30 *wie ein plötzliches Beet von Narzissen*; 181,24 *ihr weißes Gelächter im Staub*).

172,26 *Mein Zorn, daß sie mich immer für einen Amerikaner halten:* vgl. 175,4 *Mein Zorn auf Amerika!*

172,33 f. *Buben, ihre Hüften in den engen Hosen:* vgl. 173,7 *Die nackten Buben im Meer*; 175,23–31 *ich greife nach seinem Kruselhaar – … Ich liebe ihn.* – Die homoerotische Komponente in Fabers todverfallener Sinnlichkeit stellt wieder eine Verbindung zu Thomas Manns *Tod in Venedig* her. Schon dieser Bezug relativiert die neue Haltung Fabers. Beachtung verdient auch die Stellung der Kuba-Episode innerhalb der Textmontage: Sie folgt auf Fabers Versuch, sich über sein moribundes Aussehen noch einmal hinwegzutäuschen, sowie auf die ihrerseits einmontierte Nachricht vom Tode

Professor O.s. Andererseits folgt ihr eine Passage, die in der Tat eine erhöhte Sensibilität Fabers gegenüber Hannas Verhalten und gegenüber ihrer Vorgeschichte erkennen lässt.

173,1 *Castillo del Morro (Philipp II.):* vollständig: Castillo de los Tres Reyes del Morro; eines der drei Forts an der Hafeneinfahrt von Havanna, erbaut 1587–97, in der Regierungszeit des spanischen Königs Philipp II. (1556–98).

173,19–21 *Meine Unrast? Wieso eigentlich? Ich hatte in Habana gar nichts zu tun. Meine Rast im Hotel:* Einmal, zum ersten und letzten Mal, befreit Faber sich von der Sucht des Technikers, die Welt *durch Tempo zu verdünnen* (169,27).

173,32 *Partages:* eine Zigarettenmarke, die, ebenso wie die Zigarre *Romeo y Julieta* (vgl. Anm. zu 174,10), schon in dem Stück *Graf Öderland* geraucht wird (JA III, S. 53).

174,10 *Romeo y Julieta:* eine Zigarrenmarke mit dem Namen des klassischen Liebespaars Romeo und Julia; dieser ironische Hinweis auf die Ersatzfunktion des Zigarrenrauchens findet sich in Frischs Werk seit dem *Grafen Öderland* immer wieder (vgl. z. B. JA III, S. 34, und JA V, S. 186).

175,12f. *ich singe:* vgl. 181,19f. und Sabeths Singen (110,2–4; 152,23; 191,23f.; 199,8).

175,14 *The American Way of Life:* Faber schließt hier an die abschätzigen Urteile Marcels an (50,25f.), dem er darum auch schreiben will (177,8). Den Brief zerreißt er dann, *weil unsachlich* (177,18f.), und als unsachlich-emotionale Polemik wollen Fabers Urteile über Amerika auch gelesen werden. Dem krampfhaften Amerikanismus seiner Lebensweise und seiner Auffassungen folgt hier der ebenso forcierte Umschlag ins Gegenteil. Dieser Vorgang ist zu begreifen als eine Projektion, d. h. als eine Verschiebung eigener Unwert- und Schuldgefühle auf andere, hier: ›die‹ Amerikaner. – Dass dem so ist, erhellt aus der Übereinstimmung mehrerer ›antiamerikanischer‹ Urteile Fabers mit Urteilen Hannas über ›den‹ Techniker (169f.), die Faber aber angeblich nicht begreift, d. h. die er nicht auf sich beziehen will. Vgl. 169,26f. *die Welt ... durch Tempo zu verdünnen* mit 176,33 *die Welt als amerikanisiertes Vakuum*; 170,5 *kein Verhältnis zum Tod* mit 177,1f. *Optimismus als Neon-Tapete vor der Nacht und vor dem Tod*; 170,8 *als gebe es kein Alter* mit 177,14 *ihre obszöne Jugendlichkeit*.

175,18 *Coca-Cola-Volk:* Das amerikanische Erfrischungsgetränk Coca-Cola trat nach dem Zweiten Weltkrieg in Europa einen Siegeszug an, galt als Symbol der ›amerikanischen‹ Tugenden Jugendlichkeit und Frische. Von Faber wird es zusammen mit Vitaminpillen, kaltem Tee und ›Gummibrot‹ der ›europäischen‹ Ess- und Trinkkultur entgegengestellt. Dass er Coca-Cola *nicht ausstehen* kann, hat er schon im *Bericht* mitgeteilt (40,35).

175,23 *wie eine ersoffene Katze:* Diesen im Zusammenhang etwas befremdlichen Vergleich benutzt Frisch schon in seinem ersten Roman *Jürg Reinhart* (JA I, S. 265).

176,5f. *Es gibt keine Menschen mehr außer uns, ein Bub und ich, die Sintflut ringsum:* vgl. Thomas Mann, *Der Tod in Venedig* (*Gesammelte Werke*, Bd. VIII, S. 518): »als könne Flucht und Tod alles störende Leben in der Runde entfernen und er allein mit dem Schönen auf dieser Insel zurückbleiben«.

176,10f. *sie leben, weil es Penicillin gibt:* vgl. Marcels Polemik (50,20f.).

176,18 *Ausverkauf der weißen Rasse:* vgl. Marcel: *Industrialisierung als letztes Evangelium einer sterbenden Rasse* (50,31f.).

176,18f. *ihr Vakuum zwischen den Lenden:* Anspielung auf die ›den‹ Amerikanern gern nachgesagte sexuelle Impotenz, ihren Mangel an echter Vitalität, der aus dem steten Zwang zur Darstellung von Vitalität herrühre.

Der Satz *Mein Zorn auf mich selbst!* (176,19) bildet den Übergang zu dem wenig später geschilderten eigenen Versagenserlebnis (178,24).

176,29 f. *mein eigener Schatten auf dem Meeresgrund: ein violetter Frosch:* Das auffällig wiederholte Wort *Meeresgrund* signalisiert Fabers Bedürfnis, den Zusammenhängen in seinem Leben ›auf den Grund zu gehen‹, sich selbst zu erkennen, sein Leben zu ändern. Das ›Selbstbild‹ *ein violetter Frosch* kann freilich auch kaum als Erfüllung der Identitätssuche gelten.

176,34 *Highway:* die amerikanische Autobahn.

176,35 *Illumination:* Festbeleuchtung.

177,7 *Plebs:* im alten Rom die Angehörigen der politisch unterprivilegierten großen Masse; später gleichbedeutend mit ›Pöbel, Pack‹.

177,11 f. *ihre Kosmetik noch an der Leiche, überhaupt ihr pornografisches Verhältnis zum Tod:* ›Pornografisch‹ meint hier im weiteren Sinne ›schamlos‹. Faber denkt an das Schminken der Leichen für den Abschiedsbesuch der Angehörigen, der manchmal zu einer regelrechten Party gestaltet wird (vgl. den Auszug aus Simone de Beauvoirs Amerika-Buch, Kap. VII, S. 195). – Großen Erfolg hatte damals auch im deutschsprachigen Bereich der satirische Roman *Der Tod in Hollywood* des Engländers Evelyn Waugh.

177,22 f. *ich zeichne eine Frau in den heißen Sand und lege mich in diese Frau:* In diesem Bild wird ›die‹ Frau zur umfassenden Sehnsuchtsprojektion: Mutter Erde (69,26 f. *la terre est femme*), Kuba/Juana/Hanna (vgl. Anm. zu 179,18), als *Wildlingin* (177,24) auf Sabeth deutend (114,1 *Du bist ein Wildfang*). Freilich ist diese Frau *nichts als Sand.*

178,11 *Karbid-Licht:* früher an Fahrrädern gebräuchliche Lampen: das durch die Verbindung von Karbid mit Wasser entstehende Acetylen-Gas ist brennbar und ergibt ein sehr helles Licht.

178,23 *Souper:* (frz.) festliches Abendessen.

178,34 *Unesco-Rapport:* Diente der in Caracas geschriebene *Bericht* der Selbstklärung, so wird mit diesem *Rapport* Fabers berufliche Tätigkeit abgeschlossen, *erledigt* (178,35).

179,18 *Juana ist achtzehn:* In Juana verkörpert sich Fabers Erlebnis von Kuba, das ja zunächst »Juana« geheißen hat (vgl. Anm. zu 172,9). »Juana« ist zugleich die spanische Form von »Johanna«, wie Hanna ja zumindest von Joachim genannt worden ist (202,10).

179,25 *Ihre Unbefangenheit:* vgl. 82,27 f. über Sabeth: *ihre Unbefangenheit blieb mir immer ein Rätsel.*

179,32 *Ihr Lebensziel: New York!:* ironische Relativierung von Fabers schroffer Entgegensetzung der Menschen hier und der Amerikaner.

180,6–8 *»I'm going to marry her.« … »I think she's dead.«:* In der Tat stellt Fabers Heiratswunsch einen untauglichen Versuch dar, Totes wiederzubeleben. Dass er schon Getanes (in Wahrheit: Versäumtes) zu tun gedenkt, kommt in Juanas Formulierung zum Ausdruck: *He's going to marry his wife* (180,28).

180,18–20 *Götter … Schlangen … Dämonen:* Faber, der später den Gedanken an Dämonen wieder als *Spintisiererei* abtut (197,5), ist sich offenbar doch nicht sicher, ob beim Tod Sabeths nicht ein Verhängnis gewaltet habe. Darum lässt Frisch Juana auch nicht antworten, sondern zurückfragen: *What's your opinion, Sir?* (180,21).

181,29 *Ich preise das Leben!:* Ursprünglich sollte der Roman diesen Titel tragen (vgl. Frischs Brief an Peter Suhrkamp vom 19. 4. 1956 in *Jetzt ist Sehenszeit*, S. 152–155). Aus der vorhergehenden Schilderung des Abends (*Messerwetzen*; *sterbendes Licht*, 181,7–9) wird klar, dass *Leben* hier auch den Tod umfasst, was Faber dann ausdrücklich in der *Verfügung für Todesfall* festhält (199,4–11).

182,20–22 *ich filme nichts mehr. Wozu! … es vergeht ja*

doch alles: Dass die Herstellung von Abbildungen (Reproduktionen) das Vergehen nicht aufhält, vielmehr umso schmerzhafter ins Bewusstsein zu heben vermag, erlebt Faber dann in Düsseldorf (188,21 ff.). Sein Entschluss, nicht zu filmen, sondern zu schauen, ist ein Entschluss zum Leben, der freilich zu spät kommt. Vgl. auch Anm. zu 10,36–11,1; zu 42,11 f.; zu 189,2 f. und zu 191,32.

182,25 *Hanna in Weiß:* Mit Recht weist Rhonda L. Blair (Mat., S. 154 und 168 f.) auf eine Überlieferung hin, der zufolge die Erinnyen/Eumeniden (vgl. Anm. zu 142,10 und 111,8) dem Orest vor seiner Heilung schwarz, dann aber, versöhnt, weiß erschienen seien (W. H. Roscher, *Lexikon der griechischen und römischen Mythologie*, Bd. 1, Sp. 1331). Im Zusammenhang mit der Demeter-Kore-Thematik (vgl. Anm. zu 129,6–13) wird Hanna von Blair mit der zürnenden, dann versöhnten Demeter Erinnys in Verbindung gebracht (Mat., S. 148).

182,32 *sich geschworen, nie einen Mann zu lieben:* Hanna akzeptiert nicht die angeblich natürliche ›Unterlegenheit‹ der Frau und entwickelt eine programmatische Männerfeindschaft, von der man angesichts ihrer Männerbeziehungen freilich zweifeln kann, wieweit sie tatsächlich durchgehalten worden ist. Eine ›Innensicht‹ Hannas wird uns durch die Konstruktion des *Berichts* ja systematisch verweigert.

182,33 *Hanna auf den Rücken zu werfen:* Die Geste, in der männliche Gewalt und männliche Sexualität anschaulich werden und die für Hannas Bild von den Männern prägend wird, hat Wolfram Mauser mit Sabeths Sturz (*rücklings*; *eine Mannshöhe*, 158,2–4) in Verbindung gebracht, und zwar im Sinne einer von der Mutter auf die Tochter übertragenen angstbesetzten Beziehung zum anderen Geschlecht (»Max Frischs ›Homo faber‹«, in: *Freiburger literaturpsychologische Gespräche*, hrsg. von Johannes Cremerius [u. a.], Bd. 1, Frankfurt a. M. / Bern 1981, S. 88). – Die Verbindung besteht aber wohl weniger in der Psychologie der Personen als vielmehr im übergeordneten Deutungszusammenhang, den der Erzähler erstellt.

183,5 *Um Jehova abzuschaffen:* »Jehova« (eigtl. »Jahwe«) ist der hebräische Name für den Gott Israels. Hannas Kampf gegen Jehova wird in den Personennamen, vor allem in der Verkürzung und Erweiterung der Namen gespiegelt: Joachim (›den Gott aufrichtet‹) und Anna sind der Legende zufolge die Eltern der Jungfrau Maria gewesen. »Anna« (›Gnade‹) ist zwar keineswegs identisch mit »Hanna« (›Anmut‹), aber Joachim scheint Hanna »Johanna« (›Gott gibt Gnade‹) genannt zu haben (202,10). Ob es sich dabei um Hannas ursprünglichen Namen gehandelt hat (und sie – oder Faber? – also die auf »Jehova« verweisende erste Silbe getilgt hat) oder ob Joachim die patriarchalische ›Ordnung‹ durch die Erweiterung des Namens hat wiederherstellen wollen, bleibt ungeklärt. – Der Name »Elisabeth« (›Gott ist Vollkommenheit‹) entsprach dem Wunsch Joachims (131,36–132,1); hier tilgt Faber den auf Gott verweisenden Bestandteil »Eli« (vgl. 144,29 *daß ich mit Gott nichts anfangen kann*), während Hannas »Elsbeth«, eine geläufige Kurzform von »Elisabeth«, den ursprünglichen Sinn zumindest verschleiert. – Dass den Personen bei Namengebung, -erweiterung und -verkürzung ihr ›anti-‹ oder ›progöttliches‹ Tun bewusst wäre, soll sicher nicht angenommen werden; vielmehr gibt auch hier der hinter Faber stehende Erzähler diskrete Hinweise auf die je andere und je anders begründete Haltung der Personen gegenüber der Annahme einer göttlichen Autorität. – Dass Joachim und (Jo)Hanna sozusagen die Eltern der Jungfrau Maria seien, findet seine Entsprechung in Hannas Insistieren auf der Annahme, dass »das Kind« noch mit keinem Mann zusammengewesen sei (141,31f.).

183,7 *Mutter Gottes:* Der jungfräulichen Mutterschaft Mariens entspricht Hannas Wunsch, *ein Kind ... ohne Vater* zu haben (201,5f.).

183,11–19 *ein Greis namens Armin ... Er war ein Blinder. Hanna liebt ihn noch, obschon er längst gestorben, beziehungsweise verschollen ist:* Der damals *zwischen 50 und 60* Jahre alte Armin – er war also kaum älter als Faber jetzt – tritt als Hannas Lehrmeister auf und bildet als Blinder, der gleichwohl alles wahrnimmt, eine Kontrastfigur zu Faber (wie der blinde Seher Teiresias die Gegenposition zu Oedipus vertritt). Wie Fabers Verhältnis zu Frauen durch das Erlebnis mit der lungenkranken Lehrerin geprägt wird (vgl. Anm. zu 99,25–27), so Hannas Verhältnis zu Männern durch die Erfahrung männlicher Übermacht einerseits (der Bruder) und asexueller Väterlichkeit andererseits. Freilich wird Armins Verlangen, ihm griechische Texte vorzulesen, als *sozusagen seine Vergewaltigung* (184,14) bezeichnet (von Hanna? von Faber?). Der geheimnisvolle Mann, den Hanna immer nur im Park trifft, folgt ihr offenbar in die Emigration nach Zürich und ist ihr auch noch einmal in London begegnet, bevor er mit einem torpedierten Schiff unterging (185,6–10). – Mit Recht hat Rhonda L. Blair zwischen Armin und Professor O. eine Verbindung hergestellt (die auch durch die Übereinstimmung des Schauplatzes, des Café Odéon, unterstützt wird: 184,22f. und 193,26) und beide der C. G. Jung'schen Geist-Verkörperung des ›Weisen alten Mannes‹ zugeordnet (»Archetypal Imagery in Max Frisch's ›Homo faber‹«). Sie übersieht dabei, dass beide ›Vorbilder‹ letztlich Negatives bewirken, genauer: verstärken – den einseitigen Technizismus bei Faber, das ›un-natürliche‹ Verhältnis zu Männern bei Hanna. Wieweit die durch Armin vermittelte *Liebe zu den alten Griechen* (184,11) positiv zu werten ist, steht dahin. – Die hervorragende Bedeutung, die Armin in Hannas Bewusstsein spielt, kommt in diesem Abschnitt auch dadurch zum Ausdruck, dass Faber immer wieder nach anderem fragt (Bruder, Joachim, Sabeths Geburt), Hanna aber immer wieder auf Armin zurückkommt. – Eine Abwandlung des Armin-Motivs findet sich in Gantenbeins Vorstellung, als blinder Reiseführer auf der Akropolis tätig zu werden (JA V, S. 199–201).

183,20f. *im Englischen Garten:* Allgemein bedeutet »englischer Garten« im Gegensatz zur streng geometrisch geordneten französischen Parkanlage die ›natürliche‹ Anlage eines Landschaftsgartens, wie sie im 18. Jh., von England kommend, in Mitteleuropa Einzug hielt. Der Englische Garten in München wurde 1789 begonnen und ab 1804 von Friedrich Ludwig von Sckell ausgebaut. – Mit dem Englischen Garten bringt der Text wieder einen versteckten Hinweis auf Thomas Manns Erzählung *Der Tod in Venedig*, die mit einem Spaziergang des Protagonisten durch den Englischen Garten zum Nordfriedhof beginnt.

184,5–7 *Wenn Hanna von meiner Mutter berichtet, kann ich bloß zuhören. Wie ein Blinder!:* Ob Hannas ›Bild‹ von Fabers Mutter zutreffender ist als das seine, bleibt in der Schwebe (*anders jedenfalls gegenüber Hanna*). Wolfram Mauser hat an diesen Passus ausgedehnte Spekulationen über Fabers Kindheit und Jugend angeschlossen (vgl. Kap. VI).

184,8 *Embolie:* plötzliche Unterbrechung des Blutstroms in einem Blutgefäß, z. B. durch ein Blutgerinnsel, durch Gasblasen oder Fetttröpfchen.

184,22f. *Café Odéon:* einst bedeutender (Literaten-)Treffpunkt. Mehrere Teile von Frischs erstem *Tagebuch* tragen die Überschrift »Café Odéon«. Der Name »Odéon« geht auf griechisch *odeion* zurück und meinte ursprünglich ein Gebäude für musikalische Wettkämpfe. Das erste und berühmteste erbaute Perikles um 445 v. Chr. in Athen.

184,24 *ins Tram:* Das aus dem Englischen übernommene

Wort für ›Straßenbahn‹ wird im Schweizerischen neutral flektiert.

184,25 *eigentlich gehaßt; Emigranten und Intellektuelle, Bohème:* Fabers kleinbürgerlich-schweizerischer Affekt gegen alles ›Un-ordentliche‹. Gerade die Emigranten aus Hitler-Deutschland haben unter Ähnlichem erheblich zu leiden gehabt.

184,28 *Pension Fontana:* »Fontana« ist ein in Italien sehr verbreiteter Name, der ebenso wie »(La) Fontaine« mit ›Quelle‹ zu übersetzen wäre.

184,29 *Gloriastraße:* Die Gloriastraße führt von der Universität zum Zürichberg hinaus. »Gloria« (lat.) bedeutet ›Ruhm, Glanz, Ehre‹.

184,35–185,1 *In Paris … mit einem französischen Schriftsteller, der ziemlich bekannt sein soll:* Da Frisch Hannas Meinungen über Mann und Frau zum großen Teil aus Simone de Beauvoirs Buch *Das andere Geschlecht* übernommen hat (vgl. Anm. zu 140,21 und Kap. VII), ist es vielleicht nicht abwegig, eine Anspielung auf die Verbindung der Beauvoir mit Jean-Paul Sartre (vgl. Anm. zu 70,17) zu vermuten.

185,4f. *sie hat Zürich ganz gern, als wäre nichts gewesen:* Das unterscheidet sie von Faber, der Zürich seit seinem Weggang 1936 gemieden hat (193,8).

185,8f. *das wahrscheinlich von einem deutschen U-Boot versenkt wurde:* Der Unterseebootkrieg wurde von deutscher Seite nicht nur gegen Kriegs- und Handelsschiffe, sondern auch gegen zivile Personenschiffe geführt.

185,12 *der junge Techniker:* ein ironisches Zerrbild des ›früheren‹ Faber.

186,7 *Es war das erste Mal, daß ich die Filme selber sah:* Wie die wiederholte Fahrt auf die Plantage und der noch folgende Besuch in Zürich dient die Filmvorführung der Rekapitulation von Fabers (verfehltem) Leben.

186,9 *Sonnenuntergänge:* Der Sonnenuntergang ist ein geläufiges Symbol für das Lebensende. Dass Faber allein in der Wüste drei Sonnenuntergänge gefilmt (und also nur einen ausgelassen) hat, widerspricht noch einmal der von ihm behaupteten kühlen Distanziertheit in jener Situation (vgl. Anm. zu 24,5–8).

186,20 *Ektachrom:* Ektachrome: Farbfilm mit von Agfacolor- und Kodachrome-Filmen abweichender Farbkupplertechnik.

187,4 *es fehlt der Gestank, die Wirklichkeit:* nochmals das Motiv der Realitätsverfehlung durch Technik (vgl. Anm. zu 169,28 f.).

188,31 *Sabeth im Mistral:* Der Mistral ist ein kalter, trockener, von Norden kommender Fallwind im Rhônetal und in der Provence, der oft als Sturm auftritt. Vgl. auch die später viermal wiederholte Wendung *Pinien im Mistral* (190,14.15.22.32).

188,31 f. *Jardin des Papes:* ›Garten der Päpste‹. Von 1309 bis 1376 residierten die Päpste in Avignon. Hinter dem dortigen Papstpalast liegen der Jardin de Clément VI und der Jardin d'Urbain V.

189,1 *Pont d'Avignon:* eigtl. Pont St.-Bénézet, erbaut 1177–85; führte mit siebzehn Bögen über die Rhône, von denen seit 1669 nur vier noch stehen.

189,2 f. *daß ich filme, statt zu schauen:* Rekapitulation jener früheren Haltung Fabers, die auf Kuba umgekehrt wird. – Schon 1937, in dem Feuilleton *Knipsen oder sehen?*, schrieb Frisch: »Je mehr Photoapparate auf der Welt sind, um so weniger Menschenaugen gibt es« (JA I, S. 71).

189,10 *Das antike Theater in Nîmes:* das römische Amphitheater (elliptischer Rundbau) aus dem ersten vorchristlichen Jahrhundert, eines der besterhaltenen seiner Art.

189,12 *Brioches:* in Förmchen gebackenes feines Hefegebäck.

189,15 *Pont du Gard:* Etwa auf halber Wegstrecke zwischen Avignon und Nîmes überspannt ein dreigeschossiger römischer Aquädukt (vgl. Anm. zu 119,6) das Tal des Flusses Gard. Mit 49 m Höhe und 275 m Länge stellt er eine weltberühmte Sehenswürdigkeit dar.

189,31 *Stierkampf in Arles:* Ebenso wie in Nîmes wird auch in Arles das römische Amphitheater für Stierkämpfe benutzt. – Arles (röm.: Colonia Iulia Paterna Arelate Sextanorum) verfügt über bedeutende Kunstdenkmäler und ist in der jüngeren Kunstgeschichte vor allem durch den Aufenthalt Vincent van Goghs (vgl. Anm. zu 78,13) bekannt geworden.

190,23 *Sabeth schlafend:* vgl. Anm. zu 111,8 und zu 160,12f.

190,33 *L'Unité d'Habitation (Corbusier):* Der von Max Frisch bewunderte französisch-schweizerische Architekt Le Corbusier (d. i. Charles Édouard Jeanneret-Gris, 1887–1965) gehört zu den revolutionären Erneuerern der modernen Architektur. Die 1947–52 erbaute Unité d'Habitation (wörtl. ›Wohnungseinheit‹) in Marseille gilt als Musterbeispiel des sogenannten Brutalismus.

191,1 *Sabeth beim Blumenpflücken:* vielleicht ein weiterer Hinweis auf Persephone, die der Sage nach von Hades beim Blumenpflücken überrascht und geraubt wurde (vgl. Anm. zu 129,6–13).

191,5 *Korkeiche:* mittelmeerische Eichenart (Quercus suber), die sich durch starke Borkenbildung auszeichnet. Bei Bäumen ab dreißig Jahren kann die innere Borke, der sogenannte Kork, alle acht bis zehn Jahre abgeschält werden.

191,8 *Brandung im Mittag, nichts weiter:* vgl. 156,24–26; 157,17–20 (Theodohori) und 176,23–25 (Kuba).

191,13f. *ihre Marmorhaut:* vgl. Anm. zu 114,34–115,9.

191,15 *Unterseeboote bei Toulon:* In Toulon befindet sich der größte französische Kriegshafen. – Die dem Leser schon bekannte Erzählung von Armins Untergang (185,9) lässt auch dieses Bild bedrohlich erscheinen.

191,18 *Le Trayaz:* Le Trayas ist ein kleiner Küstenort an der französischen Riviera, südwestlich von Cannes.

191,24 *mutterseelenallein:* möglicherweise noch einmal eine Anspielung auf das Verhältnis Sabeth – Hanna.

191,27 f. *Helvetia-Expreß oder Schauinsland-Expreß:* Die erste Möglichkeit (Helvetia: Schweiz) bezieht sich auf das Ziel der Reise (Zürich), die zweite (nach dem Berg im Südschwarzwald) kommentiert sarkastisch Fabers Selbstblendungserwägung (192,16 *Wozu auch zum Fenster hinausblicken?*).

191,29 *Steinhäger:* ein klarer Wacholderbranntwein, benannt nach dem westfälischen Ort Steinhagen.

191,32 *Nur die Filme ließ ich zurück:* Die schon am Ende der Kuba-Episode ausgesprochene Einsicht, dass Filmen nichts gegen die Vergänglichkeit vermag (vgl. Anm. zu 182,20–22), wird vor den Bildern der toten Sabeth zur verzweiflungsvollen Gewissheit. Vgl. in Frischs Feuilleton von 1937 den Satz: »sie [die Photographie] bringt die verlorenen Dinge unserer Seele nicht näher« (JA I, S. 73).

192,11 *Stoßverkehr in Düsseldorf:* vgl. 169,20 f.

192,24 *um die Augen loszuwerden:* vgl. Anm. zu 142,8.

192,25 *Meine Operation auf übermorgen angesetzt:* Walter Schmitz hat den Tag der Operation früher auf den 21. Juli angesetzt (*Max Frisch »Homo faber«. Materialien, Kommentar*, S. 18; vgl. dagegen Anm. zu 172,3) und später den 26. Juli (Tag der hl. Anna) gemutmaßt (Mat., S. 238 f.); dem widerspricht 198,24 *zwei Monate (das wären September und Oktober)*. Vgl. auch die für die »Zweite Station« ursprünglich vorgesehene Angabe »Athen, im August« (Kap. II, S. 121). In Wahrheit kann die Kalenderzeit hier nicht mehr interessieren, denn Fabers Zeit ist *abgelaufen* (136,8), und nur seine, wie er ahnt, letzte Nacht protokolliert er noch einmal mit exakten Zeitangaben.

193,7 f. *weil ich meine Vaterstadt seit Jahrzehnten nicht*

mehr gesehen habe: Offenbar hat eine große Scheu Faber daran gehindert, den Ort des Abschieds von Hanna später noch einmal aufzusuchen, und er tut es jetzt erst in der Ahnung seines kurz bevorstehenden Endes. Die Bezeichnung *Vaterstadt* erinnert an den fast nie und dann negativ erwähnten leiblichen Vater Fabers. Statt seiner trifft er in Zürich seinen ›geistigen‹ Vater, Professor O., allerdings in »grauenhaftem« Zustand.

194,2 f. *eine Spirale, in dem gelben Marmor gab es eine versteinerte Schnecke:* ein mehrdeutiges Symbol: die angehaltene Zeit (der zur Ewigkeit erstarrte Augenblick); Selbstfindung (die Bewegung hin zum Zentrum); Ratlosigkeit (die Spirale ist ein altes Symbol für das Labyrinth).

194,14 f. *daß das Odéon abgerissen wird:* noch eine Anspielung auf das Ende.

194,25 *Ich hatte in Zürich nichts verloren:* Die Redensart rückt auf dem Hintergrund von Fabers Vorgeschichte mit Hanna in ein ironisches Licht.

194,27 *Kloten:* Der Zürcher Flughafen liegt im nördlichen Vorortbereich, westlich der Stadt Kloten.

194,28 *Mein letzter Flug!:* von Faber als Bekräftigung der Abkehr von seiner bisherigen Lebensweise gemeint (vgl. 195,10 *Nie wieder fliegen!*).

194,33 *Föhn-Mauer:* Der Föhn, ein warmer Fallwind auf der Windschattenseite hoher Gebirge, strömt aus der aufgetürmten Staubewölkung über dem Gebirgskamm.

195,15 f. *Wunsch, die Erde zu greifen – Stattdessen steigen wir immer höher:* das Flugzeug als Werkzeug der Entfremdung vom ›eigentlichen‹ Leben. Vgl. auch den Abschnitt »Nach einem Flug« aus dem ersten *Tagebuch* (Kap. III).

195,28 f. *Segment-Damm:* Gemeint ist wohl eine Bogengewichtsstaumauer, die bogenförmig in den Stausee hineinragt und bei der die (gedachte) kürzeste Verbindung zwischen den beiden Endpunkten zusammen mit dem Bogen ein Kreissegment ergeben würde.

195,31 f. *Sabeth würde sagen:* Faber wiederholt das Spiel der Vergleiche vom letzten Abend mit Sabeth auf Akrokorinth. Hier ist er immerhin schon so weit, sich Sabeths Vergleiche vorstellen zu können; einem ›ihrer‹ Vergleiche hat er sogar nichts Eigenes entgegenzustellen (196,5 f.), und seine ›eigenen‹ Vorschläge fallen entschieden ›natürlicher‹ aus als an jenem Abend.

196,16 f. *Licht, das man mit dem Tod bezahlen müßte, aber sehr schön:* Auch Faber kommt erst über Sabeths Tod und in der Nähe des eigenen zu erleuchtenden Einsichten, die ihm ein erfülltes Leben hätten schenken können.

197,3–5 *Dämon … Spintisiererei:* Auch jetzt noch greift Faber zu abwiegelnden, die eigene Erfahrung bagatellisierenden Formulierungen. Vgl. Anm. zu 180,18–20.

197,23 *Piräus:* zu Athen gehörende Hafenstadt.

198,2 *Estia Emborron:* (wörtl. ›Heim der Kaufleute‹) ein seinerzeit renommiertes und gerade von Touristen geschätztes Hotel in Athen. Auch Frisch und Madeleine Seigner sind dort am 6. Mai 1957 abgestiegen (*Jetzt ist Sehenszeit*, S. 164).

199,4 f. *Verfügung für Todesfall … es stimmt nichts:* Faber formuliert hier in zugespitzter Form einen von Frisch oft bekundeten Zweifel an der Möglichkeit ›stimmender‹ Wiedergabe von Erfahrung. Vgl. Kap. III.

199,6–11 *Auf der Welt sein: im Licht sein … Ewig sein: gewesen sein:* Faber scheint hier ins Gegenteil seiner früheren Haltung zu verfallen, in den Lobpreis bloßen Lebens (*Esel treiben, unser Beruf!*). Gleichwohl ist seine Devise: *standhalten dem Licht, der Freude (wie unser Kind, als es sang) im Wissen, daß ich erlösche im Licht …, standhalten der Zeit* ernst zu nehmen: Endlich erkennt er die Vergänglichkeit an. – Im Tagebuch von der Griechenlandreise 1957 findet sich eine Vorform dieses Hymnus (*Jetzt ist Sehenszeit*, S. 170), den Frisch nicht nur in *Montauk* wörtlich wiederholt hat (JA VI, S. 685), sondern auch in zwei Fernsehinterviews aus Anlass seines 75. Geburtstages (mit Hilde Bechert und Klaus Dexel sowie mit Philippe Pilliod) und 1984 in der *Rede an junge Ärztinnen und Ärzte*, an deren Schluss es heißt: »Todesbewußtsein [...] als Dimension der Lebensfreude, der großen, der Freude an einem Dasein in der Zeit, das etwa war gemeint mit einem literarischen Stenogramm, das ich nach drei Jahrzehnten nicht widerrufen möchte: ›Auf der Welt sein: Im Licht sein. Irgendwo (wie der Alte neulich in Korinth) Esel treiben, unser Beruf! – Aber vor allem: Standhalten dem Licht, der Freude im Wissen, daß ich erlösche im Licht über Ginster, Asphalt und Meer, Standhalten der Zeit, der Ewigkeit im Augenblick. Ewig sein: Gewesen sein.‹« (JA VII, S. 92) Die Auslassung von *wie unser Kind, als es sang* und die (auch den grammatischen Kasus von *Ewigkeit* präzisierende) Ersetzung des Faber'schen *beziehungsweise* durch »der« formt Fabers Notiz in eine allgemeingültig gemeinte Devise um; hiernach müsste *Esel treiben, unser Beruf!* nicht – wie des Öfteren geschehen – als ironische Einschränkung, sondern als positives Sinnbild verstanden werden. In der Tagebuch-Fassung vom Mai 1957 (s. o.) heißt es: »irgendwo / Herden treiben, Esel treiben / oder denken, / arbeiten, schaufeln, reden –«.

199,17 *ein Jahr lang auf die Insel[n] zu gehen:* Zunächst will Hanna in die ›Isolation‹ fliehen, dann an die Stätten ihrer ›ersten‹ Emigration (Paris, London), bis sie einsieht, dass sie die Fixierung auf Elsbeth, jetzt: auf ihr Grab, nicht mehr aufheben kann. – Die erwogene ›Flucht‹ auf eine Insel kann in Zusammenhang mit Fabers Kuba-Erlebnis gebracht werden, auf dessen »inselartigen Charaktere« schon Hans Geulen aufmerksam gemacht hat (*Max Frischs Roman »Homo Faber«*, S. 45).

199,18 *Delos:* Insel der Kykladengruppe, größtes Ruinenfeld Griechenlands. – In kretisch-mykenischer Zeit bestand bereits ein Kult der großen Fruchtbarkeits-

und Vegetationsgöttin (später mit Artemis identifiziert), der, wie andernorts, durch den Apollonkult verdrängt wurde.

199,19 *Mykonos:* eine Kykladeninsel ohne antike Zeugnisse.

199,20 *Amorgos:* ebenfalls eine der (historisch) weniger bedeutenden Kykladeninseln.

200,22 *Sunion:* Kap Sunion an der Südostspitze der Halbinsel Attika ist berühmt durch die Reste des dorischen Poseidontempels, der vor allem bei Sonnenuntergang gegen das Meer fotografiert zu werden pflegt. – Wenn Hanna nun Leute führt, die Museum, Akropolis und Sunion an einem Tag *machen*, dann hat sie es deprimierenderweise mit Gesellschaften zu tun wie jener, die Sabeths Zornesausbruch an der Via Appia bewirkte.

201,4 *sie hatte sich ein Kind gewünscht:* wohl fehlerhaft für »sie hatte sich kein Kind gewünscht«.

201,26 f. *Hanna, die mich einfach vergaß (wie Hanna immer wieder versichert):* Wiederholten Versicherungen schenkt der Leser von *Homo faber* wohl kaum noch ungebrochen Glauben. Offenbar geht es auch bei Hanna um einen Akt der Verdrängung; bezeichnenderweise hat sie Joachim, der nicht Vater werden durfte, *nie vergessen* (202,18).

202,4 f. *Hanna pocht auf diese Gründe noch heute:* Es sind also Scheingründe.

202,10 *Johanna:* vgl. Anm. zu 183,5.

202,15 *unterbinden:* sterilisieren (unfruchtbar machen) durch Unterbindung der Eileiter.

202,23 *lernt mit vierzig Jahren noch Geige:* Diese Aussage steht in einem gewissen Widerspruch zu der früheren Angabe, dass Hanna während ihrer Schulzeit *Geigenstunde* gehabt habe (183,25). Wenn man nicht ein Versehen des Autors unterstellen will, könnte man den Passus so verstehen, dass Hanna erst mit vierzig und Sabeth zuliebe ›richtig‹ Geige lernt (während sie die früheren Unterrichtsstunden ja hauptsächlich mit Armin verbracht hat). Vgl. auch Doris Kiernan, *Existenziale Themen bei Max Frisch*, S. 124 f.

202,36 *Ob ich ihr verzeihen könne!:* Auch Hanna hat begriffen, dass ihr Wunsch, ein Kind ohne Vater zu haben, und ihre Fixierung auf dieses eine Kind mitverantwortlich sind für Sabeths Schicksal. Wenigstens der Tochter hätte die Identität ihres leiblichen Vaters nicht verschwiegen werden dürfen. – Ihre wiederholte Frage nach den Gründen für Joachims Selbstmord (200,28 f.) lässt auch in dieser Beziehung Schuldgefühle vermuten.

203,8 *wenn auch nur für ein halbes Jahr:* nochmalige Anspielung auf den Demeter-Persephone-Mythos (vgl. Anm. zu 129,6–13).

II. Zur Entstehung des Romans

Der Roman *Homo faber* wurde in der Zeit von Ende 1955 bis August 1957 geschrieben. Nach dem großen Erfolg des Romans *Stiller* (1954) hatte Frisch 1955 sein Architekturbüro aufgegeben, um nur noch Schriftsteller zu sein; auch die ›bürgerliche‹ Ehe mit Constanze von Meyenburg beendete er, indem er sich von seiner Familie trennte (Scheidung 1959).

Dem Charakter des Protagonisten Walter Faber entsprechend hat Max Frisch sich um größtmögliche Authentizität der Schauplätze und der faktischen Angaben bemüht. Die Einladung zu einer Vortragsreise in die USA benutzte er im Juni/Juli 1956 zu Aufenthalten in Rom, wo er auch das Thermenmuseum besuchte (vgl. Kap. I, Anm. zu 110,11), in Mexiko, auf Yucatán und in Havanna. Die Reise nach Amerika unternahm er mit dem Schiff. Im Mai 1957, nachdem eine erste Fassung des Romans schon fertiggestellt und verworfen, aber auch eine Neustrukturierung schon geplant war, reiste Frisch mit Madeleine Seigner nochmals nach Griechenland (wo er schon 1933 gewesen war).

Die erste Fassung war ganz dem Modell des *Stiller* verpflichtet gewesen; Stillers Aufzeichnungen im Gefängnis entsprechend war der gesamte »Bericht« als Aufzeichnung Fabers im Krankenhaus konzipiert. Hieran empfand der Autor vor allem das Überwiegen des Räsonnements (Reflexionen Fabers) und das zu frühe Auftreten Hannas als störend. Am 21. April 1957 zog er in einem Brief an seinen Verleger Peter Suhrkamp den Roman zurück, bemerkte aber: »ich sehe die Möglichkeit meines besten Buches, darüber hinaus: Es ist mein Stoff wie kein andrer« (zit. nach *Jetzt ist Sehenszeit*, S. 156). Schon drei Tage später teilte er mit, dass er eine neue Lösung gefunden hatte. Die dem Brief vom 24. April 1957 beigefügte Kompositionsskizze hat folgenden Wortlaut (zit. nach Walter Schmitz in: Mat., S. 64 f.):

HOMO FABER, Ein Bericht

Komposition der neuen Fassung:

Erster Teil: DIE SUPER-CONSTELLATION / Caracas, im Juli

Es beginnt mit dem Bericht über Flug und Notlandung, Anmerkung: Ich glaube nicht an Fügung; dann Bericht über Wüste, Reise zur Plantage, Ivy in New York, die Schiffreise, Bekanntschaft mit Sabeth, Paris, die Romreise mit Sabeth, Wiedersehen mit Hanna in Athen, das Unglück in Athen. Alles in einer Schrift, Schreibmaschine. Ohne Situation des Schreibenden, außer der Ort- und Datum-Angabe im Titel weiß man nichts. Bericht mit dem Sog auf die Katastrophe hin, geschrieben mit dem Wissen um das Ende, d. h. um den Tod von Sabeth, aber nicht weiter. Es fallen also: die Zwischentexte, das Raisonnement. Der Bericht selbst wird gegenüber der bisherigen Fassung etwas kürzer, sprunghafter nicht in der Diktion, aber in der Folge der Stationen, weniger chronologische Vollständigkeit, Konzentration auf die wesentlichen Situationen, Assoziationsfolge. (Die Vorgeschichte von Hanna und Walter und Joachim erscheint in drei Stücken während der Fahrt in den Dschungel, Erinnerung, die sich aufdrängt, knapp gehalten.)
Umfang: ca. 260–280 Seiten.

Zweiter Teil: DIE EUMENIDEN / Athen, im August

Handschrift (»Ich habe nicht mehr viel Zeit, sie haben meine Hermes-Baby geholt ...«), Handschrift gibt die Situation im Hospital von Athen, Erwartung der Operation, die Besuche von Hanna, ihre Erscheinung jetzt, ihr Verhalten zu Faber, seine Frage: Was ist mit Hanna, was hat sie seit dem Unglück getan, was will sie noch tun? Hier ein paar Reflexionen von Hanna, ihre Erscheinung, ihr Leben früher (Armin, der Blinde), Hanna in Schwarz, zuletzt in Weiß.
Dazwischen:
Die Schreibmaschinen-Berichte über die Reise nach dem Unglück, die Eumeniden-Fahrt, mit Stationen:

NEW YORK, wie bisher
PLANTAGE, im Sinn wie bisher, anders gefaßt.
CARACAS, Faber kann die Montage nicht leiten wegen Magenleiden, zwei Wochen im Hotel, dort schreibt er den Bericht, der als Erster Teil bereits vorliegt.
HABANA, wie bisher.
DUESSELDORF, ungefähr wie bisher, Film, Hetze.
ZUERICH, wie bisher, Flug
ATHEN, wo Hanna ihn empfängt.
Was Hanna in dieser Zeit seit dem Unglück getan hat (Flucht von Athen und Rückkehr zum Grab), erfährt man handschriftlich in der letzten Nacht vor der Operation, Schlußsatz: 08.10, sie kommen.
Umfang: 60 bis 80 Seiten.

Das Manuskript wurde am 20. Juni 1957 im Ganzen abgeschlossen (vgl. Kap. I, Anm. zu 170,11) und ging nach letzten Verbesserungen Mitte August an den Verlag. Erschienen ist der Roman im Oktober 1957.
Das im In- und Ausland außerordentlich erfolgreiche Buch (vgl. die Liste der Übersetzungen in JA VII, S. 540f.) blieb, abgesehen von einer wachsenden Zahl von Druckfehlern, über zwanzig Jahre unverändert. Dann aber wurde der Autor von Michael Dym darauf aufmerksam gemacht, dass Faber sich in beiden »Stationen« jeweils zu lange in Palenque und in Guatemala aufhalte, um zu den angegebenen Zeiten in Caracas eintreffen zu können. Auch andere Zeitangaben erwiesen sich als irrig. Da Frisch dies als Bruch in der Zeichnung des Genauigkeitsfanatikers Walter Faber empfand (vgl. Mat., S. 74), hat er für die »suhrkamp-taschenbuch«-Ausgabe des Romans (1978 u. ö.) Änderungen vorgenommen: Die Ereignisse vor den beiden Aufenthalten in Caracas wurden jeweils um eine Woche zurückdatiert, andere Angaben korrigiert. Hiernach ergaben sich gegenüber den *Gesammelten Werken* von 1976 (hier abgekürzt: GW) folgende Abweichungen:

	GW	*suhrkamp taschenbuch*
22,4	2. IV.	26. III.
27,3	3. IV.	27. III.
40,22	Am dritten oder vierten Morgen	Am zweiten oder dritten Morgen
57,23	heute vor zwei Monaten	heute vor zehn Wochen
71,10	fünf Tage	eine Woche
125,9	3. VI.	27. V.
142,16–18	5. VI.	29. V.
	7. VI.	31. V.
	10. VI.	3. VI.
161,23	8. VI.	1. VI.
165,8	9. VI.	2. VI.
170,16f.	15. und 16. IV.	19. und 20. IV.
184,35	1937	1938

Irrtümlich beibehalten wurden: 75,34 *Fünf Tage*; 150,27 *Nacht im Juni* und 161,22 *Heute sind es sechs Wochen*.

Hiernach ergeben sich folgende Kalendarien:

GW	*suhrkamp taschenbuch*	
1. IV.	25. III. 1957	Abflug von New York
2. IV.	26. III.	Notlandung
bis 5. IV.	bis 29. III.	Aufenthalt in der Wüste
8. IV.	1. IV.	Ankunft in Campeche
9./10. IV.	2./3. IV.	Fahrt nach Palenque
14. IV.	7. IV.	Vollmondfest in Palenque
15.–19. IV.	8.–12. IV.	Fahrt zur Plantage
21. IV.	14. IV.	Beginn der Rückfahrt
20. IV.		Abflug von Caracas
21. IV.		Ankunft in New York
22.–30. IV.		Schiffsreise von New York nach Le Havre
13. V.		Mondfinsternis in Avignon
2. VI.	26. V.	Mondscheinspaziergang auf Akrokorinth

3. VI.	27. V.	Theodohori, Athen
4. VI.	28. V.	Tod Sabeths
8. VI.	1. VI.	New York
9. VI.	2. VI.	Flug nach Merida
11./12. VI.	4./5. VI.	Fahrt nach Palenque
20. VI.		Caracas
21. VI.–8. VII.		Abfassung des »Berichts«
9.–13. VII.		Kuba
15. VII.		Düsseldorf
16. VII.		Zürich
18. VII.		Athen
19. VII.		Krankenhaus

In der Taschenbuch-Version sind die Abläufe zwar rein kalendarisch möglich, doch ergeben sich Widersprüche zum Ablauf der Mondphasen. Da Frisch die authentische Mondfinsternis vom 13. V. 1957 in den Roman hineingenommen hat, betreffen diese Unstimmigkeiten nicht nur die außerfiktionalen Konstellationen, sondern auch den ›inneren‹ Kalender des Romans: Das Vollmondfest in Palenque findet jetzt eine Woche zu früh statt, bei Halbmond also. Auch kann Faber weder am 26. III. abends (fünf Tage vor Neumond) den Mondaufgang filmen (23,34 f.) noch am Abend des 26. V. (drei Tage vor Neumond) mit Sabeth im Mondschein spazieren gehen (150,29; 151,20). – Da Sabeth in gewisser Weise mit dem Mond identifiziert werden soll (vgl. Kap. I, Anm. zu 124,14–16), sind diese Widersprüche nicht belanglos.
Für die »Jubiläumsausgabe« von 1986 hat Frisch der Übernahme des Textes aus den *Gesammelten Werken* zugestimmt, jener zwar fehlerhaften Version also, die aber zwanzig Jahre lang der Rezeption zugrunde gelegen hat. Eine gänzlich ›stimmige‹ Fassung ließe sich nur durch gravierende Eingriffe in den Text herstellen, die Frisch mit Recht ablehnte.

Im Text der Jubiläumsausgabe, der demnach als verbindlich zu betrachten ist, finden sich leider eine ganze Reihe von Druckfehlern. Im Vergleich mit anderen Ausgaben, insbesondere mit der Erstausgabe von 1957, sind folgende Lesungen zu korrigieren:

	lies	*statt*
53,33	war	wird
85,20	Sie	sie
94,1	umarme	umarmte
104,36	glücklich	glücklich,
111,25	mich	dich
117,12/13	*Die Zeilen sind vertauscht.*	
121,35	zurecht,	zurecht
130,23	überließ,	überließ
144,23	Gott?	Gott!
172,15	Ramblas	Rambla
173,4	Freude	Freunde
176,33	ready for use	ready für use
184,25	Bohème.	Bohème
185,8	das er nicht sehen konnte	da er nicht sehen konnte
189,6	kalt	halt
196,8	Halskette,	Halskette
199,17	Inseln	Insel

In die ab 1988 erschienenen Taschenbuchausgaben sind diese Korrekturen (nach meinen Hinweisen und mit Max Frischs Billigung) übernommen worden. Zu berichtigen gegenüber sämtlichen bisherigen Ausgaben sind meines Erachtens folgende Lesungen:

	lies	*statt*
116,26	Caeciliae	Caecilia
116,27	Creticus	Cretius
170,17 f.	Es war insofern nicht meine Schuld	Es war insofern meine Schuld
201,4	kein Kind gewünscht	ein Kind gewünscht

Auch abgesehen von den zuletzt genannten Unstimmigkeiten bieten also sowohl die Jubiläumsausgabe als auch die (neuere) Taschenbuchausgabe einen jeweils unterschiedlich fehlerhaften Text. Auch die von Walter Schmitz herausgegebene und kommentierte Ausgabe im Rahmen der »Suhrkamp BasisBibliothek« reproduziert schlicht den Text der Taschenbuchausgabe. Eine Edition, die zum einen (wie die Taschenbuchausgabe) die offensichtlichen Druckfehler korrigiert und zum anderen die übrigen Problemfälle wenigstens kommentiert, ist im Suhrkamp Verlag erst vage angedacht.

III. Beziehungen zu anderen Werken Frischs

Manche Motive des *Homo faber* begegnen schon in dem Roman *J'adore ce qui me brûle oder Die Schwierigen* von 1943, den Frisch im selben Jahr wie den *Homo faber* in einer überarbeiteten Fassung vorlegte: *Die Schwierigen oder J'adore ce qui me brûle* (JA I, S. 387–599). Der erste Teil, »Hinkelmann oder Ein Zwischenspiel«, erzählt vom Scheitern der Ehe des jungen Wissenschaftlers Heinrich Hinkelmann, der zwar Archäologe ist und in Griechenland »auf den Inseln« (S. 394) arbeitet (vgl. Kap. I, Anm. zu 199,17), mit Faber jedoch, »gleichsam als wissenschaftliches Ergebnis seiner vorliegenden Erfahrungen« (ebd.), ein scheinhaft-optimistisches Selbstvertrauen teilt. Auch er versagt gegenüber der Mitteilung, dass er Vater werden wird (S. 401, 404), und zerbricht daran, dass seine Frau Yvonne ihn verlässt: »Zum erstenmal in seinem Leben, das ein Leben aus Arbeit und Erfolg war, dämmerte ihm ein Abgrund, Grauen eines anderen und traumdunklen Daseins mit verschwimmenden Fratzen, mit tosender Brandung, mit Gewittern aus dem Unberechenbaren … Hinkelmann nannte es Stimmung, nichts weiter.« (JA I, S. 411) Trotz solcher Abwehrgesten begeht Hinkelmann schließlich Selbstmord (S. 414).

Das Motiv der Abtreibung und das des Ersatzvaters werden in dem früheren Roman noch hintereinander durchgeführt: Hinkelmanns Kind lässt Yvonne abtreiben, während sie später, abermals schwanger, die Verbindung zu Jürg Reinhart löst, um die bürgerliche Sicherheit in der Ehe mit dem sprechend benannten Herrn Hauswirt zu finden.

Über die Abtreibung redet Hinkelmann schon genauso wie Faber (vgl. Kap. I, Anm. zu 105,11 f.): »Was heißt das? Verbrechen gegen das keimende Leben! Was für eine jämmerliche Halbheit des Urteils, wo man weiß, wie weit wir uns in allem von der Natur entfernt haben, und stolz darauf

sind, wir verhindern die Seuchen, die Sterblichkeit der Kinder. Ist das Natur? Man müßte den Mut haben, auch die Folgen unsrer Unnatur zu ziehen, alle.« (JA I, S. 413.)
In der »Farce« *Die Chinesische Mauer* (1946) lässt Frisch den Jungen Mann (später: den Heutigen) die Konsequenzen aus der Existenz der Atombombe aussprechen (vgl. Kap. I, Anm. zu 24,33): »Zum ersten Mal in der Geschichte der Menschheit [...] stehen wir vor der Wahl, ob es die Menschheit geben soll oder nicht. Die Sintflut ist herstellbar. Technisch kein Problem. Je mehr wir (dank der Technik) können, was wir wollen, um so nackter stehen wir da, wo Adam und Eva gestanden haben, vor der Frage nämlich: Was wollen wir? vor der sittlichen Entscheidung ...« (JA II, S. 206; vgl. ebd., S. 149, sowie die Erstausgabe, Klosterberg, Basel 1947, S. 20).
Einige Generalthemen Frischs, die nicht nur in *Homo faber* wiederkehren, finden wir im *Tagebuch 1946–1949* (JA II, S. 347–755) formuliert: das ›Bildnisverbot‹, das Thema der ›Vergängnis‹, des Zusammenhangs von Leben und Tod und das von Zufall und Fügung:

»Du sollst dir kein Bildnis machen, heißt es, von Gott. Es dürfte auch in diesem Sinne gelten: Gott als das Lebendige in jedem Menschen, das, was nicht erfaßbar ist. Es ist eine Versündigung, die wir, so wie sie an uns begangen wird, fast ohne Unterlaß wieder begehen –
Ausgenommen wenn wir lieben.«
»Vielleicht müßte man unterscheiden zwischen Zeit und Vergängnis: die Zeit, was die Uhren zeigen, und Vergängnis als unser Erlebnis davon, daß unserem Dasein stets ein anderes gegenübersteht, ein Nichtsein, das wir als Tod bezeichnen. Auch das Tier spürt seine Vergängnis; sonst hätte es keine Angst. Aber das Tier hat kein Bewußtsein, keine Zeit, keinen Behelf für seine Vorstellung; es erschrickt nicht über einer Uhr oder einem Kalender, nicht einmal über einem Kalender der Natur. Es trägt den Tod als zeit-

loses Ganzes, eben als Allgegenwart: wir leben und sterben jeden Augenblick, beides zugleich, nur daß das Leben geringer ist als das andere, seltener, und da wir nur leben können, indem wir zugleich sterben, verbrauchen wir es, wie eine Sonne ihre Glut verbraucht; wir spüren dieses immerwährende Gefälle zum Nichtsein, und darum denken wir an Tod, wo immer wir ein Gefälle sehen, das uns zum Vergleich wird für das Unvorstellbare, irgendein sichtbares Gefälle von Zeit: ein Ziehen der Wolken, ein fallendes Laub, ein Wachsen der Bäume, ein gleitendes Ufer, eine Allee mit neuem Grün, ein aufgehender Mond. Es gibt kein Leben ohne Angst vor dem andern; schon weil es ohne diese Angst, die unsere Tiefe ist, kein Leben gibt: erst aus dem Nichtsein, das wir ahnen, begreifen wir für Augenblicke, daß wir leben. Man freut sich seiner Muskeln, man freut sich, daß man gehen kann, man freut sich des Lichtes, das sich in unsrem dunklen Auge spiegelt, man freut sich seiner Haut und seiner Nerven, die uns so vieles spüren lassen, man freut sich und weiß mit jedem Atemzug, daß alles, was ist, eine Gnade ist. Ohne dieses spiegelnde Wachsein, das nur aus der Angst möglich ist, wären wir verloren; wir wären nie gewesen …«

»[…] jeder Mensch, der im Gespräch erzählt, was ihm über den Weg gekommen ist, glaubt er im Grunde nicht, daß es in einem Zusammenhang stehe, was immer ihm begegnet? Dabei wäre es kaum nötig, daß wir, um die Macht des Zufalls zu deuten und dadurch erträglich zu machen, schon den lieben Gott bemühen; es genügte die Vorstellung, daß immer und überall, wo wir leben, alles vorhanden ist: für mich aber, wo immer ich gehe und stehe, ist es nicht das vorhandene Alles, was mein Verhalten bestimmt, sondern das Mögliche, jener Teil des Vorhandenen, den ich sehen und hören kann. An allem übrigen, und wenn es noch so vorhanden ist, leben wir vorbei. Wir haben keine Antenne dafür; jedenfalls jetzt nicht; vielleicht später. Das Verblüffende, das Erregende jedes Zufalls besteht darin, daß wir unser eigenes Gesicht erkennen; der Zufall zeigt mir, wofür ich zur Zeit ein Auge habe, und ich höre, wofür ich eine Antenne habe. Ohne dieses einfache Vertrauen, daß uns nichts erreicht, was uns nichts angeht, und daß uns nichts verwandeln kann, wenn wir uns nicht verwandelt haben, wie könnte man über die Straße gehen, ohne in den Irrsinn zu wandeln? Natürlich läßt sich denken, daß wir unser mögliches Gesicht, unser mögliches Gehör nicht immer offen haben, will sagen, daß es noch manche Zufälle gäbe, die wir übersehen und überhören, obschon sie zu uns gehören; aber wir erleben keine, die nicht zu uns gehören. Am Ende ist es immer das Fälligste, was uns zufällt.«

Max Frisch: Gesammelte Werke in zeitlicher Folge. Jubiläumsausgabe in sieben Bänden. Hrsg. von Hans Mayer unter Mitw. von Walter Schmitz. [Zit. als: JA.] Bd. II. Frankfurt a. M.: Suhrkamp, 1986. S. 374, 499f., 750. –

In dem Abschnitt »Nach einem Flug« finden sich auch schon Bemerkungen über »die Entbindung aus dem erlebbaren Verhältnis, die uns die Technik in zahllosen Spielarten ermöglicht« (JA II, S. 391), über »ein Tempo, das die Natur uns nicht zudachte« (ebd., S. 392) (vgl. Hannas Argumente in der Diskussion »über Technik«, 169,22ff.): »Es ist das luziferische Versprechen, das uns immer weiter in die Leere lockt. Auch der Düsenjäger wird unser Herz nicht einholen. Es gibt, so scheint es, einen menschlichen Maßstab, den wir nicht verändern, sondern nur verlieren können. Daß er verloren ist, steht außer Frage; es fragt sich nur, ob wir ihn noch einmal gewinnen können und wie?« (JA II, S. 392)
Zahlreiche Parallelen bestehen zwischen dem Roman und der Komödie *Don Juan oder Die Liebe zur Geometrie* (1952/1953; JA III, S. 95–167). Vor allem treffen Juan und Faber sich im Beharren auf einem »Wissen, das stimmt«

(ebd., S. 131), sowie in der Abneigung gegen alles Flüchtige, Uneindeutige, gegen den »Sumpf unserer Stimmungen« (ebd.; vgl. Kap. I, Anm. zu 18,8–18) und gegen die Abhängigkeit des Mannes als Geschlechtswesen von der Frau. In *Nachträgliches zu »Don Juan«* (JA III, S. 168–175) notiert Frisch: »Liebe, wie Don Juan sie erlebt, muß das Unheimlich-Widerliche der Tropen haben, etwas wie feuchte Sonne über einem Sumpf voll blühender Verwesung, panisch, wie die klebrige Stille voll mörderischer Überfruchtung, die sich selbst auffrißt, voll Schlinggewächs« (ebd., S. 169).
Juan wie Faber protestieren gegen ›die Schöpfung‹, gegen die Aufspaltung des Menschen in zwei Geschlechter und gegen die Vergänglichkeit, die beide am Schluss akzeptieren lernen, Juan, indem er seine künftige Vaterschaft annimmt; in *Nachträgliches zu »Don Juan«* sagt Frisch: »Indem er Vater wird – indem er es annimmt, Vater zu sein –, ist er nicht mehr Don Juan. Das ist seine Kapitulation, seine erste Bewegung zur Reife« (ebd., S. 171).
Einen ausführlichen Vergleich bietet der Aufsatz von Hertha Franz, eine differenzierte Interpretation der Parallelen und der Unterschiede Klaus Schuhmacher (vor allem S. 58–61 und S. 67 f.).
Der Roman *Mein Name sei Gantenbein* von 1964 (JA V, S. 51–320) sollte ursprünglich »eine Reihe opernhafter Szenen um die Hermes-Gestalt« enthalten (ebd., S. 585), mit denen Frisch einen Lustspielplan aus dem *Homo faber*-Jahr 1957 wieder aufnahm (vgl. ebd. und Kap. I, Anm. zu 161,4). Geblieben sind die Arbeit der Romanfigur Enderlin über Hermes und die entsprechende Vorlesung, aus der folgende Kennzeichnung des Gottes zitiert wird:

»›Hermes ist eine vieldeutige Gestalt. Berüchtigt als Gott der Diebe und der Schelme, selbst ein Schelm, der am Tag seiner Geburt schon die Kälber des Apollon gestohlen hat, berühmt für seine Behendigkeit, eine heitere und listenreiche Behendigkeit, womit er die Sterblichen gern zum Narren hält, ist er überall im Spiel, sein ganzes Wesen und Auftreten stehen im Zeichen der Zauberei, ein Freund der Hirten, ein Gott der Herden, die er vor dem Sturz in die Schluchten bewahrt, ein Spender der Fruchtbarkeit. Die Herme, sein ursprüngliches Zeichen, hat die Gestalt des Phallus. Daß er hinwiederum, was damit unvereinbar erscheint, als Gott der Kaufleute gilt, ist bekannt und verständlich, wenn wir bedenken, was die Herme, geschichtet aus Steinen, für die wandernden Kaufleute war: ein Wegweiser. Fruchtbarkeit der Herden, das ist das eine; gemeint ist die Fruchtbarkeit überhaupt, der Segen in allen menschlichen Geschäften. Hermes ist ein Meister der List. Er ist ein Helfer, ein Glückbringer, aber auch ein Irreführer. Auch in der Liebe spielt er diese Rolle; er ist es, der das unverhoffte Glück schenkt, die Gelegenheit. Hermes ist ein freundlicher Gott, den Menschen näher als die andern Götter, daher der Götterbote. Homer nennt ihn auch den Führer der Träume. Er liebt es, so heißt es oft, unsichtbar zu sein, wenn er den Sterblichen naht, und das Plötzliche, das Unwahrscheinliche, das Unberechenbare und Unverhoffte, sogar das Launische, all dies gehört zu Hermes und seinem Walten, das Unheimliche in aller Heiterkeit, denn Hermes ist ja auch der Gott, der die Scheidenden holt, lautlos wie immer, unversehens, allgegenwärtig, der Bote des Todes, der uns in den Hades führt …‹ Usw.«

JA V. S. 145 f.

Im gleichen Roman findet sich eine variierende, skeptisch-ironische Wiederaufnahme der Szene zwischen Faber und Sabeth an der Via Appia:

»Ich werde älter –
Via appia antica.
Sie könnte meine Tochter sein, und es hat keinen Sinn, daß wir einander wiedersehen. Ich möchte es, ich bin getroffen,

aber es hat keinen Sinn. Wir stehen auf einem römischen Grabhügel, Nachmittag, eigentlich erwartet man uns in der Stadt. Die ganze Zeit sehe ich bloß ihre Augen, ein Kind, einmal frage ich, was sie denke, und ihre Augen schauen mich an, und ich weiß schon, daß sie kein Kind ist. Wir wagen nicht, uns auf die sommerliche Erde zu setzen, um nicht ein Paar zu werden. Ich küsse sie nicht. Es hat keinen Sinn, das wissen wir beide, es muß nicht sein. [...] Im Himmel tönt ein Flugzeug; unser Blick bleibt im Geäst der Pinie. [...] Ich schenke ihr einen harzigen Pinienzapfen. Ich errate wirklich nicht, was sie denkt, und wiederhole meine Frage. Sie sagt: Dasselbe wie Sie! Ich denke aber nichts. Ihre Augen: sie glänzen vor Gegenwart, die nicht anzurühren ist. [...] Im Wagen, als wir schon eine Weile fahren, offen, so daß sie ihr rötliches Haar im Wind baden kann, frage ich nach ihrer Adresse, indem ich gerade schalte, also beiläufig. Und sie schreibt sie auf einen Brief aus meiner Tasche. [...]
Heute habe ich den Harzzapfen, der immer noch in meinem Wagen gelegen hat, weggeworfen, da er nicht mehr duftet, und ihre Adresse auch; eines Tages werde ich sie wiedersehen, ich weiß, zufällig auf der Straße, eine junge Frau, die lebhaft plaudert über dies und das, über ihre Heirat usw.«

Ebd. S. 137–139.

Die intensive Liebesbeziehung zu einer jungen Amerikanerin, die ›seine Tochter hätte sein können‹, schildert Frisch in *Montauk. Eine Erzählung* (1974/75; JA VI, S. 617–754). Die Assoziationen an die Konstellation Faber–Sabeth reichen von der gleichaltrigen Tochter über den roten Rossschwanz und das Ping-Pong-Spiel bis zum wörtlichen Zitat (vgl. Kap. I, Anm. zu 199,4 f.). In den zahlreichen Reminiszenzen an das frühere Leben des Erzählers findet sich auch die ›Geschichte‹ des Urbilds der Hanna:

»Die jüdische Braut aus Berlin (zur Hitler-Zeit) heißt nicht HANNA, sondern Käte, und sie gleichen sich überhaupt nicht, das Mädchen in meiner Lebensgeschichte und die Figur in einem Roman, den er geschrieben hat. Gemeinsam haben sie nur die historische Situation und in dieser Situation einen jungen Mann, der später über sein Verhalten nicht ins klare kommt; der Rest ist Kunst, Kunst der Diskretion sich selbst gegenüber ... Wie ist es wirklich gewesen? – es ist merkwürdig, wo es mir gelegentlich einfällt: am Bahnhof Friedrichstraße, wenn ich den DDR-Beamten meinen Paß vorlege und sehe, wie sie mich mustern, ihre Miene dabei. Ich verwechsle sie nicht mit dem Nazi-Beamten, der am Badischen Bahnhof in Basel, 1937, mich mustert: JOURNALIST? und nachdem ich nicht ohne jugendlichen Berufsstolz genickt habe: UND DIESE JÜDIN LIEFERT IHNEN ALSO DIE GREUELGESCHICHTEN! Ich beschwöre sie auf dem Bahnsteig: Fahr nicht nach Deutschland zurück! Sie will aber; ihre Eltern sind in Berlin. Ich halte sie noch auf dem Trittbrett: Bleib hier! Jugendliebe unter einem Überdruck von Gewissen. Sie ist meine erste Partnerin; wir wohnen nicht zusammen, aber wir treffen uns jeden Tag. Sie ist Studentin. Unser Liebestun ist anfängerhaft-kenntnislos-romantisch, während in Nürnberg die Rassengesetze verkündet werden. Nicht ein Mal in fünf Jahren auch nur die heimliche Versuchung zu einer Untreue. Sie möchte ein Kind, und das erschreckt mich; ich bin zu unfertig dazu, als Schreiber gescheitert und am Anfang einer andern Berufslehre, um kein Taugenichts zu bleiben. Besuch bei den Eltern in Berlin-Lankwitz; der Papa, ein kleiner weißer Herr, führt mich durch das Museum, wo ihn, der dieses Museum eingerichtet hat, ein alter Wärter gemütlich grüßt: HEIL HITLER, HERR GEHEIMRAT. Unterwegs sehe ich die Stürmer-Schaukästen, Bilder von jüdischem Ritualmord an arischen Kindern. Ich gehe ins Theater: ohne die Braut, denn sie ist unerwünscht. Ein andermal sehe ich einen braunen Aufmarsch und höre den Chor: JUDA VERRECKE! das sagen sie wirklich; ich stehe Unter den Linden, frech vor Angst, und hebe meinen ausländischen Arm nicht. WARTE NUR! ruft ein SA-Mann, und einige in der Kolonne drehen sich um. In Nürnberg, wo ihre Mutter herkommt, will sie mir das Bratwurstglöckl zeigen; sie bemerkt das Schild nicht: JUDEN UNERWÜNSCHT. Es geschieht nichts, da sie nicht die Nase hat; nur kann ich hinter diesen Butzenscheiben gar nichts essen. Später in der Eisenbahn (ich erinnere mich; wir stehen, um allein zu sein, auf der Plattform des hintersten Wagens, Blick auf das perspektivische Schwinden der Gleise) sagt sie: DU DARFST NICHT SCHLECHT ÜBER DEUTSCHLAND DENKEN. Dann bin ich bereit zu heiraten, damit sie in der Schweiz bleiben kann, und wir gehen ins Stadthaus Zürich, Zivilstandesamt, aber sie merkt es: das ist nicht Liebe, die Kinder will, und das lehnt sie ab, nein, das nicht. Später finde ich in ihrer Mappe eine kleine Waffe, keinen Revolver, ein vernickeltes Pistölchen, aber versehen mit Munition; das stehle ich ihr. Will ich kein Kind, weil sie eine Jüdin ist? Als ich nicht mehr weiß, was wahr ist in mir, gehe ich in den Wald, um zu denken, und ich glaube mir selber nichts mehr, was ich denke; ich werfe auf den Boden eine Münze: Kopf oder Schrift? Wie der Wurf, Befragung des Orakels, ausgefallen ist, weiß ich nicht mehr. Sie sagt es: DU BIST BEREIT MICH ZU HEIRATEN, NUR WEIL ICH JÜDIN BIN, NICHT AUS LIEBE. Ich sage: Wir heiraten, ja, heiraten wir. Sie sagt: Nein. Ihr Onkel in Kairo, der die Nofretete ausgegraben hat, kann es wirtschaftlich ermöglichen, daß sie in Basel studiert; ich bleibe in Zürich. Ihre Eltern, sehr deutsche Juden, die Hitler-Worte nie auf sich bezogen haben, sind 1938 noch herausgekommen und wurden über neunzig Jahre alt.«

JA VI. S. 727–729.

Das Thema des Sterbens und des Todes hat Max Frisch mit zunehmendem Alter immer intensiver berührt (vgl. *Tagebuch 1966–1971*, *Triptychon*, *Der Mensch erscheint im Holozän*). Sinngemäße und wörtliche Bezugnahmen auf *Homo faber* finden sich noch in seiner *Rede an junge Ärztinnen und Ärzte* von 1984 (vgl. auch Kap. I, Anm. zu 199,6–11):

»Das Todesbild des Technologen, denke ich, ist das trostloseste; es entzieht sich dem erlebten Wissen, daß unsere Existenz als Person nicht additiv ist, sondern eine Gestalt, die in sich selber aufgeht, definiert wie eine Kurve als der geometrische Ort aller Punkte, die einer Gleichung entsprechen – eine Geistfigur, sie kann durch Unfall oder Krankheit oder Krieg vorzeitig zerbrochen werden, aber sie läßt sich nicht beliebig verlängern. Ich meine: Nicht im Tod, sondern in dieser Flucht vor dem Tod – durch medizinisch-technologische Lebensveränderung – kommen wir uns selbst abhanden.«
»Der Tod als metaphysisches Faktum ist das andere, der Tod, der nicht einfach das Ende eines langwierigen Zerfalls ist; der Tod ist von Anbeginn und ohne Ende. Lange bevor wir uns selbst als sterblich begreifen, haben wir die Erfahrung von Zeit als Vergängnis, das sehr frühe Erlebnis, daß das Leben immerzu eine Todesrichtung hat. Ohne diese Erfahrung würde sich die Sinnfrage nicht stellen. Ohne die Sinnfrage, ob sie dann eine Antwort findet oder in die Verzweiflung führt, gibt es den Menschen nicht.«

JA VII. S. 86, 83.

Frischs Misstrauen gegenüber der Möglichkeit ›wahrer‹ Geschichten, das in der Struktur von Fabers »Bericht« Gestalt angenommen hat, wurde während der Arbeit an *Mein Name sei Gantenbein* auch theoretisch begründet, z. B. in dem Feuilleton *Unsere Gier nach Geschichten* (JA IV, S. 262–264):

»Ich glaube, wir erzählen nie, wie es gewesen ist, sondern wie wir uns vorstellen, daß es wäre, wenn wir es nochmals erleben sollten. Erfahrung offenbart sich als Ahnung. Das gilt nicht nur für den Schriftsteller, es gilt für alle Menschen. [...]
Vielleicht sind es zwei oder drei Erfahrungen, was man hat, eine Angst, die tausend Bilder entwirft, und anderthalb Hoffnungen, die nicht abzutragen sind, Gefühle, die sich wie ein Rosenkranz wiederholen, dazu einige Eindrücke auf der Netzhaut, die sich kaum wiederholen, so daß die Welt zum Muster der Erinnerung wird, das ist es, dazu die hunderttausend Ansätze zu einem Gedanken, der eigen wäre, das ist es, was wir haben, wenn wir erzählen. Erlebnismuster – aber keine Geschichte, glaube ich, keine Geschichte! Geschichten gibt es nur von außen. Unsere Gier nach Geschichten, woher kommt sie? Man kann die Wahrheit nicht erzählen. Das ist's. Die Wahrheit ist keine Geschichte, sie hat nicht Anfang und Ende, sie ist einfach da oder nicht, sie ist ein Riß durch die Welt unseres Wahns, eine Erfahrung, aber keine Geschichte. Alle Geschichten sind erfunden, Spiele der Einbildung, Entwürfe der Erfahrung, Bilder, wahr nur als Bilder. Jeder Mensch, nicht nur der Dichter, erfindet seine Geschichten – nur daß er sie, im Gegensatz zum Dichter, für sein Leben hält – anders bekommen wir unsere Erlebnismuster, unsere Ich-Erfahrung, nicht zu Gesicht. [...]
[...] Jeder Mensch erfindet sich eine Geschichte, die er dann, oft unter gewaltigen Opfern, für sein Leben hält, oder eine Reihe von Geschichten, die sich mit Ortsnamen und Daten durchaus belegen lassen, so daß an ihrer Wirklichkeit nicht zu zweifeln ist. Nur der Schriftsteller glaubt nicht daran.«

JA IV. S. 262 f.

In einem Briefwechsel mit Walter Höllerer (*Dramaturgisches*) aus Anlass des Stücks *Biografie: Ein Spiel* definierte Frisch noch einmal, was er als »Domäne der Literatur« betrachtet:

»Was die Soziologie nicht erfaßt, was die Biologie nicht erfaßt: das Einzelwesen, das Ich, nicht mein Ich, aber ein Ich, die Person, die die Welt erfährt als Ich, die stirbt als Ich, die Person in allen ihren biologischen und gesellschaftlichen Bedingtheiten; also die Darstellung der Person, die in der Statistik enthalten ist, aber in der Statistik nicht zur Sprache kommt und im Hinblick aufs Ganze irrelevant ist, aber leben muß mit dem Bewußtsein, daß sie irrelevant ist – das ist es, was wenigstens mich interessiert, was mir darstellenswert erscheint: alles, was Menschen erfahren, Geschlecht, Technik, Politik als Realität und als Utopie, aber im Gegensatz zur Wissenschaft bezogen auf das Ich, das erfährt.«

Max Frisch: Dramaturgisches. Ein Briefwechsel mit Walter Höllerer. Berlin: Literarisches Colloquium, 1969. S. 34. – Mit Genehmigung des Literarischen Colloquiums, Berlin.

IV. Selbstaussagen des Autors

Anders als zu *Stiller* und zu *Mein Name sei Gantenbein* hat Frisch sich zum *Homo faber* nur selten geäußert, so im Gespräch mit Horst Bienek, wo er die Ich-Position des Erzählers (auch in Bezug auf die beiden anderen Romane) aus der Fragwürdigkeit jeder ›Geschichte‹ begründet (vgl. den Ausschnitt aus *Unsere Gier nach Geschichten* in Kap. III, S. 137; im Gespräch mit Bienek kehren eine Reihe dortiger Formulierungen wörtlich wieder). Frisch resümiert: »[...] jedes Ich, das erzählt, ist eine Rolle. Das ist es, was ich darstellen möchte. Jede Geschichte, die sich erzählen läßt, ist eine Fiktion. [...] die Entdeckung, daß jedes Ich, auch das Ich, das wir leben und sterben, eine Erfindung ist« (Bienek, S. 25).
Speziell zur Rolle Fabers und zum gesellschaftlichen Hintergrund seines Rollenverständnisses äußerte der Autor im Gespräch mit Schülern:

»Dieser Mann lebt an sich vorbei, weil er einem allgemein angebotenen Image nachläuft, das von ›Technik‹. Im Grunde ist der ›Homo faber‹, dieser Mann, nicht ein Techniker, sondern er ist ein verhinderter Mensch, der von sich selbst ein Bildnis gemacht hat, der sich ein Bildnis hat machen lassen, das ihn verhindert, zu sich selber zu kommen. [...] Der ›Homo faber‹ ist sicher ein Produkt einer technischen Leistungsgesellschaft und Tüchtigkeitsgesellschaft, er mißt sich an seiner Tüchtigkeit, und die Quittung ist sein versäumtes Leben. In einer bäuerlichen oder vortechnischen Gesellschaft wäre das nicht möglich. Das ist ein Produkt dieses *American way of life*, wie man es damals noch sehr gläubig nannte.«

Zit. nach: Rudolf Ossowski (Hrsg.): Jugend fragt – Prominente antworten. Berlin: Colloquium-Verlag, 1975. S. 121 f.

Zur Abbildung von Fabers ›Selbstbildnis‹ in seiner Sprache sagte Frisch in einer Fernsehsendung:

»Er lebt an sich vorbei, und die Diskrepanz zwischen seiner Sprache und dem, was er wirklich erfährt und erlebt, ist das, was mich dabei interessiert hat. Die Sprache ist also hier der eigentliche Tatort. [...] Wir sehen, wie er sich interpretiert. Wir sehen im Vergleich zu seinen Handlungen, daß er sich falsch interpretiert. Wäre das in Er-Form, so wäre ich als Autor der herablassende Richter; so richtet er sich selbst.«

Zit. nach: Werner Koch: Selbstanzeige. Max Frisch im Gespräch. Sendung des Westdeutschen Fernsehens, Köln, vom 15. Oktober 1970. Zit. nach: Walter Schmitz: Max Frisch »Homo faber«. Materialien, Kommentar. München: Hanser, 1977. S. 17.

Die sozusagen selbst verfertigte Schicksalhaftigkeit von Fabers Geschichte (vgl. Kap. I, Anm. zu 117,7 *Super-Constellation*) kommentierte Frisch in jenem Gespräch mit Schülern folgendermaßen:

»Der Witz des Buches, der Kniff, sagen wir mal, ist ja der: Es ist fast die unwahrscheinlichste Geschichte, die man sich ersinnen kann, nicht? Da ist wirklich ein Zufall nach dem anderen: auf dem Schiff trifft er die Tochter, er trifft den Schwager seiner Frau. Gehen wir jetzt mal von der Kunst des Schreibens, also von der Literatur aus: Wenn ich das mit Schicksalsgläubigkeit erzählen würde, so würde jeder mit Recht nach fünfzehn Seiten auflachen und sagen: ›Das auch noch! Hab' ich's mir doch gedacht! Und wen trifft er jetzt?‹ Und da trifft er die da. – Und der Witz daran ist, daß ein Mensch, der in seinem Denken die Zufälligkeit postuliert, eine Schicksalsgeschichte erlebt.«

Zit. nach: Rudolf Ossowski (Hrsg.): Jugend fragt – Prominente antworten. Berlin: Colloquium-Verlag, 1975. S. 121.

In diesem Zusammenhang ist auch die Bemerkung im Briefwechsel mit Walter Höllerer zu verstehen: »Fügung wird glaubhaft in dem Grad, als sie bestritten wird; das war die bewußte Methode im ›Homo Faber‹-Roman« (Frisch, *Dramaturgisches*, S. 28).

Die von einigen Kritikern gerügten Verstöße gegen die Consecutio temporum (die von der Schulgrammatik vorgeschriebene Zeitenfolge im Verhältnis von Haupt- und Nebensatz) sind dagegen nicht Faber anzulasten, sondern ein auch anderweit von Frisch benutztes Stilmittel:

»Für mich als Schreiber kann es sehr wichtig sein, daß ich die Zeitenfolge klar mache. Es kann aber sein, daß ich eine andere als die gegebene klar machen möchte. Zum Beispiel daß ich dort, wo sich ein Absetzen aufdrängt, sie aufhebe, um damit etwas Erlebtes auszudrücken, nämlich daß es ineinander übergeht, oder daß ich absetze, um einen Erlebnisbruch darzustellen.«

»Die krassesten Beispiele finden Sie im *Homo faber.* Beim Übersetzen aus dem Französischen wurde mir bewußt, daß man die Zeiten im Französischen gar nicht so durcheinander bringen kann, das gibt die Sprache gar nicht her – so wie wir es machen können, um etwas sehr Bestimmtes, schwer Definierbares erreichen zu können.«

Zit. nach: [Interview mit] Max Frisch. In: Peter André Bloch (Hrsg.): Der Schriftsteller und sein Verhältnis zur Sprache, dargestellt am Problem der Tempuswahl. Bern/München: Francke, 1971. S. 74f., 72.

V. Aus Rezensionen zur Erstausgabe

Trotz des von Anbeginn außerordentlichen Publikumserfolges von *Homo faber* und trotz zum Teil undifferenziert-überschwänglicher Lobeshymnen der Literaturkritik (vgl. Reinhold Viehoff in: Mat., S. 244f. und 271f.) fanden sich doch auch bemerkenswert viele Rezensenten (vgl. ebd., S. 250), die den Roman als Ganzes oder doch in wesentlichen Aspekten ablehnten. Das gründete zum Teil auf einem ›Bildnis‹ von dem Autor Frisch, das auf den drei Jahre zuvor erschienenen Roman *Stiller* fixiert war, wie es etwa bei ROBERT HAERDTER zum Ausdruck kommt:

»Dieses Buch ist kein Ereignis. Es mag hart erscheinen, einen so lapidaren Satz an den Anfang einer Rezension zu stellen. Dem Rezensenten indessen erscheint es erlaubt, weil er einmal den ›Stiller‹ an dieser gleichen Stelle mit dem emphatischen Satz angezeigt hatte, dieser Roman sei eines, und weil er seither nur diesen Roman als den archimedischen Punkt anerkennen will, von dem aus Max Frischs schriftstellerische Arbeit zu bewerten sei.«

Robert Haerdter: Das Fatum und der Zufall. In: Die Gegenwart. Jg. 12. Nr. 20. 5. Oktober 1957. S. 632.

Ähnlich urteilte WALTER JENS am Ende eines langen Essays, der Konstanten in Frischs Werk herauszustellen suchte und zu dem Schluss kam:

»Faber, der Rationalist und Monteur, verfällt der Welt, die er verlachte, und kehrt, wie Stiller, zum Ursprung zurück: auch er ein Mörder; auch er, am Ende, allein. Man sieht – die Beziehungen zum ›Stiller‹ bieten sich an: es sind – das sei gesagt – Relationen zwischen dem Hauptwerk und einem Parergon. In Wahrheit ist ›homo faber‹ nicht mehr als eine Arabeske zum großen Roman von 1954 – das Ausgeführte wird übertragen, das Gemälde noch einmal skizziert ... nicht immer ganz glücklich, leider. [...] Allein – was tut's? Ein Mann wie Frisch mag sich getrost einmal Arabesken gestatten [...].«

Walter Jens: Max Frisch und der homo faber. In: Die Zeit. Nr. 2. 9. Januar 1958. S. 6.

Die Repräsentativität Walter Fabers als ›des‹ Homo faber, von vielen Kritikern ohne Weiteres bejaht und mit einer angeblichen Wandlung Fabers zum Homo divinans, Homo sapiens, Homo ludens, Homo humanus, Homo contemplans, Homo magus weitergesponnen (vgl. Reinhold Viehoff in: Mat. S. 261 f.), wurde von anderen Rezensenten in Frage gestellt, so von GODY SUTER:

»Walter Faber hält sich [...] für einen Menschen unseres technischen Zeitalters, und der Titel, den Max Frisch dem Bericht gegeben hat [...], läßt darauf schließen, daß auch er dieser Ansicht ist; der Klappentext jedenfalls meint, Faber sei ›der technische Mensch‹. Darin, glaube ich, liegt ein tiefer, ein grundsätzlicher Irrtum [...]. Zunächst einmal hat Fabers *Konflikt* überhaupt nichts mit der Technik und ihrem Zeitalter zu tun, wird von ihnen wesentlich weder gefördert noch behindert und schon gar nicht bestimmt. Es ist der Konflikt eines Menschen, der die Flucht ergriffen hat vor dem eigenen Schicksal, und der nun von diesem Schicksal wieder eingeholt wird. Daß er sich die ganze Zeit einzureden versucht, er sei tatsächlich das, was er beruflich geworden ist, gehört ja gerade zur Flucht. In früheren Zeiten wäre er Soldat geworden oder Astronom oder Forschungsreisender – aber er wäre nie *der* Soldat, *der* Astronom, *der* Forschungsreisende gewesen. Walter Faber *ist* nicht ›der technische Mensch‹: ihm genügt eine gewöhnliche Überanstrengung (auch sie Flucht), um den ganzen technischen Kram, bis auf einige

Formeln, über Bord zu werfen, ohne Bedauern, ohne Sehnsucht, ohne Konflikt.«

Gody Suter: »Homo Faber«. »Ein Bericht« von Max Frisch. In: Die Weltwoche. Nr. 1251. 1. November 1957.

Ähnlich Oscar Maurus Fontana in der Wiener *Presse*:

»Aber Faber, so wie ihn Frisch darstellt, ist gar nicht dieser außer Rand und Band gekommene Werkmensch, der sein inneres Zentrum verloren hat, sondern es ist der Leerlaufmensch. Mit Technik hat das alles, das erzählt wird, nichts zu tun. Daß da einer eine Tochter, von deren Existenz er keine Ahnung hat, zur Geliebten macht, und daß beide mehr oder minder daran sterben, das könnte, um den Wechsel der Schauplätze zu ermöglichen: bald Südamerika, bald New York, bald Italien, bald Griechenland – das alles könnte auch einem Diplomaten oder Dirigenten oder Großeinkäufer geschehen, mit einem Ingenieur und gar einem Sinnbild des ›Homo Faber‹ ist es gar nicht verbunden. Es ist der Leerlaufmensch, der immer in Bewegung ist, aber in Wirklichkeit nicht von der Stelle kommt, nur um sich selbst wirbelt, ohne Effekt, ohne Erlebnis.«

Oscar Maurus Fontana: Ein Bericht über den »Leerlaufmenschen«. In: Die Presse. 26. Januar 1958. S. 22.

Andere gründeten ihre Skepsis gegenüber der Rollenfiktion auf einer Kritik an der Sprache von Fabers »Bericht«. Die Mehrdimensionalität dieser Sprache, in der Fabers Gespaltenheit (Verdrängung – Selbstbildnis) sich spiegelt, wurde als Unstimmigkeit empfunden, z. B. von Friedrich Sieburg:

»Der Autor versucht, die Glaubwürdigkeit des technischen Menschen dadurch zu erhöhen, daß er ihn schlechtes

Deutsch sprechen läßt: ›Unser Pingpong ging besser, als meinerseits erwartet.‹ Oder: ›Meinerseits keine Ahnung, was ich gedacht hatte.‹ Solche Kurzschlüsse entstehen, wenn ein Autor im Ich-Ton schreibt und die Geschichte einem Menschen in den Mund legt, der mit dem Dichter keine Berührungspunkte haben darf. Die große Schwierigkeit des ›narrateur‹ ist hier nicht gelöst; die von Frisch geschaffene Figur spricht einmal zu gut und dann wieder zu schlecht, verrät eine Sensibilität, die ihr nicht zukommt, und legt einige Seiten später einen kaltschnäuzigen Pragmatismus an den Tag, den man ihr nicht glaubt.«

Friedrich Sieburg: War Oedipus zunächst Ingenieur? In: Frankfurter Allgemeine Zeitung. Nr. 249. 26. Oktober 1957.

An Sieburgs Zweifel, ob ›Wirklichkeitsmenschen‹ wie Faber denn tatsächlich ein solches Bedürfnis nach Selbstbeschreibung verspürten, knüpfte Walter Jens an, der zugleich eine Wandlung Fabers unterstellte und den fehlenden Niederschlag dieser Wandlung in der Sprache monierte:

»Schon daß der Techniker Faber überhaupt *schreibt*, erscheint wie ein Widerspruch in sich selbst; und dann schreibt er am Ende, nach seiner *›Bekehrung‹*, den gleichen Stil wie am Anfang (vom *›lila Mond‹* ist hier wie dort die Rede ...), verhält sich schon als Techniker, bei aller Reflexion, als *›lyrisches Ich‹*, und glaubt noch als Gewandelter an die Macht der Statistik! Von einer Entwicklung also wird man nicht zu sprechen wagen, und dabei wäre doch gerade in diesem Buch, wo der Zufall die Fabel bestimmt, alles auf die Darstellung eines Integrationsprozesses (*faber* wird *homo*) angekommen ...«

Walter Jens: Max Frisch und der homo faber. In: Die Zeit. Nr. 2. 9. Januar 1958. S. 6.

Die Konstruktion des »Berichts« selbst wurde vor allem von Anhängern einer traditionellen Ästhetik als störend empfunden. So schrieb FRIEDRICH SIEBURG:

»Nicht uninteressiert, aber ohne Bewegung sehen wir zu, wie der Ingenieur, der so recht ein Ingenieur ist, sein Innenleben entdeckt und davon einen ›Bericht‹ gibt – anstatt daß er dem Schriftsteller Max Frisch die Aufgabe überläßt, über diese Verwandlung einen Roman zu schreiben, der zweifellos ein bedeutendes Stück deutscher Prosa geworden wäre.«

Friedrich Sieburg: War Oedipus zunächst Ingenieur? In: Frankfurter Allgemeine Zeitung. Nr. 249. 26. Oktober 1957.

GENO HARTLAUB urteilt:

»Max Frischs neuer Roman ›Homo faber‹ – als ›Bericht‹ bezeichnet – ist ebenso wie ›Stiller‹ in der Ich-Form geschrieben. Doch während Stillers vielschichtige und hintergründige Persönlichkeit in wesentlichen Zügen der ihres Autors verwandt war und deshalb auch mit dessen Augen und Sprache die Welt sehen und beschreiben konnte, hat Frisch sich diesmal in dem Ingenieur Faber einen ›Helden‹ gewählt, der in seiner künstlichen Welt der Geräte und der mathematischen Kalkulation immer mehr verarmt und erstarrt, so daß er, ähnlich wie ›Der Fremde‹ von Camus, kontaktlos und erschreckend gefühlskalt auf die Wechselfälle und Erschütterungen des Lebens reagiert.
Die Modell-Figur des Ingenieurs – unsensibel, sachlich, nüchtern und zu keiner inneren Anteilnahme fähig – steht nun in ständigem Streit mit der warmen und starken Menschlichkeit und der poetischen Verwandlungskraft des Dichters Max Frisch, der nicht ausbrechen kann aus dem Gehäuse des Homo faber, in das er sich selbst verbannt hat.«

Geno Hartlaub: Held der künstlichen Welt. In: Sonntagsblatt. Nr. 46. 17. November 1957.

Dass andererseits viele Kritiker die ›Bericht‹-Fiktion übersehen und Fabers Sprache dem Autor in Rechnung stellen würden, hat Karl Schmidtmann frühzeitig vorausgesagt: »Es ist vorauszusehen, daß man Max Frisch einer frivolen Schnoddrigkeit bezichtigen wird, weil er die dunklen Verstrickungen in der Fabel seines neuen Buches gar nicht recht ernst zu nehmen scheint. Nun hat aber Frisch sein Buch ›Homo Faber‹ ausdrücklich nicht als einen Roman, sondern als einen Bericht bezeichnet [...]. Demnach spricht in diesem Buch nicht Max Frisch, sondern jener Mann namens Faber, der uns einen Bericht aus seinem Leben gibt, und alles, was man Frisch an Schnodderigkeiten und Frivolitäten vorwerfen könnte, geht zu Lasten des Herrn Faber, den Max Frisch uns gerade durch diese Eigenarten des Berichtes so eindringlich charakterisiert. Die lapidare Schnodderigkeit der Weltanschauung, das kalte Kalkül und die sprunghafte Stenographie, das Wegschlucken halber Satzteile in der Diktion des Berichtes sind Eigenschaften des Herrn Faber, die besser gar nicht beschrieben werden könnten als in ihrer eigenen Sprache.«

Karl Schmidtmann: Mondfinsternis mit Sabeth. Tragödie eines Technikers in Max Frischs »Homo Faber«. In: Rheinischer Merkur. Nr. 43. 25. Oktober 1957.

So kam es denn auch. Karl August Horst schrieb:

»Das ganze Buch ist stilistisch ein Bravado – salopp, sarkastisch, nicht frei von Snobismus. Es liest sich brillant, nötigt aber zu einem Tempo, das die tragischen Akzente nur als flüchtige Synkopen wahrnehmen läßt. Eine Marotte, die schon im ›Stiller‹ auffiel, ist die wahllose Verwendung von Indikativ und Konjunktiv und die bewußte Mißachtung der ›Consecutio temporum‹. ›Wir hatten keine Ahnung, wo wir *sind*.‹ ›Ich wußte nicht, woran ich *bin*.‹ ›Ich wäre nie auf die Idee gekommen, daß Hanna und Joachim einander heiraten‹ (obwohl der Sachverhalt gut zwanzig Jahre zurückliegt). Oder: ›Ich hatte ihr geschrieben, daß es Schluß *ist*, schwarz auf weiß; sie hatte es einfach nicht geglaubt. Sie hatte gemeint, ich sei hörig, und wenn wir zusammen eine Woche *verbringen*, sei alles wieder beim alten, das hatte sie gemeint – und drum lachte ich. – Mag sein, ich war gemein. – Sie war es auch.‹«

Karl August Horst: »Homo Faber« oder Tragödie ohne Tragik. In: Wort und Wahrheit 13 (1958) S. 469.

Wird hier der grammatische Reflex auf die gegenseitige Durchdringung von Vergangenheit und Gegenwart in Fabers Überlegungen und seinem widersprüchlichen Lebensgefühl schlicht als ›Fehler‹ des Autors missverstanden, so lieferte Karlheinz Deschner das Musterbeispiel einer Sprachkritik, die auf nahtloser Identifikation von Romanfigur und Autor beruhte. Ein längeres Zitat aus der Kuba-Episode kommentierte er folgendermaßen:

»Faber befindet sich in einer gleichsam festlich gehobenen Stimmung, er ist seelisch animiert, und der Autor [!] nimmt einen Anlauf zu einem hymnischen Monolog, einem enthusiastischen Erguß auf das Leben. Aber es bleibt alles vordergründig, banal, ausdruckslos, platt und lahm. [...] Und nun: ›... beziehungsweise höre‹. Dieses ›beziehungsweise‹ ist – entweder hat man dafür ein Sprachgefühl oder nicht – in seiner nüchtern zurechtrückenden, ganz exakt bleiben wollenden Art hier gänzlich unangebracht, ein Faustschlag der Sprache. [...] So läppisch schreibt Frisch wahrlich nur, weil er versucht, mehr zu sein, als er ist, mehr nämlich als ein routinierter Erzähler.«

Karlheinz Deschner: »Man kann sich nicht niederschreiben, man kann sich nur häuten.« Anmerkungen zu Max Frisch II. In: konkret. Nr. 5. 5. März 1961.

Ein Beispiel für ein ebenso identifizierendes, aber positiv wertendes Verfahren gab Erich Franzen: »Frisch schreibt eine architektonisch gebaute, gleichsam durch graziöse Stahlträger verstrebte Prosa. Als sprachliches Kunstwerk ist diese Tragödie des blinden Technikers unserer Zeit eine Meisterleistung« (»Homo Faber«, in: *Merkur* 12, 1958, H. 10, S. 983).

Demgegenüber verwies Karl Heinz Kramberg sowohl auf den Rollencharakter der Sprache als auch auf ihre Mehrdimensionalität:

»Obwohl Max Frisch seinen Helden selbst Bericht erstatten läßt, erfahren wir mehr über den Homo faber, als dieser ausdrücklich mitteilt. Der Vorzug einer subjektiv gearteten Niederschrift für das quasi objektive Leserbewußtsein offenbart sich in den kritischen Bedenken, die sie in uns spontan erweckt. Beim Roman in der dritten Person wird die kritische Mitarbeit des Lesers durch die reflektierende Zwischenstellung, die der Autor als Erzähler behauptet, weitgehend ausgeschaltet.
Nicht nur was der Techniker Walter Faber berichtet, sondern wie er es schreibt, decouvriert diesen Menschen. Sein atemloser Stil, seine entsinnlichte, fast metaphernfreie Sprache, dieses stark detaillierende Film-Gedächtnis, dem es unmöglich scheint, Zusammenhänge anders als mit Montageeffekten herzustellen, das hektische an Fließbandarbeit erinnernde Satzgefälle ... all dies erweckt den Eindruck von direktionsloser Flüchtigkeit. Und diese Flüchtigkeit – übrigens verführt sie auch zu flüchtiger Lektüre, wie den Automobilisten ein ihm vorauseilendes Vehikel zum Überholen reizt – hat etwas rauschhaft Fatales, beinahe: etwas Tragisches. Man begreift die Zusammenhänge, die zwischen dem Sog der Geschwindigkeit (erfahrbar bei der Bedienung und Benutzung schneller Apparate) und der verhängnisvollen

Zeitlosigkeit des Homo faber bestehen. Begreift sie – stilistisch.«

Karl Heinz Kramberg: Begnadigung ausgeschlossen. In: Süddeutsche Zeitung. 19./20. Oktober 1957.

Soweit Faber als repräsentative Figur akzeptiert wurde, neigten die Rezensenten dazu, die Gegenseite, das Mythische, Schicksalhafte, absolut zu setzen. Auch Erich Franzen glaubte den Roman so deuten zu müssen und wendete diese Interpretation wiederum kritisch gegen den Autor:

»Erst als Faber den Tod des Mädchens erfährt, als er Hanna, der nie wirklich Vergessenen, gegenübersteht und die unheilbare Krankheit in sich spürt, taucht in ihm eine Ahnung des ›wahren‹ Zusammenhangs all dieser disparaten Erlebnisse auf. Doch die verborgene Ordnung stellt sich nur in seinem Ich her – oder auch: das Ich ist identisch mit dieser Ordnung und ebenso unfaßbar wie sie. ›Es stimmt nichts‹, sagt Faber schließlich von den sorgfältig notierten Fakten in seinem Tagebuch. Dennoch enthalten sie die Wahrheit, aber es ist nicht die Wahrheit der Logik, sondern des Schicksals.
Auch wenn man sich mit Frischs offenem Bekenntnis zu den unergründlichen ›Mächten‹ zufriedengeben wollte – und dem Poeten ist eine schönere Freiheit erlaubt als dem Denker –, so bliebe doch vom Standpunkt des Dichters selbst aus zu fragen, ob es überhaupt noch gelingen kann, die überhöhte Ebene des Schicksals durch einen bewußt konstruierten Einzelfall sichtbar zu machen.«

Erich Franzen: Homo Faber. In: Merkur 12 (1958) H. 10. S. 982.

Eine ähnliche Verschränkung von einliniger Deutung und daran anknüpfender Kritik findet sich bei Werner

LIERSCH, der, von einem materialistischen Ansatz aus urteilend, in der Ost-Berliner *Neuen Deutschen Literatur* schrieb:

»Übrig bleibt nach diesem makabren Spiel: Hanna, die Jugendgeliebte, von der Walter Faber sagt, daß ihr Mythen genauso geläufig seien, wie ihm der Wärmesatz. Ödipus und die Sphinx, Athene und die Eumeniden sind ihr Tatsachen, heißt es; Tatsachen, die Frisch durch die Handlung bestätigt. [...] Frisch [...] läßt die Aussage Hannas, daß die Welt im Grunde genommen rational nicht zu bewältigen sei, unwidersprochen. So spiegelt sich heute die ins Extreme gesteigerte Widersprüchlichkeit des Imperialismus auch in einem immer stärkeren Gefälle des bürgerlichen Künstlers zum Irrationalismus wider.«

Werner Liersch: Wandlung einer Problematik. In: Neue Deutsche Literatur 4 (1958) H. 7. S. 145.

KONRAD FARNER, von ähnlichen Voraussetzungen ausgehend, betonte die Verschränkung von Rationalem und Irrationalem, die umfassende Doppelsinnigkeit des Romans und resümierte:

»So steht Max Frisch mit seinem ›homo faber‹ inmitten der langen Reihe derer, die des Menschen Werk bloß noch in Frage zu stellen vermögen, die einsichtig und zugleich mehrsichtig den Menschen in dessen gegenwärtig großer Gefahr erkennen, die jedoch bloß um die Diagnose wissen, nicht aber um die Therapie – Faulkner, der Dichter, steht hier wie Buffet, der Maler, Sartre, der Philosoph, wie Toynbee, der Historiker … der Namen sind unzählige.«

Konrad Farner: homo frisch. In: Die Weltbühne. 1. Januar 1958. S. 27.

Die mythologischen Anspielungen hat man zumeist auf den Zusammenhang Oedipus–Inzest–Erinnyen reduziert; zuweilen wurde auch auf Thyestes hingewiesen, der mit seiner Tochter Pelopeia den Aigisthos zeugte, den späteren Mörder seines Vetters Agamemnon (ein wohl eher blinder Verweis). RUDOLF HARTUNG fasste als einer der wenigen die Oedipus-Anspielung weiter und machte sich auch Gedanken über die Darstellung von Sabeths Unfall:

»Unsere Weltepoche bezeugt sich in diesem Ingenieur, der im Auftrag der Unesco unterentwickelten Völkern technische Hilfe zu bringen hat. Ein Ödipus, der das Rätsel der Sphinx gelöst hat, allerdings auf seine Weise; seine Antwort heißt nicht ›der Mensch‹, sondern: Technik, Berechnung, Statistik, Arbeit. Das Unerkennbare, das Menschliche und das Schicksalhafte sind für ihn ohne Bedeutung [...].
[...] Das schlafende Mädchen wird von einer Viper gebissen, der Mann eilt ihr zu Hilfe, sie weicht zurück und stürzt (und dieser Sturz, Fraktur der Schädelbasis, führt zu ihrem Tod, nicht der Schlangenbiß) –: der Biß der gräßlichen, plötzlich erkannten Wahrheit, auch wenn der Dichter Max Frisch dies nicht ausdrücklich sagt und in genialer Objektivation das Erkennen des Mädchens, im Gegensatz zu dem rationalen des Mannes, als Vorgang, als leibliche Widerfahrnis darstellt und so, in dieser herrlichen Szene, die Schönheit echten mythischen Geschehens gewinnt.«

Rudolf Hartung: Eine moderne Tragödie. In: Neue Deutsche Hefte 4 (1957/58) S. 937f.

Wie Walter Jens und viele andere unterstellte auch RUDOLF HARTUNG eine Wandlung Fabers, deren Reichweite er allerdings einschränkte:

»Zweifellos darf man, zum Schluß, auch erwähnen, daß Max Frisch keine überzeugende positive Antwort auf das in ›*Homo Faber*‹ aufgeworfene Problem – die technische

Existenz – [...] dem Leser anzubieten hat. Angesichts des geschehenen Unheils und den bevorstehenden Tod dunkel ahnend, wandelt sich zuletzt der Held: er *sieht* das Leben, er liebt es, er will sein Leben ändern. Aber der Moribunde, dem diese Einsicht zuteil wird, ist schon aus der Arbeitswelt ausgeschieden – eine mögliche Versöhnung von Arbeit und ›Leben‹ kann nicht aufgezeigt werden.«

Ebd. S. 939.

FRIEDRICH SIEBURG dagegen meinte:

»[...] es ist ein Bericht, der höchstens insofern unserer Vorstellung von einem Roman widerspricht, als der tragende Charakter keine Entwicklung mehr erfährt, sondern fertig, ja mit einer gewissen trotzigen Unwandelbarkeit in den Fluß des Geschehens steigt.«

Friedrich Sieburg: War Oedipus zunächst Ingenieur? In: Frankfurter Allgemeine Zeitung. Nr. 249. 26. Oktober 1957.

Dass auch in diesem Werk Frischs die Geschlechterproblematik eine wichtige Rolle spielt, wurde allgemein gesehen, wobei mancher Kritiker dazu neigte, ›das‹ Männliche und ›das‹ Weibliche als überzeitliche Größen zu betrachten, wie etwa ERICH FRANZEN:

»Wie in seinen früheren Werken, macht Frisch die gestörte Beziehung zwischen den Geschlechtern zum Hauptmotiv der Handlung. Das Thema hat für ihn zentrale Bedeutung, weil es auch in der persönlichsten Variante über das Individuelle hinausführt und in seinem Spannungsfeld die Polarität eines größeren Kraftfeldes reflektiert.«

»Es ist ihm darum zu tun, die typischen Züge im Verhalten der beiden Hauptpersonen herauszuarbeiten und ihren Konflikt auf den unabänderlichen Antagonismus der Geschlechter zurückzuführen. Dem Besitzwillen und der triebhaften Selbstbezogenheit der Frau steht des Mannes Furcht vor der chthonischen Mutterwelt und ihrer elementaren Gewalt gegenüber. Fabers ›Schuld‹ ist also in einer existentiellen Situation begründet, der weder er noch Hanna gewachsen sind.«

Erich Franzen: Homo Faber. In: Merkur 12 (1958) H. 10. S. 980, 983.

Albert Hauser schrieb:

»Das Männliche in Furcht und Faszination vor dem Geheimnis des Weiblichen, das gehört ins Zentrum dieses Buches, welches, so könnte man vielleicht sagen, nichts anderes als den Weg aus der männlichen Luft in die mütterliche Erde beschreibt. Am Anfang fliegt Faber immer, dann fährt er per Schiff, in Wagen, schließlich läuft er barfuß über die sonnendurchglühte griechische Erde, sein Kind auf den Armen. In Habana, viel später, gräbt er die Umrisse einer Frau in den Sand und legt sich, ›wie ein Schulbub‹, hinein. Und nun geht er bald selbst in die Erde ein, und gewährt ihr dadurch den vollen Triumph des ewig gebärenden und verzehrenden Lebensstromes über die eitlen Gebilde des menschlichen Geistes.«

Albert Hauser: Max Frisch: Homo Faber. In: Aargauer Kreisblatt. 1. Februar 1958.

Gody Suter ahnte schon die spätere feministische Kritik:

»Ein aufregendes, aufwühlendes, packendes Buch, das man in einem Zug durchliest. Ein Buch allerdings eher und vielleicht sogar ausschließlich für Männer: ich kann mir vorstellen, daß es Frauen – die sich gerade im ›Stiller‹ so verstanden fühlten – auf die Nerven geht, daß es sie abstößt in seiner unerbittlichen, konsequenten ›Mann-Bezogenheit‹, und daß sie Gründe genug finden, ihre subjektiv frauliche Abneigung objektiv ästhetisch zu unterbauen.«

Gody Suter: »Homo Faber«. »Ein Bericht« von Max Frisch. In: Die Weltwoche. Nr. 1251. 1. November 1957.

VI. Perspektiven der Forschung

Eine der frühesten Arbeiten über den *Homo faber*, die Interpretation von GERHARD KAISER, hat eine ganze Reihe von Themen angeschlagen und die nachfolgende Forschung stark beeinflusst, so dass sich in Kaisers Darlegungen immer wieder Anknüpfungspunkte für den nachstehenden Überblick finden.
Das Verhältnis des *Homo faber* zu *Stiller* fasste KAISER folgendermaßen:

»Auch die Anknüpfungen an Frischs erstes episches Hauptwerk *Stiller* sind deutlich. Geht es dort um das Annehmen der eigenen Persönlichkeit in ihrer individuellen Begrenztheit und Beschränktheit, so hier um die Annahme eines zunächst sinnlos scheinenden Schicksals. [...] Gegenüber dem *Stiller* hat der *Homo faber* an Lebensfülle und Unmittelbarkeit verloren, an Straffheit und Verknüpfung der Elemente jedoch gewonnen, so daß Frisch als Epiker hier zum ersten Male eine im Prinzip überzeugende vollkommene Geschlossenheit der Form gefunden hat.«

Gerhard Kaiser: Max Frischs »Homo faber«.
In: Schweizer Monatshefte 38 (1958/59) S. 851 f.

HANS MAYER hat die Formulierung vom *Homo faber* als einem »Komplementärroman« zu *Stiller* aufgebracht und im einzelnen ausgeführt:

»Es sind Komplementärromane. Das gleiche zivilisatorische Thema dergestalt behandelt, daß jeder dieser beiden Romane als Gegenstück, Ergänzung, vor allem aber auch als geheime Widerlegung des anderen betrachtet werden kann. [...]
Kunstschaffen und Persönlichkeitsentwicklung des Bildhauers Stiller scheitern an einer Welt, die den Menschen

sich selbst so sehr entfremdet hat, daß er weder zu sich noch zu anderen in ein glückhaftes Verhältnis gelangen kann. Weder Selbstannahme noch Einfühlung in eine – längst nicht mehr vorhandene – Gemeinschaft. Faber will gar nichts anderes als eine Lebensform dieser äußersten Verdinglichung und Automatisierung. Er möchte gar kein individuelles Dasein haben, strebt nicht als Einziger nach einem unverlierbaren Eigentum, will sich durchaus nicht verwirklichen. Er will bloß, daß alles klappt. Nichts klappt. Die Wahrscheinlichkeitsrechnung ergibt, daß in einer rechenhaft gewordenen Welt die Möglichkeiten zur echten Tragödie verschwindend gering geworden sind. Verschwindend gering oder nicht: in Fabers Falle sind die Erinnyen zur Stelle. Stiller wollte große Tragik erleben und landete in lauter Misere. Bei Faber sollte alles klappen: vom Plan der Fluggesellschaft bis zum Lebensplan. Nichts klappt, und dort findet eine antike Tragödie statt, wo sie als äußerst unerwünscht empfunden wurde. Bei Stiller die Schlußszenerie einer gezähmten Hochzivilisation mit verdinglichtem Krankenhaustod. Bei Faber die Nähe von Argos, Akrokorinth und Eleusis, der Weg, den der fromme Sänger Ibykus nahm. Stiller hatte nichts sehnlicher gewünscht als ein zweites Dasein, das er an die Stelle seines offenbar mißglückten ersten setzen konnte. Faber hat ein zweites Dasein geführt, ohne es zu wissen. Er bekam das Schicksal des Ödipus, und dem Menschen des technischen Zeitalters, dem Homo faber, wurde bewiesen, daß auch in einer Welt scheinbarer Unverantwortlichkeiten, wo der einzelne – wie die New Yorker Szenen des Romans beweisen – nur noch Funktionswert zu besitzen scheint, der Nexus von Schuld und Sühne immer noch zu spielen vermag. Stiller scheitert in der modernen Bürgerwelt als Künstler, als Homo ludens. Der Fachmann Faber scheitert gerade als homo faber.«

Hans Mayer: Anmerkungen zu »Stiller«. In: H. M.: Dürrenmatt und Frisch. Pfullingen: Neske, 1963. S. 51 f.

Zu Faber als dem Typus des ›homo faber‹ schreibt GERHARD KAISER:

»In der Natur begegnet der Ratio des Ingenieurs das ganz andere, der Bereich des Kreatürlichen, Zeugung, Geburt, Wachstum, Tod [...]. Solange Fabers Abdichtung gegen diese Sphäre funktioniert, bleibt er distanziert und unbeteiligt. In dem Maße, in dem die Sicherheit seines Weltbildes zweifelhaft wird, fühlt er sich fürchterlich und unausweichlich in den Rhythmus des organischen Lebens verschlungen.
Denn auch der Mensch unterliegt ja dem Werden und Vergehen, auch in sich selbst begegnet der Mensch der Natur. Faber ist deshalb von tiefem Mißtrauen vor dem Wachstümlichen im Menschen erfüllt. Ein an sich ganz unbedeutender Zug ist dafür kennzeichnend – Faber hat den Tic, sich immerzu rasieren zu müssen. [...] Das Organische im Menschen ist für Faber unmenschlich, untermenschlich [...]. Fabers fortschreitende Krankheit verliert den Aspekt des Zufälligen, der ihr auf den ersten Blick vielleicht anhaften könnte. Wie Faber selbst aus der dem Menschen vorgegebenen Lebensordnung heraustritt, tritt auch sein Körper aus seiner Ordnung und rebelliert gegen Nichtbeachtung und Vergewaltigung. Der klinische wird zum geistigen Tatbestand.
[...]
Der Verkümmerung seiner Verstehensmöglichkeiten entspricht Fabers menschliche Kontaktlosigkeit, die sein Leben bestimmt. [...] Auch zu Sabeth findet Faber kein Verhältnis, obwohl er sich heftig darum bemüht. [...] Als sie durch den Schlangenbiß verletzt ist, weicht sie vor dem zu Hilfe eilenden Faber instinktiv zurück und zieht sich beim Sturz ihre tödliche Verletzung zu – das ist wie ein Urteilsspruch über den Mann, der sich auf ein Rechenexempel zurückzieht, als die Abgründe in seinem Verhältnis zu Sabeth aufbrechen: ›Sie konnte nur das Kind von Joachim

sein! Wie ich's rechnete, weiß ich nicht; ich legte mir die Daten zurecht, bis die Rechnung wirklich stimmte, die Rechnung als solche‹ [121,33–36]. Die Rechnung als solche ersetzt also die Gewißheit, die Faber in der menschlichen Begegnung fehlt, wie ihm überhaupt die Begegnung gar nicht eigentlich gelingt, denn allen elementaren Ereignissen und Bindungen gegenüber bleibt sein Verhalten unaktiv und objekthaft.«

»Er zerstört das aus ihm hervorgegangene Leben, weil ihm sein eigenes Leben fremd ist. So liegt im Schicksal Walter Fabers eine scharfe Zeitkritik am Homo faber. Ein beherrschender Typ unserer Gegenwart wird ad absurdum geführt. Der Mensch kann nicht in der Selbstentfremdung leben.«

Gerhard Kaiser: Max Frischs »Homo faber«. In: Schweizer Monatshefte 38 (1958/59) S. 845 f., 849.

Aus einer marxistischen Perspektive auf das Dilemma der ›spätbürgerlichen Gesellschaft‹ urteilt Ursula Roisch:

»[Die] paradoxe Dialektik von subjektiver Scheinautonomie und objektiver Determinierung dient auch als Vorwurf für den Roman *Homo faber*, dessen Titel auf das gebrochene Verhältnis des Menschen zur urwüchsigen Natur hinweist und die Welt der Technik und wissenschaftlichen Präzision als ›nature artificielle‹ inauguriert. [...] Max Frisch [...] hat [...] ›intuitiv‹ erfaßt, daß diese Position eine Fluchtposition ist, daß der Rückzug auf die scheinbar alles leistende Technik als eine Art zweite Natur die schwindende Selbstsicherheit des Menschen zu kompensieren und die Tatsache, daß es kein stabiles Ordnungsgefüge, in das er sich sinnvoll eingliedern kann, mehr gibt, zu verhüllen sucht. Da andererseits seine Anschauungen manches mit der Existenzphilosophie gemein haben, erscheint das Verhältnis des Menschen sowohl zur technisierten Welt (Symbol der Determinierung) als auch zur Natur beziehungs-

weise dem Lebendigen (Sinnbild des Indeterminismus) in einem eigentümlichen Zwielicht. Er setzt weder die kulturkritische Linie eines Nietzsche oder Spengler fort, noch engagiert er sich für das andere Extrem.«
»Er bejaht die Zivilisation, erkennt aber gleichzeitig die ihr unter bestimmten historisch-gesellschaftlichen Voraussetzungen immanente Gefahr einer Pervertierung des Humanen.«

Ursula Roisch: Max Frischs Auffassung vom Einfluß der Technik auf den Menschen – nachgewiesen am Roman »Homo faber«. In: Weimarer Beiträge 13 (1967) S. 955, 959.

Genauer auf Fabers Denkweise geht KLAUS SCHUHMACHER ein:

»Das Vertrauen in formale Logik ist Fabers Reduktion von Komplexität; die formale Logik steht, indem sie Reduktion und nicht Erfassen bedeutet, auf einer ähnlichen Stufe wie die geschichtliche Sinnkonstruktion. – Fabers negatives Glaubensbekenntnis – ›Ich glaube nicht an Fügung und Schicksal‹ – kann so gelesen werden, daß zwar Fügung und Schicksal als Erklärungsformel verneint werden, die Glaubenskategorie als solche aber bewahrt bleibt – ein Credo, das sich einen neuen Inhalt sucht. [...] Fabers Denken ist isolierend und totalisierend zugleich, es gibt vor, die Dinge in ihrem So-sein zu sehen und übersieht ihr mehrfaches Verbundensein mit anderen Dingen, ignoriert die komplexe Ordnung, die sich aus solchen Verbindungen ergibt. Sein ›wenn – dann‹ – *wenn* ›Natur als Götze‹ – *dann* ›kein Penicillin‹ – suggeriert Welt-begriff und Totalität, dabei vergreift es sich am Spiel der Dinge, die sich zu wechselnden Tatsachen gruppieren und erst in diesen Variationen ihre Wirklichkeit entbergen.«

Klaus Schuhmacher: »Weil es geschehen ist«. Untersuchungen zu Max Frischs Poetik der Geschichte. Meisenheim am Glan: Hain, 1979. S. 62f.

Schon 1961 hatte Walter Henze auf die Rollenhaftigkeit von Fabers Selbstverständnis als Techniker hingewiesen:

»Obwohl sich Walter Faber selbst für einen ›*Homo faber*‹ hält und als solchen darstellen will, geht aus seinen Aufzeichnungen deutlich hervor, gewissermaßen gegen den Willen des Erzählers, daß diese Bezeichnung für ihn ganz unzureichend, zum Teil sogar irreführend ist. Schon die Tatsache, daß er der Verfasser dieses reflektierenden Berichts ist, macht es unmöglich, ihn einfach mit jenem Typ zu identifizieren.
Darüber hinaus enthält sein Bericht viele Beweise dafür, daß Faber anders ist, als er selbst glaubt und uns glauben machen möchte. [...] Faber ist nicht gefühllos, sondern er wehrt sich dagegen, seine Empfindungen einzugestehen.«
»[Es] zeigt sich, daß der Ingenieur nicht erst blind war und dann sehend wurde, sondern daß außer dem Nacheinander auch ein Nebeneinander und Durcheinander der Standpunkte für ihn charakteristisch ist. Bis zu den letzten Seiten des Berichts bewahrt er hartnäckig Züge des einseitigen Rationalisten, aber schon seit den ersten Seiten setzt er sich mit der Gegenposition auseinander, die er angeblich erst um 04.00 Uhr in neuer, plötzlich aufleuchtender Einsicht anerkennt. Faber entwickelt sich nicht stetig von einem Pol zum anderen, sondern steht dauernd in der Spannung zwischen beiden.«

Walter Henze: Die Erzählhaltung in Max Frischs Roman »Homo faber«. In: Wirkendes Wort 11 (1961) S. 283f., 288f.

Ferdinand van Ingen führt in einer sorgfältigen Darstellung der Widersprüchlichkeiten in Fabers Handeln und ›Berichten‹ aus, dass ›Technik‹ ihm als Maske diene, um Ahnen und Wissen, vor allem Schuldbewusstsein, zu verdrängen:

»Faber sucht einen Halt und einen festen Standpunkt, der ihn von seiner Angst erlöst [...].
[...] In allen Stellen, in denen Faber sich über Mensch und Technik äußert, klingt etwas von der Trotzhaltung des Homo faber durch, der sich mit allen Kräften dagegen sträubt, das zum Menschenleben gehörende Rätselhafte und Geheimnisvolle hinzunehmen und es als Irrationales zu begreifen. In diesem Licht besehen, hat Fabers technische Einstellung von Anfang an auch den Charakter eines Fluchtversuchs. Die Technik wird gewissermaßen als Vorwand benutzt, vor dem Leben auszuweichen.«

Ferdinand van Ingen: Max Frischs »Homo faber« zwischen Technik und Mythologie. In: Amsterdamer Beiträge zur neueren Germanistik 2 (1973) S. 69f.

Während van Ingen noch an der klaren Entgegensetzung von Technik und Natur festhält, postuliert PETER PÜTZ eine gegenseitige Durchdringung:

»In Wirklichkeit erweist sich jede Erscheinung in hohem Maße anfällig für den Einbruch ihres Gegenteils, so daß die für getrennt gehaltenen Begriffe und Bereiche sich in dialektischer Bewegung einander nähern und durchdringen. Die Natur steht nicht in purem Gegensatz zur Zivilisation und bietet – allen kulturpessimistischen Spenglerismen zum Trotz – kein heilsames Refugium und keine Alternative zur zweifellos kritikbedürftigen Technik. Die Erfahrungen des Naturhaften, in Mexiko zum Beispiel, unterliegen ebenso dem Bann des ›wieder‹ und des ›üblich‹ wie die immer schon verarbeiteten Daten der Welt der Super Constellation. Der Erstarrung durch nur noch quantifizierende Technik entsprechen die Dumpfheit und Häßlichkeit einer Vegetation, die sich in ›blühender Verwesung‹ [51,10] fortzeugt und weiterwuchert.«
»Zivilisation und Natur, New York und Mexiko, Zukunft

und Vergangenheit, neue und alte Welt, Amerika und Griechenland stehen nicht mehr in Opposition zueinander, sondern überlagern und durchdringen sich, bieten keine gegenseitigen Alternativen und damit keine Auswege, weder durch Fortschritt noch durch Regression in den Mythos; der Fortschritt selbst schlägt in Mythos um und decouvriert damit sein Versagen. [...]

[...] Was das Genus ›Homo faber‹ erleidet, ist nicht die schmerzvolle Abtrennung vom Alten, auch nicht der insgeheim ersehnte Rückfall ins Atavistische, sondern die allmählich wachsende Einsicht, daß das Neue das Alte auf eine bedrückende Weise wiederholt und alle noch so berechtigte Fortentwicklung in Frage stellt. [...] Nicht die Antinomie, sondern das Oszillieren der Gegensätze macht zweifeln und verzweifeln.«

Peter Pütz: Das Übliche und das Plötzliche. Über Technik und Zufall im »Homo faber«. In: Gerhard P. Knapp (Hrsg.): Max Frisch. Aspekte des Prosawerks. Bern / Frankfurt a. M. / Las Vegas: Lang, 1978. [Zit. als: Knapp.] S. 127–129.

Ähnlich einseitig wie das Verhältnis von Technik und Natur ist eine Zeitlang das Amerikabild des Romans gesehen worden, das man meist mit der Polemik Fabers während des Kuba-Aufenthalts identifizierte. So schrieb Günther Bicknese: »Hier spricht nicht mehr der Romanheld allein, sondern auch der Autor; denn es geht ihm um mehr als eine philosophisch-theoretische Frage: Auf dem Spiel steht nicht weniger als die Zukunft des Abendlandes [...]. [Frisch richtet] eine Mahnung an die westliche Welt, sich auf ihre historische Verantwortung zu besinnen« (»Zur Rolle Amerikas in Max Frischs ›Homo faber‹«, S. 58 f.).

Sigrid Mayer hat das zurechtgerückt und sowohl den subjektiven Charakter von Fabers Kritik als auch deren

Funktion als Selbstkritik klargestellt (»Zur Funktion der Amerikakomponente im Erzählwerk Max Frischs«, S. 226–228).
Wichtig für die Deutung des Verhältnisses von Natur und Technik wie speziell des Amerikabildes ist das Verständnis der Kuba-Episode. Bei GERHARD KAISER heißt es:

»Der biologische Verfall Fabers und die Zerrüttung seiner gewohnten Lebensform können [...] keineswegs nur mit negativen Kategorien erfaßt werden; vielmehr erschließt sich in der Auflösung zugleich eine bisher ausgeschaltete Tiefenschicht von Fabers Persönlichkeit.
Daß der Zusammenbruch Fabers gleichzeitig als Durchbruch zu verstehen ist, zeigt sich in allen [...] Erlebnisfeldern [...]. Ihren Kulminationspunkt erreicht diese seelische Wandlung Fabers während eines viertägigen Aufenthalts in Habana [...].«

Gerhard Kaiser: Max Frischs »Homo faber«.
In: Schweizer Monatshefte 38 (1958/59) S. 847.

Zwiespältig ist die Bewertung bei ERNST SCHÜRER:

»Aus dem Techniker der ersten Station wird in der zweiten Station ein Mensch. [...] Die Entwicklung Fabers, die sich mit seiner Erschütterung in der ersten Station angebahnt hatte, zeigt sich als ein fortschreitender Prozeß der Erkenntnis: Der verblendete Techniker kommt zunächst zu einer Anschauung des naturgemäßen Lebens. Er erkennt dann, daß die wichtigste Komponente der Natur, und damit auch der menschlichen Natur, die Zeit ist, die sich ihm besonders im Alter und Tod manifestiert. Und er erreicht den höchsten Grad der Erkenntnis unter der Helle der griechischen Sonne, als er dieses natürliche Leben, und mit ihm auch den Tod, bejaht.«
»Gerade seine Einseitigkeit und sein Fanatismus verraten Fabers Unsicherheit. [...] Bei Faber kommt es zu keiner

Synthese der Gegensätze von Technik und Natur, die beiden Welten bleiben getrennt.«

Ernst Schürer: Zur Interpretation von Max Frischs »Homo faber«. In: Monatshefte 59 (1967) S. 332f., S. 342.

Walter Schmitz polemisiert gegen die von Doris Kiernan noch einmal zusammengestellten Argumente für eine positive Deutung und schließt:

»Faber lebt auch in Cuba nicht ›wirklich‹ und ist deshalb auch impotent, unschöpferisch, so daß sein Versuch, ›nicht länger als Leiche im Corso der Lebenden zu gehen‹ [178,15f.], ihn bloß zu zwei Prostituierten führt und in die ›Blamage‹. Demgemäß wird man auch die von Marcel übernommene, einseitige und stereotype Amerika-Kritik bewerten [...]. Insgesamt präsentiert die Cuba-Episode ein ästhetisierendes Gegenbild zu Fabers wirklich verpfuschtem Leben (vgl. auch die kunstvolle, künstliche Sprache: Rhythmisierung, Alliteration, Anaphern) [...].«

Walter Schmitz: Max Frischs Roman »Homo faber«. Eine Interpretation. In: Frischs »Homo faber«. Hrsg. von Walter Schmitz. Frankfurt a. M.: Suhrkamp, 1983. [Zit. als: Mat.] S. 235. –

Die »Bewertung als folgenlose Episode« (ebd., S. 236) schießt gleichwohl übers Ziel hinaus (vgl. Kap. I, Anm. zu 199,6–11).

Eine heutige Lektüre des Romans mag vor allem von dem inzwischen zugespitzten Konflikt zwischen Technik und Natur ausgehen, wie Reinhold Viehoff (»Max Frisch für die Schule«, S. 82f.), im Anschluss an Joachim Kaiser (»Max Frisch und der Roman«), vorschlägt. Freilich könnte dies zu einer sehr einseitigen Betrachtung sowohl der allgemeinen Problematik als auch des Romans führen, der die Gespaltenheit des modernen Bewusstseins, das Auseinanderstreben von Technik und Natur bzw. von Natur- und Geisteswissenschaften, ja nicht einseitig dem ›homo faber‹ anlastet. Mit Recht warnt PETER KLOTZ: »Eine Gefahr mögen das in den letzten Jahren erwachte und geförderte Umweltbewußtsein und die Technik- und Fortschrittsskepsis insofern sein, als der Roman in diesem Sinne zu eng verstanden, ja ›benutzt‹ werden könnte. Verführerisch ist natürlich der von Frisch erhobene Anspruch im Titel ›Homo *faber*‹, und es bedarf einer genauen Gesamtdiskussion, damit Technik und Naturwissenschaft dem Schüler nicht auf Grund des Buches nur negativ erscheinen« (»Max Frisch: Homo faber«, S. 393).

Unbekümmert um derlei Differenzierungen geben REINHOLD GRIMM und CAROLYN WELLAUER in ihrer entschlossen abschätzigen Frisch-Studie ihre polemisch vereinfältigende Deutung als Absicht des Autors aus:

»Max Frischs bürgerliche Romanhelden, auch darin Erben einer langen Tradition, sind Heimkehrer ins einfache Leben. Nichts sonst mehr, keine Zeitkritik und keine Gesellschaftsproblematik, spielt am Ende für sie eine Rolle. Jeder versinkt zuletzt, ob leidvoll oder idyllisch, in ein geradezu vegetatives Dasein im ausgesparten Bezirk, jenseits der Zeit und fern der modernen Welt, in südlicher, am liebsten mittelmeerischer Landschaft.«

Reinhold Grimm (in Verb. mit Carolyn Wellauer): Mosaik eines Statikers. In: Knapp. S. 201.

Wenn also die scheinbare Antinomie Technik – Natur relativiert werden muss, so könnte doch die Gegenüberstellung von ›homo faber‹ und ›Kunstfee‹ als Bezugssystem Geltung behalten. BARBARA VÖLKER-HEZEL verweist auf frappierende Übereinstimmungen zwischen dem Roman und Herbert Marcuses Untersuchungen *Triebstruktur und*

Gesellschaft (dt. 1957) und *Der eindimensionale Mensch* (dt. 1967). Ganz folgerichtig wehre Faber sich

»gerade gegen die Welt der Phantasie und ihre Schöpfungen in der Kunst, die Symbole der ›großen Weigerung‹. Er, der sich weigert, Erlebnisse zu haben und in der Natur etwas anderes als einen zu verarbeitenden Rohstoff zu sehen, für den Menschen anstrengender sind als Maschinen, weil sie schlechter funktionieren, und Gefühle schlicht Ermüdungserscheinungen, stößt in den Gesprächen mit Hanna, Sabeth, aber auch mit Männern, auf die Gegenwelt der ›ästhetischen Dimension‹ [...], die die Verdinglichung und Normierung aufhebt.«

Barbara Völker-Hezel: Fron und Erfüllung. Zum Problem der Arbeit bei Max Frisch. In: Revue des langues vivantes 37 (1971) S. 29.

Anfänglich neigten manche Forscher dazu, die mythologische Ebene des Romans als verbindlich zu betrachten, Irrationalität und Schicksalsglauben zu ernst gemeinten Gegenmächten zu erheben. Selbst GERHARD KAISER hob in diesem Punkt die ›Dialektik‹ seiner Deutung auf:

»So ist es kein Zufall, wenn in Frischs Werk bei genauerem Zusehen im modernen Gewand Begriffe und Vorstellungen der antiken Tragödie auftauchen: der Homo faber ist nichts anderes als der Mensch in der Hybris, der von den Göttern und dem Schicksal gestraft wird – Faber denkt an den Schlangenbiß, der Sabeth verletzte, als an eine Strafe der Götter. Der Mensch, der lebt, wie er will, muß erleiden, was er soll; er wird vom Schicksal auf sein wirkliches Maß zurückgeführt.«

Gerhard Kaiser: Max Frischs »Homo faber«. In: Schweizer Monatshefte 38 (1958/59) S. 851.

Hiergegen polemisierte Hans Geulen:

»[Wir] interpretieren [...] die in dem Roman zur Darstellung gelangten ›Dämonen‹ [...] grundsätzlich falsch, wenn wir sie vergleichen mit den Gestalten antiker Mythologie, deren Gehalt für unsere Zeit nicht mehr verbindlich sein kann. Vielmehr müssen wir sie als Spielmomente auffassen, vom Dichter ersonnen, die Handlung zu steigern, glaubwürdig und effektvoll zu gestalten. [...] Die von Frisch gewählten Mittel und Effekte [...] dienen [...] dem Zweck der Verfremdung, die es dem Leser ermöglichen soll, den Geschehniszusammenhang leichter zu durchschauen [...].«

Hans Geulen: Max Frischs Roman »Homo Faber«. Studien und Interpretationen. Berlin: de Gruyter, 1965. S. 96f. –

Ferdinand van Ingen griff das auf und suchte Fabers ›Schicksal‹ als ›selbst gemacht‹ zu erweisen:

»Die mythologischen Bezüge im *Homo faber* können denn auch höchstens in Form eines ironischen Als-ob als griechisch-antike Motive verstanden werden. Sie führen zum Geist der Antike hin [...] und sie umreißen einen Hintergrund, der auf Verwandtes und Ähnliches hinweist. Aber ebenso machen sie die Unterschiede bewußt. [...] Das Schicksal ist kein unabhängig vom Individuum blind waltendes Geschick, wie es die antike Schicksalsmystik kennt. Vielmehr gilt hier das Wort von den Zufällen aus dem *Tagebuch 1946–1949*: ›wir erleben keine, die nicht zu uns gehören. Am Ende ist es immer das Fällige, was uns zufällt.‹ [...] Faber ist ein Mensch, der ›Macher‹ heißt und der ein ›Macher‹ ist, sowohl in technischer Hinsicht als auch in dem Sinne, daß er sein eigenes Schicksal ›macht‹.

Ferdinand van Ingen: Max Frischs »Homo faber« zwischen Technik und Mythologie. In: Amsterdamer Beiträge zur neueren Germanistik 2 (1973) S. 74–76.

Der in diesen einerseits sehr treffenden Deutungen doch allzu sehr heruntergespielte Eigenwert der mythologischen Bezüge im *Homo faber* ist durch die gründliche Untersuchung von Rhonda L. Blair zum Demeter-Kore-Mythos wieder ins Bewusstsein gerückt worden, und zwar nicht im Sinne einer Wahrheit verbürgenden Urbildlichkeit, sondern im Sinne einer Tiefenperspektive, die Bedeutungsvielfalt und Transparenz bewirkt. Frederick A. Lubich freilich, der neben Sabeth als Persephone und Hanna als Demeter noch Herbert Hencke als Hermes deutet, versteht den Roman als »Fabers Initiation in die Eleusinischen Mysterien«, als Heimkehr zur Großen Mutter (*Max Frisch: »Stiller«, »Homo faber« und »Mein Name sei Gantenbein«*, S. 64–81). Diese mit einem beeindruckenden mythologischen Wissen operierende Interpretation basiert allerdings auf einer rein positiven Bewertung der Personen Hanna und Herbert sowie der Kuba-Episode, die der Roman so nicht hergibt. Auch Chieh Chien konstatiert eine Rückkehr zu den Müttern, wertet dies aber als Regression: »Die Identifikation mit dem mütterlich-weiblichen Archetypus bedeutet auch Entsubjektivierung des Selbst. An dieser Stelle findet keine Synthese des Selbst statt« (*Das Frauenbild in den Romanen ›Stiller‹ und ›Homo faber‹ von Max Frisch im Lichte der analytischen Psychologie C. G. Jungs*, S. 218).
Die Relativierung von ›Kunst‹, ›Mythos‹, ›Geisteswissenschaften‹ als Gegenkräften zum Wesen des ›homo faber‹ hängt eng zusammen mit einer kritischen Betrachtung auch der Hanna-Figur. Auch hier hat Gerhard Kaiser den Anfang gemacht:

»Hanna erkennt zwar scharfsinnig in Faber das Urbild des technischen, naturentfremdeten Menschen; ihre eigene Lebenshaltung jedoch ist nicht weniger problematisch. Wie Faber das männliche Lebensprinzip denaturiert, indem er es zur Ideologie des Ingenieurs verengt, denaturiert Hanna das weibliche Prinzip, indem sie es zur bloßen Gegenideologie, zum Irrationalismus, macht. [...] In der Erlebnisschicht bezeugt sich ihr Versagen ebenso wie bei Faber im Verhältnis zu ihrem Kind. Faber sucht – wenn auch unbewußt – die Begegnung mit der Frau als Episode; er will nicht Vater werden. Hannas Verhalten ist genau entgegengesetzt: sie will Mutter werden, aber sie möchte mit dem Kind für sich bleiben. So wenig wie Faber ist sie fähig zur Hingabe und zum Wagnis einer Gemeinschaft, die jeden der Partner tief verändern muß. [...] da sie den Mann ablehnt und aus den Tiefenschichten ihres Daseins ausschließen will, kann sie auch nicht wirklich Frau, sondern nur ressentimentgeladener Anti-Mann sein.«

Gerhard Kaiser: Max Frischs »Homo faber«.
In: Schweizer Monatshefte 38 (1958/59) S. 849f.

Rhonda L. Blair kommt zu dem Schluss:

»Der Mutterarchetyp ist die Grundlage des ›Mutterkomplexes‹, der ebenfalls sowohl positive als auch negative Seiten hat. Eine Art des Mutterkomplexes bei der Frau ist ganz besonders wichtig für das Demeter-Kore-Motiv und für den Charakter Hannas: ›Hypertrophie des mütterlichen Elements‹ oder die Übertreibung der weiblichen, mütterlichen Instinkte. Jung beschreibt dessen negative Seite, wie sie bei der Frau sich äußert, deren einziges Interesse der Geburt des Kindes gehört und für die der Mann (das Instrument für die Zeugung) und ihre eigene Persönlichkeit nebensächlich sind. Diese Art Frau, schreibt Jung, ähnele Demeter insofern, als

›sie sich von den Göttern ein Besitzrecht auf die Tochter ab[trotzt]. Der Eros ist nur als mütterliche Beziehung entwickelt, als persönliche aber unbewußt. Ein *unbewußter Eros* äußert sich immer als *Macht.* Daher dieser Typus bei aller offenkundigen mütterlichen Selbstaufopferung doch gar kein wirkliches Opfer zu bringen imstande ist, sondern seinen Mutterinstinkt mit oft rücksichtslosem Machtwillen bis zur Vernichtung der Eigenpersönlichkeit und des Eigenlebens der Kinder durchdrückt.‹

[...]
Die Bedeutung des Demeter-Kore-Motivs besteht also darin, daß es vollständig Hannas Schuld und ihre ›deformation professionelle‹ enthüllt. Denn jeden ›Irrtum‹, den Hanna Faber zuspricht [169,34ff.], beging sie auch selbst: Sie hat die Welt so arrangiert, daß sie zum Vergangenen paßt, um sie nicht erleben zu müssen, wie sie wirklich ist; sie hat die Schöpfung als Partner nicht angenommen, weil die Schöpfung aus dem Männlichen und dem Weiblichen besteht und sie das Männliche ausschloß; auch sie hat die Welt als Widerstand ausgeschaltet, freilich durch Verlangsamung und Rückversetzung in die Vergangenheit, nicht durch Beschleunigung wie Faber; ihre eigene ›Weltlosigkeit‹ wollte sie ausgleichen, indem sie Sabeth zu ihrer ›Welt‹ machte; während Faber jede Beziehung zum Tod vermied, vermied Hanna jede zu ihrem eigenen, persönlichen Leben; sie hat Leben nicht als Form (›Gestalt in der Zeit‹) behandelt, sondern als Bild und ›Bildnis‹, wie die Bilder griechischer Kunst, mit denen sie arbeitet; und auch sie hat sich der Wiederholung schuldig gemacht, indem sie versuchte, ein archaisches, matriarchalisches Muster, das naturwidrig das Männliche ausschließt, nachzuahmen.«

Rhonda L. Blair: ›Homo faber‹, ›Homo ludens‹ und das Demeter-Kore-Motiv. In: Mat. S. 157–159.

Arg vergröbernd hatte vier Jahre zuvor Gerhard Friedrich Hannas »Neigung, andere zu beherrschen«, attackiert, ihren »Hang zum Widernatürlichen« gar; es sei »ihrem Egozentrismus« zuzuschreiben, »wenn Faber in Routine und Mittelmäßigkeit versinkt« (»Die Rolle der

Hanna Piper«, S. 106, 105, 113). »Am Ende erscheint Faber als Entlasteter, während Hanna die Schuld auf ihre eigenen Schultern nimmt« (ebd., S. 108). »Joachims Tod – ihre Schuld, Sabeths Tod – ihre Schuld, Fabers Verkümmerung, Verödung und Aushöhlung – ihre Schuld« (ebd., S. 115).
Solcher Vereinseitigung antwortete Mona Knapp mit mehreren Versuchen, doch noch ein gänzlich positives Hanna-Bild zu etablieren.

»[Das] Bild, das Faber sich von Hanna macht, und das zum guten Teil auf Vorurteilen und Gemeinplätzen aufbaut, wird durch eine Handlung Hannas nur an einer Stelle im Text bestätigt. Frisch läßt Hanna am Ende des Romans ihren Standpunkt – den der unvoreingenommene Leser sonst als konsequent und aufrichtig empfinden muß – bereuen: ›Ob ich ihr verzeihen könne! Sie hat geweint, Hanna auf den Knien [...]‹ [202,36 f.]. Hier wirkt Hanna durchaus vom Autor manipuliert und unklar in ihrer Motivation [...]. Diese Stelle hat aber – ähnlich wie die selbstgewählte Bezeichnung Hannas für ihr eigenes Leben als ›verpfuscht‹, die ironisch gemeint ist und die ›Männerwelt‹ nicht affirmiert, sondern spitzfindig demaskiert – weitgehend die kritische Aufnahme der Figur bestimmt. Beide Textpassagen wurden, ungeachtet ihrer ironischen Anlage bzw. der offenkundigen Manipulation, ernstgenommen und dementsprechend gedeutet.«

Mona Knapp: »Die Frau ist ein Mensch, bevor man sie liebt, manchmal auch nachher«. Kritische Anmerkungen zur Gestaltung der Frau in Frischtexten. In: Gerhard P. Knapp (Hrsg.): Max Frisch. Aspekte des Bühnenwerks. Bern / Frankfurt a. M. / Las Vegas: Lang, 1979. S. 102 f.

Werden hier schon Hannas Kindheitserlebnis mit dem Bruder und die Ehe mit Joachim ausgelassen, so verzichtet Mona Knapp in der späteren Veröffentlichung (»Moderner Ödipus oder blinder Anpasser?«) auf das eigenartige Argument einer ›Manipulation durch den Autor‹ und lässt lieber Hannas Zusammenbruch und ihre Bitte um Verzeihung ganz weg. Ebenso verfährt Ursula Haupt (*Weiblichkeit in Romanen Max Frischs*, S. 72), während Liette Bohler in ihrer betont einseitigen, sich selbst als feministisch verstehenden Darstellung diese Szene mit dem Etikett »Gefühlsausbrüche« beiseite zu schieben sucht und auf eine Interpretation verzichtet (*Der Mythos der Weiblichkeit im Werke Max Frischs*, S. 114).

Walter Schmitz vertritt dagegen »ein Symmetriepostulat für diesen Roman: die gleichwertigen antagonistischen Bereiche des Nur-Männlichen / Nur-Weiblichen (ebenso: Nur-Technik / Nur-Mythos, Nur-Amerika / Nur-Europa) entpuppen sich als je tödliches Rollenbild, dem Sabeth, das Kind (d. h. bei Frisch: die Zukunft) zum Opfer fällt« (»Frisch-Bilder. Linien und Skizzen der Forschung«, S. 463 f.). Genauer ausgeführt findet sich das in der *Homo faber*-Interpretation von Walter Schmitz:

»Weil ihre Existenz am gleichen Defekt krankt, brauchen Faber und Hanna einander, und es bezeichnet die innere Verwandtschaft der beiden Antagonisten, daß sie sich ihre Rollen wechselseitig im Akt der ›Taufe‹ zusprechen: die Kunstfee und der allegorische ›homo faber‹. Ihr gemeinsames Kind, ›Elisabeth‹, wird vom Vater ›Sabeth‹ getauft, ›Elsbeth‹ von der Mutter, und diese verstümmelten Namen veranschaulichen, wie jeder Opponent seinen begrenzten Anteil als das Ganze beansprucht, so daß für die wahre, synthetische Ganzheit kein Lebensraum bleibt [...]. Weil Hanna wie Faber jeweils einen egoistischen Lebensplan ausführen, werden sie sich unversehens, jenseits der gewollten Antithesen, ähnlich, verwenden sie gleiche Argumente [...]. *Frisch stellt Figuren mit eindeutigen Weltbildern in eine vieldeutige Geschichte.*«

Walter Schmitz: Max Frischs Roman »Homo faber«. Eine Interpretation. In: Mat. S. 220f.

Hinsichtlich der übrigen Frauengestalten des Romans ist die Forschung sich weitgehend einig, wenn auch nicht immer klar genug unterschieden wird zwischen Fabers Urteilen und denen seines Autors.
Sofern Fabers Geliebte Ivy überhaupt erwähnt wird, bleibt es meist bei der Feststellung, hier handele es sich um ein Negativklischee; etwa bei Mona Knapp:

»Ivy wird als typisch ›feminine‹ Frau gezeichnet, die an Walter, trotz seiner Lieblosigkeit, bedingungslos hängt. Sie ist ein Konglomerat aller Klischeevorstellungen über weibliches Verhalten aus dem Amerika der fünfziger Jahre. [...] Ivy ist eine der bedauernswertesten Gestalten im Werk Frischs. Ihre einzige Funktion liegt darin, daß sie sich selbst – und damit indirekt auch ihre Artgenossinnen – als hirnlose Gliederpuppen und als Schmarotzer am Trog der Männerwelt desavouiert.«

Mona Knapp: Moderner Ödipus oder blinder Anpasser? Anmerkungen zum »Homo faber« aus feministischer Sicht. In: Mat. S. 195.

Nachdem Sigrid Mayer schon auf die Widersprüchlichkeit in Fabers Verhältnis zu Ivy hingewiesen hatte (»Zur Funktion der Amerikakomponente im Erzählwerk Max Frischs«, in: Knapp, S. 221), hat Chieh Chien hervorgehoben, dass Faber seine Ängste vor der eigenen Triebhaftigkeit auf Ivy projiziert:

»Er reduziert ihre Person ausschließlich auf die Sexualität des Mütterlich-Weiblichen, das ihm gegenüber einen Anspruch auf Macht erhebt. So verkörpert Ivy Fabers unbewußte Wünsche, deren natürliche psychologische Komponente für das Wachbewußtsein inkompatibel erscheinen; sie repräsentiert eine Gefahr für das Ich des Mannes.«

Chieh Chien: Das Frauenbild in den Romanen *Stiller* und *Homo faber* von Max Frisch im Lichte der analytischen Psychologie C. G. Jungs. Frankfurt a. M.: Lang, 1997. S. 222. –

Fast einhellig positiv erscheint das Bild Elisabeth/Elsbeth/Sabeths. Gerd Müller stilisiert sie zum Ideal:

»Zwischen beiden steht das gemeinsame Kind Sabeth. Es vereinigt in sich in idealer Weise die positiven Seiten der beiden Eltern: das Mädchen ist wie selbstverständlich in beiden Welten zu Hause: als wir Sabeth zum erstenmal begegnen, kommt sie von einem Studienaufenthalt aus der Neuen Welt und ist auf dem Wege zurück nach Athen. Sie nimmt Fabers schulmeisterliche Ingenieurs-Lehren ebenso unvoreingenommen auf, wie sie die Unterrichtungen ihrer Mutter über die klassischen Altertümer Italiens und Griechenlands aufgenommen hat. Völlig unbefangen und unbeschwert vollzieht sie immer wieder den Übergang von der Neuen Welt in die Alte. Mit leichter Selbstverständlichkeit bewegt sie sich in dem Spannungsfeld, das durch ihre beiden Eltern repräsentiert wird.«

Gerd Müller: Europa und Amerika im Werk Max Frischs. Eine Interpretation des Berichts »Homo Faber«. In: Moderna Språk 62 (1968) S. 398.

Michael Butler macht geltend, dass die in Sabeth angelegte Synthese bloße Möglichkeit bleibt:

»Den Ansatz zu einem integrierenden Prinzip stellt wohl Sabeth dar; in ihr hält die Intuition den Verstand im Gleichgewicht, während ihre Eltern sich zu entgegengesetzten Verhaltenspolen versteinert haben. Sabeth führt ihr relativ unbekümmertes Leben in der Spannung zwischen diesen Polen. Wichtig ist es aber festzuhalten, daß diese Andeutung eines zentrischen Prinzips rein hypothetisch bleibt.«

Michael Butler: Das Problem der Exzentrizität in den Romanen Frischs. In: Heinz Ludwig Arnold (Hrsg.): Max Frisch. München 1975. (Text + Kritik. 47/48.) S. 22.

Rhonda L. Blair meint:

»Sabeth verkörpert nicht nur einen gefährdeten Ausgleich zwischen Faber und Hanna, sondern auch Leben und Licht: Offenheit für die Zukunft, Spontaneität und Wärme und ein waches Bewußtsein für die Wunder ringsum. In ihrem Tod aber wird die Einmaligkeit des Lebens, des gelebten Augenblicks, symbolisiert [...].«

Rhonda L. Blair: ›Homo faber‹, ›Homo ludens‹ und das Demeter-Kore-Motiv. In: Mat. S. 161.

In einer krassen Kehrtwendung gegen die emotionale Wirkung, die von der Figur ausgeht, versucht Mona Knapp Sabeth (zugunsten Hannas) abzuwerten:

»Auch Walters Tochter Elisabeth zeigt nicht viel mehr Substanz als Ivy. Sie wird ebenfalls konstant durch Dingaccessoires charakterisiert – der Pferdeschwanz, die Cowboy-Jeans, die Espadrilles –, und sie ist, aufs Ganze gesehen, einfach zu gut, um glaubhaft zu wirken. Ihre Persönlichkeit erscheint flach und folienhaft, nachgerade kitschig, und dennoch berührt sie Walter fremd und ›anders‹. [...] Sobald er dann mit ihr ins Gespräch kommt, verkürzt er ihren Namen zu Sabeth und etabliert so seine Überlegenheit auf subtile Art.

In seinem Verhältnis mit Elisabeth gelingt es ihm zeitweilig, sein Mißtrauen und seine Verachtung gegenüber Frauen dadurch zu suspendieren, daß er sie als Kind ansieht [...]. Indem er wieder und wieder ihre Jugend und ihre Naivität (›das junge Ding‹) als augenfälligstes Merkmal ihres Andersseins unterstreicht, nivelliert er sie derart, daß nunmehr ebenso wenig Zweifel an seiner Überlegenheit aufkommen wie in seinem Verhältnis zu Ivy. Von einer Gleichrangigkeit kann auch hier nicht die Rede sein. Elisabeth ist bloß eine der Frauen, die Walter ›von falschen Minderwertigkeitsgefühlen befreit haben‹ [98,18]. Ihre Rolle im Romangefüge erschöpft sich weitgehend in der ans Wunderbare grenzenden Zufälligkeit ihres Zusammentreffens mit Walter und in der Bereitwilligkeit, sich in ihn zu verlieben. Denn nur so kann es zur Inzest-Tragik kommen. Paradox der Befund, daß Fabers Gedanken und Überlegungen dabei nicht in erster Linie ihr, sondern häufig Hanna, am meisten jedoch seiner eigenen Rolle, seinen Handlungen und seiner möglichen Schuld gelten. Elisabeth ist somit vorderhand Auslöser eines für die Erzählerfigur bedeutsamen Geschehens, an dessen Konsequenzen sie keinen Anteil hat. Sie ist letztlich austauschbar [...].«

Mona Knapp: Moderner Ödipus oder blinder Anpasser? Anmerkungen zum »Homo faber« aus feministischer Sicht. In: Mat. S. 195f.

Gegenüber dem öfters, nicht nur hinsichtlich des *Homo faber*, erhobenen Vorwurf der Frauenfeindlichkeit Frischs hat Zoran Konstantinović »Die Schuld an der Frau« als ein Generalthema Max Frischs nachgewiesen. Der Schluss seines Aufsatzes lautet:

»Wie kein anderer Schriftsteller unserer Zeit hat Max Frisch den Gesamtkomplex der möglichen Schuld des Mannes gegenüber der Frau zum Ausdruck gebracht; nicht als Moralist, der über der Welt steht, sondern als ein in allen Varianten Schuldiger, dem die Befreiung von diesem Schuldgefühl letztlich doch nicht gelungen ist. Aber gerade das verleiht ihm die notwendige Glaubwürdigkeit. Es gelingt ihm auch zu zeigen, daß es sich bei solcher Art von Schuld um eine eigenartige Sphäre handelt. Denn während in allen übrigen Sphären der Schuldkomplexe das Bedürfnis nach der Wiederherstellung einer moralischen Ordnung durch Sühne gegeben ist, stehen wir, durch die Strukturen unserer Gesellschaft geformt, zur Thematik der Schuld des Mannes gegenüber der Frau zumeist ohne Verständnis für Sühne. Es bleibt der Literatur und vor allem einem Schriftsteller, der dieses Thema immer wieder aus seinem Unterbewußtsein hervortreten läßt, überlassen, uns über ein solches Mißverhältnis in der ureigensten Beziehung zwischen Mann und Frau zum Nachdenken zu veranlassen.«

Zoran Konstantinović: Die Schuld an der Frau. Ein Beitrag zur Thematologie der Werke von Max Frisch. In: Manfred Jurgensen (Hrsg.): Frisch. Kritik – Thesen – Analysen. Bern/München: Francke, 1977. S. 154 f.

Die Sprache des Romans bzw. seines Protagonisten hat die Forschung von Beginn an beschäftigt. GERHARD KAISER meinte:

»Faber ist ein, weil beziehungsloser, so auch sprachloser Mensch, und Frisch versteht es, durch ein kunstvolles System von Aussparungen und Andeutungen noch die sprachliche Begrenztheit Fabers zur Aussagefigur zu machen. Allerdings liegen hier auch die formalen Gefährdungen des Werkes: es ist nur ein Schritt von der Verwendung des Ausdrucksdefekts als Charakterisierungsmittel zur pseudo-journalistischen Nachlässigkeit, und nicht immer sind die Grenzen ganz klar zu ziehen.«

Gerhard Kaiser: Max Frischs »Homo faber«. In: Schweizer Monatshefte 38 (1958/59) S. 852.

Genauer arbeitete Walter Schenker den Rollencharakter der Sprache heraus:

»Frisch schreibt in der Rolle des Herrn Faber, z. B. wenn es heißt: ›Ich war gespannt, als fliege ich zum ersten Mal in meinem Leben‹ [197,19f.]. Von der Korrektheit her würde man da den zweiten Konjunktiv erwarten: ›als flöge ich‹ oder ›als würde ich zum ersten Mal fliegen‹. Max Frisch bemerkt dazu, daß er als Herr Frisch sicher oder mindestens wahrscheinlich die korrekte Konjunktivform schreiben würde, ein korrektes ›flöge‹ jedoch in der Feder des Herrn Faber ginge über dessen Sprachmächtigkeit hinaus, einem Faber könne man nicht zutrauen, daß er den Konjunktiv beherrscht. Es sei für ihn sehr schwierig gewesen, die Faber-Rolle auch in der Sprache durchzuhalten.
Und weil die Faber-Sprache eine Rollensprache ist, die die Verfassung von Faber demonstrieren soll, ist es leicht, in diesem Roman Sätze zu finden, die nicht nur von einer extremen Sprachverrottung zeugen, sondern auch bis an die Grenze der Verständlichkeit gehen können. [...] Mit [...] an sich nichtssagenden Wörtern wie ›betreffend, beziehungsweise, in bezug auf‹, die einen syntaktischen Bezug simulieren, will Frisch die absolute Beziehungslosigkeit Fabers demonstrieren, sein Unvermögen, etwas genau zu durchdenken.«

Walter Schenker: Mundart und Schriftsprache. In: Über Max Frisch. Hrsg. von Thomas Beckermann. Frankfurt a. M.: Suhrkamp, 1971. (edition suhrkamp. 404.) S. 295f. – © Verlag Walter de Gruyter GmbH & Co., Berlin.

Horst Steinmetz betont die Funktion der Tagebuch-Form:

»Walter Faber gelangt zu seiner Ich-Gewißheit und zur Erkenntnis der falschen Rolle, die er sich zugelegt hat, erst gegen Ende des Romans. [...] Gerade dadurch aber bezeugt der Roman *Homo faber* Sinn und Notwendigkeit [...] der Tagebuchform. Der Prozeß der Erkenntnis vollzieht sich bei Faber durch das Schreiben. Von den Romanhelden veranschaulicht er am besten den Satz aus dem *Tagebuch I*: ›Schreiben heißt: sich selber lesen‹. Faber muß das gleichsam wider Willen erfahren. Er befreit sich schließlich durch das Schreiben von seiner falschen Rolle und Realität, obwohl er sich mit seinem *Bericht* ursprünglich gerade rechtfertigen wollte.«

Horst Steinmetz: Max Frisch: Tagebuch, Drama, Roman. Göttingen: Vandenhoeck & Ruprecht, 1973. S. 64.

Klaus Schuhmacher differenziert innerhalb der Rollensprache weiter:

»In der Spannung zwischen der Rollensprache des Ingenieurs und der Ausdrucksintention des Autors transzendiert Fabers Sprache vom Unbewußten übers Vorbewußte ins helle Bewußtsein. Diese Ausfaltung verleugnet sprachlich die Vergangenheit des Ich-Erzählers nicht, vergewaltigt aber auch nicht die Zukunft. Eine beinahe aporetische Position ist der Preis für diese exoterische Differenziertheit: Faber muß seine Geschichte gerade dann aufarbeiten, als er im Begriff steht, sein Geschichtsbild auszuwechseln:

Die Montage ging in Ordnung – ohne mich.

Der Ingenieur ist, zur Zeit der Abfassung der ›Ersten Station‹, aus der technischen Fügung bereits herausgenommen. Noch hat er keine Sprache für diese Wende. Aber gerade diese Sprachlosigkeit wird produktiv, indem die vernutzte Formel der Vermittlung den Widerspruch gegen diese Vermittlung überliefert. Ferment dieses Widerspruchs sind die Vorausdeutungen. Kurz vor dem Abschied von der alten und dem Erwerb einer neuen Sprache wird jene als

Zitat gebraucht. Faber formuliert mit ihr noch einmal die Legitimität seines Handelns, Frisch hingegen drückt mit ihr die Ratio von Fabers Scheitern aus.«

Klaus Schuhmacher: »Weil es geschehen ist«. Untersuchungen zu Max Frischs Poetik der Geschichte. Königstein i.Ts.: Hain, 1979. S. 72.

Peter Pütz beobachtet Stilveränderungen entsprechend der Dialektik von ›Üblichem‹ und ›Plötzlichem‹:

»Der Untertitel von *Homo faber* heißt: ›Ein Bericht‹. Dessen Stil prägt Syntax und Sprachton in ihrer dem Üblichen angemessenen Wiederholungsstruktur. Der Satzbau ist parataktisch; die Mitteilungen sind additiv gereiht, nicht gegliedert, sondern aufgezählt, nicht einander zu-, sondern nachgeordnet. Hanna sagt zu Faber: ›Du behandelst das Leben nicht als Gestalt, sondern als bloße Addition [...]‹ [170,3f.]. [...] Nicht nur das Wort ›plötzlich‹ signalisiert den Einbruch des Unüblichen, auch der Satzbau verändert sich und bereitet durch seine gliedernde Struktur den unerwarteten Zusammenfall mehrerer Faktoren an einem Raum- und Zeitpunkt vor. Statt der additiven Reihung des Üblichen beobachten wir die hypotaktisch fügende Vorbereitung des Außerordentlichen.«

Peter Pütz: Das Übliche und das Plötzliche. Über Technik und Zufall im »Homo faber«. In: Knapp. S. 124f.

Einen Rückfall in naiv identifikatorische Annahmen nicht nur hinsichtlich der Sprache, sondern hinsichtlich des Umgangs mit literarischen Traditionen in diesem Roman überhaupt stellen die Ausführungen von Frank Hoffmann dar. Er meint:

»Zusammenfassend kann man ›Homo faber‹ als einen Kitsch-Roman bezeichnen, der viele typische Merkmale aufweist: karge Fabel und überladene Oberfläche, Mißverhältnis zwischen Form und Inhalt, Lyrisierung und Märchencharakter, Stereotypie des Helden, Effektkumulation und Reizverstärkung. In der Verbindung der Exotik mit der Technik tritt in ›Homo faber‹ stärker als in andern Werken die kitschige Umgebung in Erscheinung.«

Frank Hoffmann: Der Kitsch bei Max Frisch. Vorgeformte Realitätsvokabeln. Eine Kitschtopographie. Bad Honnef / Zürich: Keimer, 1979. S. 104.

Demgegenüber versucht Theo Elm, »Frischs Ambivalenz aus Trivialität *und* Tiefsinn [...] geschichtlich [zu] verstehen«, indem er die zweifache Wurzel des ›Bildnisverbots‹ aufweist: den Kampf der Aufklärung gegen das Vorurteil und die moderne Einsicht in die Unausweichlichkeit von Vorurteilen, die umschlägt in existentielle Bewusstwerdung. Poetologische Konsequenz sei ein Schreiben im Zitat:

»Was da alles in Frischs Dichtung zitiert wird, ist seinerseits Dichtung – freilich abgesunken zum Klischee. Als solches ist es die literarische Entsprechung für die Denkschemata, für das Bildnisdenken der Textfiguren. Und so wie Frisch mittels der trivialisierten Literaturzitate zu seiner eigenen Identitätsthematik kommt, so können auch seine Figuren oft nur zitierend, in der distanzierten Erinnerung an ihre fremdbestimmten Bildnisse, zu sich selbst finden.«

Theo Elm: Schreiben im Zitat. Max Frischs Poetik des Vorurteils. In: Zeitschrift für deutsche Philologie 103 (1984) S. 240.

Wenig überzeugend sind die bisherigen Versuche ausgefallen, den *Homo faber* von der Existenzphilosophie (Kierkegaards oder Heideggers oder Sartres) her zu interpretieren. Die bislang ausführlichste Untersuchung von Doris Kiernan geht allzu schematisch darauf aus, die Existenzphilosophie Heideggers »in« den Romanen Frischs nachzuweisen; meist werden altbekannte Deutungen nur mit anderem Vokabular vorgetragen:

»Hanna weist [...] auf den tiefsten Grund für Fabers Rollendasein hin: der Tod ist [...] der wirkliche Anstoß für die Flucht des uneigentlichen Menschen vor sich selbst; denn mit der Selbstannahme müßte er ja auch seine Endlichkeit und Ohnmacht im Angesichte des unvermeidlichen Todes übernehmen. Faber selbst gibt in einer seiner Ausführungen über die Technik zu, daß sie für ihn ein Versuch ist, den Tod zu verneinen [...].
Nach zwanzig Jahren fängt die Technik als Schutzwelt an, sich für Faber zu verbrauchen [...].«
»Wogegen Hanna sich im Kampf gegen den Mann letzten Endes wehrt, ist [...] ihre ›Geworfenheit‹ schlechthin, das Gefühl, der Dinge ›nie Herr‹ zu werden; diese Geworfenheit hält sie fälschlicherweise für das Los der Frau als des ›schwachen Geschlechtes‹, annullierbar durch einen Sieg über den Mann. Ihre Erfahrung hat ihr jedoch gezeigt [...], daß weder der ›Dr. phil.‹ noch die Mutterschaft verhindern konnten, daß ihr Leben ›verpfuscht‹ ist. Der Boden, auf dem sie ihre Geworfenheit den Männern ankreiden konnte, wird ihr zusehends entzogen, und Hanna wird immer mehr dazu gedrängt, sich selbst gegenüberzutreten. Es gibt übrigens einen Mann, gegen den Hanna sich nie aufgelehnt hat und den sie, laut eigener Aussage, ›heute noch‹ liebt. [...]
Hannas Traum-Mann ist ein Mann, der nicht frei und unabhängig ist, sondern der mit ihren Augen sieht, der auf ihre Sprache angewiesen ist [...]. Als Armin eine Sprache zwischen ihnen einführt, die nicht Hannas Sprache ist, die sozusagen ihre Vormundschaft über ihn durchbricht, wird

dies als seine ›Vergewaltigung‹ bezeichnet: ›Armin konnte Griechisch [...]‹.«

Doris Kiernan: Existenziale Themen bei Max Frisch. Die Existenzialphilosophie Martin Heideggers in den Romanen »Stiller«, »Homo faber« und »Mein Name sei Gantenbein«. Berlin / New York: de Gruyter, 1978. S. 114 und S. 124f. – © Verlag Walter de Gruyter GmbH & Co., Berlin.

Seit den siebziger Jahren hat es zunehmend Versuche gegeben, Frischs Werken mit literaturpsychologischen oder psychoanalytischen Fragestellungen näher zu kommen. Von der Person des Autors her können die Interpreten z. B. darauf verweisen, dass er in den dreißiger Jahren Vorlesungen von C. G. Jung gehört hat. – Manche Untersuchungen verfahren allerdings naiv identifikatorisch, mengen auch Freud'sche und Jung'sche Thesen unbekümmert ineinander.

Sehr viel differenzierter und methodenbewusster argumentiert Wolfram Mauser; auch er freilich glaubt der Kunstfigur Walter Faber eine schwierige Kindheit und Jugend hinzuanalysieren zu müssen:

»Die wenigen, aber indizkräftigen Mitteilungen, die der Ich-Erzähler über das Elternhaus macht, legen die Vorstellung nahe, daß es autoritär und von Sexualtabus beherrscht war und eine ausgeglichene Entwicklung des Heranwachsenden eher behinderte: Knapp unter Dreißig, als Offizier, wohnte Walter noch bei seinen Eltern, ›was Hanna durchaus nicht begriff‹ [47,19f.], und hielt er sich für ›zu unfertig, um ein Vater zu sein‹ [47,18]. Auch wenn man in diesem Hinweis einen Vorwand gegen die Heirat mit Hanna sieht, bleibt doch bemerkenswert, daß er den Vorwand des Nichtfertigseins wählte und nicht einen anderen. Offenbar litt Walter nicht nur darunter, ›unmündig‹ [184,2] gehalten zu werden, sondern er wünschte sich

auch lebenslang, ›unmündig‹, d. h. ein Kind, ein Objekt der Fürsorge, der Zuwendung zu sein.
Walter Faber lebt offenbar mit dem Bewußtsein, daß er in entscheidenden Entwicklungsphasen unselbständig gehalten wurde. Unter diesen Umständen war er daran gehindert, normale Objektbeziehungen auszubilden. Dies hatte fatale Auswirkungen, insbesondere für den Bereich der Emotionen. Innere Verödung und Verkümmerung des Gefühlslebens bestimmen weithin sein Leben. So ist nicht das Funktionieren der Sexualität für ihn ein Problem, sondern das Bestreben, sie auf den Akt zu reduzieren. Seine Ängste betreffen nicht die Sexualität, sondern die damit verbundenen emotionellen Ansprüche an ihn. Die Erfahrung eines unbefangenen und angstfreien Umgangs mit Gefühlen und Empfindungen hat Walter offenbar nie gemacht. Den emotionellen Bereich kann er als Techniker – wie er meint – ausblenden. Aber dagegen, daß ihn sexuelle Betätigung in unbewältigbare Gefühlszonen zieht, meint er, nicht gefeit zu sein. Ivy, verheiratet mit einem Mann, der sich nicht scheiden läßt, ist insofern (jedenfalls bis zu einem bestimmten Punkt seiner Entwicklung) die Idealpartnerin.
Menschen, die in diesem Sinn zu keiner Identität gefunden haben, neigen dazu, Ängste und Unsicherheiten dadurch abzuwehren, daß sie auf einem Felde Ausgleich suchen, auf dem sie sich von Bedrohungen frei wähnen. Wenn es zutrifft, daß Walters Defizienz ersatzhafter Befriedigung bedarf, liegt es nahe, seine Berufswahl (er ist Ingenieur), vor allem aber die Art seines Technikerdaseins als Kompensation zu deuten. Der Mann, den alles, was mit Emotionen zu tun hat, unsicher macht, ja bedroht, weil er im Grunde nicht weiß, wie man damit umgeht, findet im Beruf einen Komplizen dagegen.«

Wolfram Mauser: Max Frischs »Homo faber«. In: Freiburger literaturpsychologische Gespräche. Hrsg. von Johannes Cremerius [u. a.]. Bd. 1. Frankfurt a. M. / Bern: Lang, 1981. S. 81 f.

Ebenfalls mit psychoanalytischem Instrumentarium, aber sehr viel näher am Text arbeitet JÜRGEN BARKHOFF die Struktur des Romans heraus: eine spezifische Ausformung der die Prosatexte Frischs seit dem *Tagebuch 1946–1949* bestimmenden Technik der Fugung. Für den *Homo faber* konstatiert Barkhoff: »Sie folgt Gesetzmäßigkeiten des Unbewußten und legt diese frei« (»›Die Montage ging in Ordnung – ohne mich‹. Zur erzähltechnischen Tiefenstruktur in Max Frischs ›Homo faber‹«, S. 213), was insbesondere an Hand der Rückblenden (u. a. Vorgeschichte mit Hanna, Inzest, Sabeths ›Unfall‹) nachgewiesen wird. – Eine sehr fundierte, in vieler Hinsicht überzeugende Untersuchung stellt die Dissertation von CHIEH CHIEN dar (*Das Frauenbild in den Romanen »Stiller« und »Homo faber« von Max Frisch im Lichte der analytischen Psychologie C. G. Jungs*).

Hatte die frühe Rezeption dazu geneigt, die ›existentielle‹ und die epochale Thematik des *Homo faber* ins Zentrum der Betrachtung zu stellen, so tritt seit den achtziger Jahren die Tendenz hervor, den Kunstwerkcharakter des Romans zu betonen, zum einen in sehr genauer Textbetrachtung bislang übersehene Verweise und Zusammenhänge herauszuarbeiten (vgl. etwa die Analysen von Rhonda L. Blair, Klaus Schuhmacher, Klaus Haberkamm, Alan D. Latta), zum anderen die hier sich auftuende Fülle als bloßes Spielmaterial einzustufen: als Stoff für ironische Zurücknahme früherer Positionen, begleitet von parodistischer Quellenverwertung (vgl. Walter Schmitz, *Max Frisch: Das Werk, 1931–1961*). Eine Vermittlung versucht, beispielsweise, der Aufsatz von Theo Elm.

VII. Texte zur Diskussion

In Simone de Beauvoirs Buch *Das andere Geschlecht* (dt. 1951), das Max Frisch zur Zeit der Arbeit am »Homo faber« wohl gekannt hat und aus dem einiges in Hannas Argumentation stammen dürfte (vgl. Kap. I, Anm. zu 140,21), finden sich zum Typus des ›homo faber‹ folgende Überlegungen:

»Der *homo faber* ist seit Anbeginn der Zeiten ein Erfinder gewesen: schon Stock und Keule, mit denen er seinen Arm bewehrt, um Früchte abzuschlagen oder Tiere zu töten, sind Werkzeuge, durch die er seine Macht über die Welt ausdehnt; er begnügt sich nicht damit, Fische ins Haus zu bringen, die er aus dem Meere holt; er muß zuvor den Bereich der Gewässer erobern, indem er Einbäume aushöhlt; um sich der Schätze der Welt zu bemächtigen, unterwirft er zuvor die Welt. Bei diesem Vorgehen wird er sich seiner Macht bewußt; er setzt Zwecke, plant Wege, die zu ihnen führen: er verwirklicht sich in der Existenz. Um zu erhalten, schafft er; er überschreitet die Gegenwart und eröffnet die Zukunft. Deshalb haben Fischzüge und Jagdunternehmungen einen Charakter der Weihe. Ihr erfolgreicher Ausgang wird mit Festen und Triumph begangen; der Mann erkennt darin sein Menschsein. Diesen Stolz bekundet er heute noch, wenn er ein Stauwehr, einen Wolkenkratzer, eine Atombombe schafft. Er hat nicht nur gearbeitet, um die vorgefundene Welt zu erhalten: er hat ihre Grenzen gewaltsam ausgeweitet und das Fundament für eine neue Zukunft gelegt.«

Simone de Beauvoir: Das andere Geschlecht. Sitte und Sexus der Frau. Übers. von Eva Rechel-Mertens und Fritz Montfort. Reinbek bei Hamburg: Rowohlt, 1968. S. 71. –

Der Triumph des männlichen Prinzips stellt sich für SIMONE DE BEAUVOIR dann so dar:

»Der Geist hat über das Leben gesiegt, Transzendenz über Immanenz, Technik über Magie, Vernunft über Aberglauben. Die Wertminderung der Frau stellt eine notwendige Etappe in der Geschichte der Menschheit dar, denn nicht aus ihrem positiven Wert, sondern aus der Schwäche des Mannes bezog sie so lange ihr Prestige; in ihr verkörperten sich die beunruhigenden Geheimnisse der Natur: der Mann entzieht sich ihrer Bevormundung, indem er sich von der Natur befreit. [...] In der Beziehung zwischen seinem schaffenden Arm und dem hergestellten Objekt erlebt er das Prinzip der Kausalität: das gesäte Korn keimt oder keimt auch nicht, während das Metall immer in gleicher Weise auf das Feuer, das Härten, die mechanische Einwirkung reagiert; diese Welt der Gebrauchswerkzeuge läßt sich in klare Begriffe einschließen: rationales Denken, Logik, Mathematik können nunmehr entstehen. Das Antlitz des Universums ist vollkommen verwandelt. Die Religion der Frau war an die Herrschaft der Landwirtschaft, des langsamen Reifens, des Zufalls, der Erwartung, des Mysteriums gebunden: die des *homo faber* bedeutet den Beginn einer Zeit, die man wie den Raum überwinden kann, der Notwendigkeit, des Entwurfes, der Tätigkeit, der Vernunft.«

Ebd. S. 80 f.

Gegenüber diesem globalen Modell macht MAX HORKHEIMER in seiner *Kritik der instrumentellen Vernunft* (dt. 1967; engl. Orig.-Ausg.: *Eclipse of Reason*, 1947) die Moderne seit der Aufklärung als die Zeit der Herrschaft des ›homo faber‹ im engeren Sinne zum Thema: Die Herrschaft der Religion sei abgelöst worden durch den Glauben an eine objektive Vernunft, die sich sowohl in der Natur als auch in den gesellschaftlichen Institutionen manifestiere; diese objektive Vernunft sei umgeschlagen in die subjektive (= instrumentelle) Vernunft, in Zweckrationalität, die nur noch die Angemessenheit von Mitteln für nicht mehr in Frage gestellte Zwecke zum Gegenstand nehme.

»Die Vernunft ist gänzlich in den gesellschaftlichen Prozeß eingespannt. Ihr operativer Wert, ihre Rolle bei der Beherrschung der Menschen und der Natur, ist zum einzigen Kriterium gemacht worden.«
»Nach der Philosophie des durchschnittlichen modernen Intellektuellen gibt es nur eine Autorität, nämlich die Wissenschaft, begriffen als Klassifikation von Tatsachen und Berechnung von Wahrscheinlichkeiten.«

Max Horkheimer: Zur Kritik der instrumentellen Vernunft. Aus den Vorträgen und Aufzeichnungen nach Kriegsende. Hrsg. von Alfred Schmidt. Frankfurt a. M.: Fischer, 1967. S. 30, 32f. –

Vom Ingenieur (»vielleicht das Symbol dieses Zeitalters«) sagt Horkheimer:

»Der Ingenieur ist nicht daran interessiert, die Dinge um ihrer selbst willen oder um der Einsicht willen zu verstehen, sondern im Hinblick darauf, daß sie geeignet sind, in ein Schema zu passen [...]. Das Bewußtsein des Ingenieurs ist das des Industrialismus in seiner hochmodernen Form. Seine planmäßige Herrschaft würde die Menschen zu einer Ansammlung von Instrumenten ohne eigenen Zweck machen.«

Ebd. S. 144.

Auf die letztliche Irrationalität des scheinbaren Rationalismus deutet Horkheimer mit der Forderung:

»Er [der Positivist] muß klarmachen, weshalb er bestimmte Verfahrensweisen als wissenschaftlich anerkennt. Das ist der philosophische Streitpunkt, von dessen Entscheidung abhängen wird, ob ›Vertrauen in die wissenschaftliche Methode‹ [...] ein blinder Glaube ist oder ein rationales Prinzip.«

Ebd. S. 75.

Horkheimer kommt zu dem Schluss:

»[...] indem sie sich weigern, ihr eigenes Prinzip zu verifizieren – daß keine Aussage sinnvoll ist, die nicht verifiziert ist –, machen sie sich der petitio principii schuldig, setzen sie voraus, was zu beweisen ist.«

Ebd. S. 79.

Die positivistische Methode hat laut Horkheimer nicht nur die Verdinglichung der Welt zur Folge, sondern auch die Verdinglichung und Entleerung des Subjekts selbst:

»Naturbeherrschung schließt Menschenbeherrschung ein. Jedes Subjekt hat nicht nur an der Unterjochung der äußeren Natur, der menschlichen und der nichtmenschlichen, teilzunehmen, sondern muß, um das zu leisten, die Natur in sich selbst unterjochen. Herrschaft wird um der Herrschaft willen ›verinnerlicht‹. Was gewöhnlich als Ziel bezeichnet wird – das Glück des Individuums, Gesundheit und Reichtum –, gewinnt seine Bedeutung ausschließlich von seiner Möglichkeit, funktional zu werden. Diese Begriffe bezeichnen günstige Bedingungen für geistige und materielle Produktion. [...] Da die Unterjochung der Natur innerhalb und außerhalb des Menschen ohne ein sinnvolles Motiv vonstatten geht, wird die Natur nicht wirklich transzendiert oder versöhnt, sondern bloß unterdrückt.«

»[...] das Individuum, gereinigt von allen Überbleibseln der Mythologien, einschließlich der Mythologie der objektiven Vernunft, reagiert automatisch, nach den allgemeinen Mustern der Anpassung. [...] Vernunft selbst wird mit diesem Anpassungsvermögen identisch.«

Ebd. S. 94, 97.

Vom jungen Menschen sagt Horkheimer, er fühle die Kluft zwischen den angelernten Idealen und dem Realitätsprinzip, dem er sich unterwerfen solle; seine Rebellion richte sich gegen die Maskierung des Rechts des Stärkeren mit dem Schein der Frömmigkeit usw. Auf zwei Weisen könne das Individuum auf diese Entdeckung reagieren (zwei Weisen, die in gewissem Sinne auf Hanna und Faber bezogen werden können):

»Widerstand oder Unterwerfung. Das Widerstand leistende Individuum wird sich jedem pragmatischen Versuch widersetzen, die Forderungen der Wahrheit und die Irrationalitäten des Daseins zu versöhnen. Anstatt die Wahrheit zu opfern, indem es mit den herrschenden Maßstäben konform geht, wird es darauf bestehen, in seinem Leben so viel Wahrheit auszudrücken, wie es kann, sowohl in der Theorie als auch in der Praxis. Es wird ein konfliktreiches Leben führen; es muß bereit sein, das Risiko äußerster Einsamkeit einzugehen. [...] Das andere Element, Unterwerfung, ist dasjenige, das auf sich zu nehmen die Mehrheit getrieben wird. [...] diejenigen, die zu schwach sind, sich der Realität entgegenzustellen, [haben] keine andere Wahl, als sich auszulöschen, indem sie sich mit ihr identifizieren. [...] Ihr ganzes Leben ist eine fortwährende Anstrengung, die Natur zu unterdrücken und zu erniedrigen, nach innen oder nach außen [...]. Jedoch führen ihre eigenen natürlichen Impulse, die den verschiedenen Forderungen der Zivilisation gegenüber antagonistisch sind, in ihnen ein deformiertes, unterirdisches Leben.«

Ebd. S. 110f.

Bei aller Kritik betont Horkheimer immer wieder, dass die Entwicklung nicht umkehrbar ist, und gegen Schluss seiner Untersuchung plädiert er für eine Versöhnung der objektiven und der subjektiven Vernunft auf dem Wege wechselseitiger Kritik.

»Da die isolierte subjektive Vernunft in unserer Zeit überall triumphiert, mit fatalen Ergebnissen, muß die Kritik notwendigerweise mehr mit dem Nachdruck auf der objektiven Vernunft geführt werden [...]. Jedoch bedeutet dieser Nachdruck auf der objektiven Vernunft nicht, was in der Terminologie der künstlichen Theologien von heute eine philosophische Entscheidung genannt würde. [...] Das Element der Unwahrheit liegt nicht einfach im Wesen eines jeden der beiden Begriffe, sondern in der Hypostasierung des einen gegenüber dem anderen.«

Ebd. S. 163.

Eine solche Versöhnung würde auch »die Einteilung aller menschlichen Wahrheit in Natur- und Geisteswissenschaften« (ebd., S. 78) aufheben müssen.
Interessant sind noch zwei von Horkheimer angeführte Beispiele für die Naturentfremdung im Zeitalter der instrumentellen Vernunft, weil sie ex negativo auf die Höhepunkte im Verhältnis Fabers zu Sabeth bezogen werden können:

»Immer weniger wird etwas um seiner selbst willen getan. Ein Fußmarsch, der einen Menschen aus der Stadt an die Ufer eines Flusses oder auf den Gipfel eines Berges führt, wäre, nach Nützlichkeitsmaßstäben beurteilt, widervernünftig und idiotisch; man gibt sich einem albernen oder zerstörerischen Zeitvertreib hin. Nach Ansicht der formalisierten Vernunft ist eine Tätigkeit nur dann vernünftig, wenn sie einem anderen Zweck dient, zum Beispiel der Gesundheit oder der Entspannung, die hilft, die Arbeitskraft wieder aufzufrischen.«

»Die Geschichte des Jungen, der zum Himmel aufblickte und fragte, ›Papa, wofür soll der Mond Reklame machen?‹, ist eine Allegorie dessen, was aus dem Verhältnis von Mensch und Natur im Zeitalter der formalisierten Vernunft geworden ist. [...] Obgleich die Menschen nicht fragen mögen, wofür der Mond Reklame machen soll, neigen sie dazu, an ihn zu denken in Vorstellungen der Ballistik oder zurückzulegender Himmelsentfernungen.« Ebd. S. 44, 101.

In engerem Rahmen als Max Horkheimer verfolgt Hans Zbinden die Entwicklung, den Stand und die Zukunftsmöglichkeiten der modernen Technik; er kommt zu vergleichbaren, wenn auch mehr auf eine Rückwendung abzielenden Ergebnissen:

»Es ist nicht wahrscheinlich, daß nach den Jahrtausenden, in denen die Völker sich vorherrschend der geistigen und künstlerisch-religiösen Entfaltung zuwandten und von dieser aus den Staat, die Wirtschaft, die Gesellschaft formten, ein kurzes Jahrhundert der Technik genügt, um tiefste Sehnsüchte und Urkräfte im Menschen radikal zu ändern. Früher oder später werden sie, nach jenem kurzen Umweg, den alten, mächtigen Strom wieder suchen, der bisher das Schicksal der Menschheit durch alle ihre Wandlungen hindurch bestimmte und ihre großen Kulturen schuf. [...] Es ist schon viel, wenn wir die Richtung erkennen, die uns leiten soll. So wenig ein Ablehnen der Maschine als solche dieser Weg sein kann, so unreal die ›Dämonisierung‹ der Technik oder ein allgemeiner Pessimismus, so unhaltbar ist ihr Messianismus und der Pan-Technismus geworden. Solche Haltungen zielen am Wesen der Technik wie des Menschen vorbei [...].
Aus dem bisher Dargelegten läßt sich erkennen, daß die Lösung nur zu erhoffen ist von der Eingliederung des technischen Schaffens in das Ganze sozialer, künstlerischer und religiöser Kultur.«

»Die Technik konnte ihre Herrschaft nur deshalb so übermächtig ausbreiten, weil die geisteswissenschaftliche Arbeit und Erziehung sich isolierte oder gar mit Geringschätzung auf das Technische und Wirtschaftliche blickte, als sei sie noch beherrscht von der Verachtung, die die Antike für die banausische Mechanik und den plebejischen Handel hegte. Heute blicken die gleichen Kreise mit jähem Erschrecken auf dieses Kind der Naturwissenschaft, ratlos, wie sie sich dazu stellen sollen und vor allem, wie sie den Gefahren begegnen könnten. [...] Die Verantwortung tragen die Vertreter des philosophischen Denkens, der Geschichte, der Pädagogik nicht weniger als die der Technik und Naturforschung.«

Hans Zbinden: Von der Axt zum Atomwerk. Zürich/Stuttgart: Artemis-Verlag, 1954. S. 129f., 132. –

In seinem Buch *Die Antiquiertheit des Menschen* konstatiert GÜNTHER ANDERS die »prometheische Scham« des ›homo faber‹, die Scham nämlich, gezeugt statt gemacht zu sein: »Mit dieser Stellungnahme, nämlich der *Scham, kein Ding zu sein*, ist aber eine neue, *eine zweite Stufe in der Geschichte der Verdinglichung* des Menschen erreicht: diejenige, auf der der Mensch die Überlegenheit der Dinge anerkennt, sich mit diesen gleichschaltet, seine *eigene Verdinglichung bejaht*, bzw. sein Nichtverdinglichtsein als Manko verwirft« (*Die Antiquiertheit des Menschen*, S. 30). Dieser Passus erinnert ebenso an Walter Fabers Verwerfung des Fleisches als eines ungeeigneten ›Materials‹ (vgl. Kap. I, Anm. zu 171,35) wie die folgende Anekdote: »Gemessen an seinen Aufgaben, belehrte ein amerikanischer Luftwaffen-Instruktor seine Kadetten, sei der Mensch, wie die Natur ihn nun einmal hervorgebracht habe, eine ›*faulty construction*‹, eine Fehlkonstruktion« (ebd., S. 31f.; die Geschichte stammt aus Robert Jungks Buch *Die Zu-*

kunft hat schon begonnen, Stuttgart/Hamburg 1952, S. 72).
Die Verdrängung des Todes als Verdrängung der unwiederholbaren Einmaligkeit und Unersetzlichkeit des Einzelnen (im Gegensatz zum Serienprodukt) versucht der moderne Mensch, ANDERS zufolge, unter anderem durch »Ikonomanie« zu bewerkstelligen, durch die pausenlose Herstellung von (Ab-)Bildern. Einen vorgestellten außerirdischen Reporter lässt er formulieren: »Ich habe kein einziges Wesen kennen gelernt, das nicht mehrere Bildduplikate seiner selbst und der Seinen freiwillig vorgewiesen, bei sich getragen oder mindestens besessen hätte« (*Die Antiquiertheit des Menschen*, S. 57).
Das negative Amerika-Klischee, dem Faber auf Kuba verfällt, datiert nicht etwa erst aus der Nachkriegszeit, sondern findet sich beispielsweise auch schon in EGON ERWIN KISCHS Buch *Paradies Amerika* (1930), in dem ein Doktor (!) Becker staunend und entsetzt die USA entdeckt (»Und das nennt sich Fußball!«, »Friedhof reicher Hunde« usw.).
Manches im *Homo faber* geht wohl direkt auf das Amerika-Buch von SIMONE DE BEAUVOIR zurück (dt. 1950), z. B. die Zeichnung der amerikanischen Frau (vgl. Kap. I, Anm. zu 64,32–65,2):

»Es ist bei den Männern Amerikas eine ständige Redensart, daß die hiesigen Frauen frigid seien, und bei manchen Männern ist dies beinahe eine fixe Idee. [...] Auch sagt man, daß Männer und Frauen nur, wenn sie vom Alkohol umnebelt sind, sich sexuellen Abenteuern geneigt zeigen; so können sie sie in der Nacht ihres Bewußtseins begraben. [...] Die Amerikaner haben einen Abscheu vor Prostituierten, ihre legitimen Frauen aber flößen ihnen einen Respekt ein, der sie lähmt. So bleiben sie im Ungewissen über ihre erotischen Fähigkeiten, ein Zweifel, der sie noch mehr hindert und lähmt. Die Frauen ihrerseits haben das Gefühl, zu kurz zu kommen, sie sind von den gleichen

Zweifeln heimgesucht. [...] Ob sie nun wirklich frigid sind, oder ob nun die Männer mit diesem Worte nur symbolisch zusammenfassen, was sie den Frauen vorzuwerfen haben, Tatsache ist, daß sie weder Freundinnen, noch Geliebte, noch Lebensgefährtinnen sind ...«

Simone de Beauvoir: Amerika. Tag und Nacht. Übers. von Heinrich Wallfisch. Hamburg: Rowohlt, 1950. S. 368f. – © 1950 Rowohlt Verlag GmbH, Hamburg.

Auch zur Verdrängung des Todes und zur Kosmetik noch an der Leiche (vgl. Kap. I, Anm. zu 177,11f.) findet sich Einschlägiges bei SIMONE DE BEAUVOIR:

»In Amerika spricht man nicht gern vom Tode. Nie sieht man auf der Straße ein Leichenbegängnis. Gewiß, häufig sah ich in den Avenuen, nachts heiter vom Neonlicht angestrahlt, die Worte *Funeral Home*. Der Name hat aber eher etwas herzerfrischendes: von draußen könnte man an eine Bar oder ein Kabarett denken. Ich las auf Anschlägen: ›*Funeral Home*. Empfangszimmer, Kinderspielzimmer, Toilette, Garderobe, mäßige Preise.‹ Dort gibt der Tote, ehe man ihn beerdigt, seine letzte *party*: sein Gesicht ist in schreienden Farben geschminkt, im Knopfloch trägt er eine Gardenie oder eine Orchidee, und seine Freunde kommen, ihn ein letztes Mal zu begrüßen.«

Ebd. S. 92f.

Zur Reklame (vgl. auch das Kapitel »Hollywoods Natur, Kultur und Skulptur« in Kischs Amerika-Buch) und zum ›berufsmäßigen Optimismus‹ meint SIMONE DE BEAUVOIR:

»Die unaufhörlich wiederholten, gebieterischen Aufforderungen, ›das Leben von der guten Seite zu nehmen‹, fallen mir auf die Nerven. Auf den Reklamen, ob sie nun Quaker-Oats, Coca-Cola oder Lucky Strike anpreisen –

welch eine Überfülle von schneeweißen Zähnen: das Lächeln scheint ein Starrkrampf zu sein. Das junge, verstopfte Mädchen schenkt ein verliebtes Lächeln dem Zitronensaft, der ihren Därmen Erleichterung verschafft. In der U-Bahn, auf der Straße, auf den Seiten der Magazine verfolgt mich dieses Lächeln wie eine Zwangsvorstellung. In einem *drug-store* las ich auf einem Aushängeschild: *Not to grin is a sin* – nicht lächeln ist eine Sünde.«

Ebd. S. 32f.

In seinem Essay »Geistige Aspekte der amerikanischen Zivilisation« schrieb EUGEN GÜRSTER 1951 über den amerikanischen Optimismus:

»[...] man blickt auf die dunklen Ränder der Existenz, auf das in unbewußten Regionen noch sich regende Dunkle und Böse als auf das noch unaufgearbeitete Material, zu dessen Bewältigung man eines Tages schon noch die zweckmäßigsten Instrumente und Methoden zu schaffen wissen werde. Melancholie, Depression, Verzweiflung, das sind Stimmungen, die sich vor der Glücksvision einer zu organisierenden Zukunft nicht lange halten dürfen; es scheint sogar in der Ordnung, daß man ihr nur in Abständen nahekommt, da man es nicht liebt, sich einen Endzustand näher vorzustellen, in dem es einmal nichts mehr zu tun geben sollte.«

Eugen Gürster: Geistige Aspekte der amerikanischen Zivilisation. In: Die Neue Rundschau 62 (1951) H. 1. S. 108.

ADOLF MUSCHG, der in seinen Frankfurter Poetik-Vorlesungen eine ähnliche Kritik an der Moderne übt, wie wir sie aus Horkheimers *Kritik der instrumentellen Vernunft* (und implizit aus dem *Homo faber*) kennen, schreibt, unter Bezugnahme auf sein Vorwort zu Fritz Zorns Buch *Mars* (1974), über die Zivilisationskrankheit Krebs:

»Mein Vorwort biegt den Krebs in einen allgemeinen Befund um, eine Kulturtheorie oder eine Zivilisationskritik. [...] Krebs als Ersatz-Wachstum der Zellen [...], wenn die Person heimlich an ihrem eigenen Wachstum verzweifelt ist; die Aufhebung der Immunität des Organismus und seine Selbstzerstörung, zu deren Entfaltung dieser Organismus selbst die heimliche Erlaubnis gegeben hat – dieses organische Äquivalent der Depression hat eine schreckliche Evidenz. Man glaubt es leicht – ich glaube es leicht, daß der Krebs *die* protestantische Krankheit sei, ein Todesurteil des verinnerlichten Über-Ich über das unter unmenschlichen Geboten erstarrte, von eigenem Ungenügen gelähmte Individuum. Und ein Aufstand des Es gegen dieses Über-Ich. Wobei die Kontrahenten im Kampf miteinander nicht mehr zu unterscheiden sind, weil jeder Sieg auf Kosten des gepeinigten Ich und seiner physischen Existenz geht. Eine ›bösartige‹ Krankheit allerdings – wenn auch nicht durch ihre Unerklärlichkeit, sondern durch ihre Plausibilität. So muß sie aussehen, die neue Seuche einer Zivilisation, die die Unterdrückung der Triebe honoriert, die Geißel bürgerlicher Völker, die tüchtig sind auf eigene Kosten.«

Adolf Muschg: Literatur als Therapie? Frankfurt a. M.: Suhrkamp, 1981. S. 69f. –

Von der modernen Schulmedizin sagt MUSCHG:

»Aus der technischen Medizin ist eine immer umfassender gewordene Veranstaltung gegen den Tod geworden. [...] Krankenhäuser und erst recht Pflegeheime sind zu Isolierstationen geworden, die das Leiden, das sie nicht eliminieren können, wenigstens sozial tarnen, optisch zum Verschwinden bringen. Sie verstecken hinter ihrem teuren Apparat, diesem von jedem Stimmvolk diskussionslos bewilligten Aufwand schlechten Gewissens, daß wir Leidende im Grund nicht leiden können, weil wir Leid nicht ertragen. [...] Mit der Aggressivität der Behandlungsmethoden gibt die Medizin zu verstehen, daß Krankheit nicht sein darf, daß sie – oder doch ihre Symptome – mit allen Mitteln einer spezialisierten Industrie bekämpft werden muß. Gesundheit als Leistung, Krankheit als Leistungsabfall, Tod als Verweigerung – auch im Krankenhaus herrscht die Leistungsgesellschaft, liegt der Kranke in der Erwartung, daß er sich bewährt, zum Beispiel ›Immunkompetenz‹ entwickelt. Die Krankheit muß gestellt werden wie ein Feind.«

Ebd. S. 161 f.

Entsprechende Gedanken finden wir in Horst-Eberhard Richters Autobiographie:

»In jener Zeit begann ich gelegentlich darüber nachzugrübeln, warum wir eigentlich *gegen* den Tod leben. Ob wir nicht freier wären, wenn wir uns nicht einbildeten, uns das Leben unablässig erkämpfen zu müssen. [...] Ich fragte, ob da nicht ein Zusammenhang bestehe zwischen unserem Verhältnis zum Tod, unserem Verhältnis zu Schwäche und Leiden und den Machtverhältnissen in der Gesellschaft. Ob nicht alle diese Verhältnisse deformiert seien durch eine falsche militaristische Sichtweise. Überall will man nur *siegen* – über den Tod, über Schmerz und Emotionen, über andere Menschen und Völker. Jede dieser Szenerien wird kriegerisch definiert, als Kampf gegen die Endlichkeit, als Kampf um die Unterdrückung der Gefühle oder um die Vorherrschaft in der sozialen Konkurrenz.«

Horst-Eberhard Richter: Die Chance des Gewissens. Erinnerungen und Assoziationen. Hamburg: Hoffmann und Campe, 1986. S. 90. –

Mit Bezug auf die Persönlichkeitsentwicklung Todkranker fragt RICHTER:

»Aber war denn erst eine tödliche Krankheit nötig, um einen derartigen Effekt zustande zu bringen? Könnten wir nicht von vornherein versöhnlicher, maßvoller, liebevoller leben, wenn wir die übliche Todesverdrängung schon als Gesunde überwinden oder uns von Kindheit an gar nicht erst aneignen würden? Müßten wir nicht alle – und die Medizin erst recht – zu jeder Zeit Krankheit und Tod dem Leben zurechnen, statt sie als dessen absolute Feinde zu verdammen?«

Ebd. S. 234 f.

RICHTER kommt zu dem Schluss:

»Wer das Leiden haßt, muß den Tod verteufeln. Die fatale einseitige Fixierung auf die Ideale von Macht und Größe reproduziert in der politischen Dimension ein ewiges expansionistisches Rivalisieren und die Niederhaltung der Schwachen und Armen, auf deren Kosten sich die jeweils Mächtigeren in Richtung ihrer Ideale zu stabilisieren versuchen. Und gleiches vollzieht der einzelne Mensch in seinem Innern, indem er sich seiner Selbstachtung dadurch vergewissern will, daß er die Seite seiner Zerbrechlichkeit und seiner Hinfälligkeit durch Verdrängung, Überkompensation oder Feindbild-Projektion zu tilgen versucht. Wir müssen also lernen, unser Selbstbild auf ein neues Maß zu bringen und unsere Position gegenüber den Mitmenschen und der Natur mit derjenigen Bescheidenheit zu bestimmen, die uns erlaubt, auch unsere Zartheit, unsere Anfälligkeit und eben auch unsere Sterblichkeit zu akzeptieren.«

Ebd. S. 238 f.

VIII. Zum Film *Homo Faber*

Volker Schlöndorff, sozusagen ein Spezialist für die Verfilmung literarischer Texte (1980 Oscar für *Die Blechtrommel* nach dem Roman von Günter Grass), hat 1990 in Zusammenarbeit mit Max Frisch eine Film-Version geschaffen, die sich stofflich auf die »Erste Station« des Romans beschränkt, als ›bittersüße Liebesgeschichte‹ bezeichnet werden mag und durchaus anrührende Momente hat. Die ›homo faber‹-Thematik wird allenfalls gestreift (der Originaltitel lautet auch nicht »Homo Faber«, sondern *Voyager*). Faber (Sam Shepard) ist hier ein für sexuelle Versuchungen durchaus empfänglicher Amerikaner, der früher einmal in Zürich studiert hat (drei Rückblenden auf die Vorgeschichte mit Hanna), nach Sabeths Tod zwar verzweifelt ist, aber in sein früheres Leben zurückkehrt (kein Krebs). Hanna (Barbara Sukowa) bestätigt eher die Vorurteile des Roman-Ichs hinsichtlich ihrer angeblichen Hysterie, und nur der Darstellerin der Sabeth, Julie Delpy, ist es wohl zu verdanken, dass Max Frisch den Film positiv aufgenommen hat. Die Kritiker dagegen haben fast durchweg negativ bis vernichtend reagiert.

Matthias Hurst moniert vor allem die Kollision zwischen der (durch ›Fabers‹ Stimme aus dem Off vermittelten) Ich-Erzählsituation und der visuell vermittelten auktorialen Erzählsituation:

»Unterstreicht der Erzählerkommentar die Subjektivität der dargestellten Filmhandlung, so bemüht sich die visuelle Gestaltung um Objektivität und distanzierte Betrachtung. Die Pointe der literarischen Vorlage – der effektvolle Gebrauch einer Ich-ES, deren Struktur den Erzähler unglaubwürdig macht und so auf packende Weise dessen verdrängte Schuld sichtbar werden läßt – geht da-

Szenenfoto mit Sam Shepard aus dem Film *Homo Faber* (1990)
von Volker Schlöndorff

bei verloren. Das verdrängende Ich Fabers ist aus den Bildern gewichen.«

Matthias Hurst: Erzählsituationen in Literatur und Film. Ein Modell zur vergleichenden Analyse von literarischen Texten und filmischen Adaptionen. Tübingen: Niemeyer, 1996. (Medien in Forschung und Unterricht. 40.) S. 232. –

Nach Hurst hätte auch die mythologische Tiefenschicht (die Schlöndorff nicht interessierte) mit Hilfe einer personalen Kameraführung vermittelt werden können (ebd., S. 241–243). – Hinzuzufügen wäre, dass die aus dem Roman übernommenen Versatzstücke (Seitenflächen – seltsamerweise nicht das Hauptbild – des Ludovisischen Altars, Schlafende Erinnye) im Film ohne Funktion bleiben (so auch Daniela Berghahn, »Fiction into Film and the Fidelity Discourse«, S. 85 f.). Von einer Schuld Fabers kann im Film allenfalls gegenüber Hanna die Rede sein. Auch an Sabeths ›Unfall‹ ist er nicht beteiligt: Sie stürzt nach dem Schlangenbiss und schlägt mit dem Kopf auf einen Stein, ohne den – im Übrigen bekleideten – Faber wahrgenommen zu haben. – Dass die Mondfinsternis in Avignon durch eine Vollmondnacht ersetzt wurde, mag als weiteres Indiz dafür gelten, dass die filmische Adaption eine Trivialisierung des Romans darstellt.
Wenigstens erwähnt werden soll der Umstand, dass es seit 2004 mehrere Versuche gegeben hat, den Roman auch für die Bühne zu adaptieren: 2004/05 am Zürcher Schauspielhaus (Regie: Stefan Pucher), 2006 im Bielefelder Theaterlabor (Einrichtung: Claudia Lowin und Christian Schlüter), 2006/07 an der Burghofbühne Dinslaken (Bühnenfassung: Lars Helmer) und 2007 im Stuttgarter Alten Schauspielhaus (Bearbeitung: Volkmar Kamm).

IX. Literaturhinweise

Abgekürzt zitierte Literatur:

JA	Max Frisch: Gesammelte Werke in zeitlicher Folge. Jubiläumsausgabe in sieben Bänden. Hrsg. von Hans Mayer unter Mitw. von Walter Schmitz. Frankfurt a. M.: Suhrkamp, 1986.
Knapp	Gerhard P. Knapp (Hrsg.): Max Frisch. Aspekte des Prosawerks. Bern / Frankfurt a. M. / Las Vegas: Lang, 1978.
Mat.	Frischs »Homo faber«. Hrsg. von Walter Schmitz. Frankfurt a. M.: Suhrkamp, 1983. (suhrkamp taschenbuch materialien. st 2028.)
MF	Max Frisch. Hrsg. von Walter Schmitz. Frankfurt a. M.: Suhrkamp, 1987. (suhrkamp taschenbuch materialien. st 2059.)
ÜMF	Über Max Frisch. Hrsg. von Thomas Beckermann. Frankfurt a. M.: Suhrkamp, 1971. (edition suhrkamp. 404.)
ÜMF II	Über Max Frisch II. Hrsg. von Walter Schmitz. Frankfurt a. M.: Suhrkamp, 1976. (edition suhrkamp. 852.)

1. Ausgaben

(Zu den Unterschieden zwischen den Ausgaben vgl. Kap. II)

Homo faber. Ein Bericht. Frankfurt a. M.: Suhrkamp, 1957. [Erstausgabe.]

Homo faber. Ein Bericht. Frankfurt a. M.: Suhrkamp, 1962. (Bibliothek Suhrkamp. 87.)

Homo faber. Ein Bericht. Reinbek bei Hamburg: Rowohlt, 1969. (rororo. 1197.)

Gesammelte Werke in zeitlicher Folge. Hrsg. von Hans Mayer unter Mitw. von Walter Schmitz. 6 Bde. Frankfurt a. M.: Suhrkamp, 1976. [*Homo faber* in Bd. IV.] – Textidentische Tb.-Ausg. in 12 Bdn. Frankfurt a. M.: Suhrkamp, 1976. (werkausgabe edition suhrkamp.) [*Homo faber* in Bd. 7.]

Homo faber. Ein Bericht. Frankfurt a. M.: Suhrkamp, 1977. (suhrkamp taschenbuch. 354.)
Gesammelte Werke in zeitlicher Folge. Jubiläumsausgabe in sieben Bänden. Hrsg. von Hans Mayer unter Mitw. von Walter Schmitz. Frankfurt a. M.: Suhrkamp, 1986. [*Homo faber* in Bd. IV.]
Homo faber. Ein Bericht. Frankfurt a. M.: Suhrkamp, 1988. (suhrkamp taschenbuch. 354.) [Gegenüber der früheren Ausgabe an 18 Stellen korrigiert.]
Homo faber. Ein Bericht. Mit einem Kommentar von Walter Schmitz. Frankfurt a. M.: Suhrkamp, 1998. (Suhrkamp BasisBibliothek. 3.) [Text der Taschenbuchausgabe von 1988.]

2. Gespräche, Briefwechsel, Sammelband

Arnold, Heinz Ludwig: Gespräch mit Max Frisch. In: H. L. A.: Gespräche mit Schriftstellern. München 1975. S. 9–73.
Bienek, Horst: Max Frisch. In: H. B.: Werkstattgespräche mit Schriftstellern. München 1962. S. 21–32.
Bloch, Peter André / Schoch, Bruno: Max Frisch. In: P. A. B. (Hrsg.): Der Schriftsteller und sein Verhältnis zur Sprache, dargestellt am Problem der Tempuswahl. Eine Dokumentation zu Sprache und Literatur der Gegenwart. Bern/München 1971. S. 68–81.
Frisch, Max: Dramaturgisches. Ein Briefwechsel mit Walter Höllerer. Berlin 1969.
Max Frisch. In: Rudolf Ossowski (Hrsg.): Jugend fragt – Prominente antworten. Berlin 1975. S. 116–135.
Zimmermann, Arthur: Polemik – ein Gespräch mit Max Frisch. In: A. Z. (Hrsg.): Max Frisch. Zürich/Bern 1981. S. 39–45.
Max Frisch: Jetzt ist Sehenszeit. Briefe, Notate, Dokumente 1943–1963. Hrsg. und mit einem Nachw. vers. von Julian Schütt. Im Auftrag der Max Frisch-Stiftung. Frankfurt a. M. 1998.

3. Bibliographien

Petersen, Klaus-Dietrich: Max Frisch-Bibliographie. In: ÜMF S. 305–344.
Schmitz, Walter: Bibliographie. In: ÜMF II. S. 453–534.

Veröffentlichungen von Max Frisch. Übersetzungen der Werke von Max Frisch. In: M. F.: Gesammelte Werke in zeitlicher Folge. Hrsg. von Hans Mayer unter Mitw. von Walter Schmitz. Bd. VI. Frankfurt a. M. 1976. S. 797–826.
Knapp, Mona: Kommentierte Arbeitsbibliographie zu Max Frisch. In: Knapp. S. 309–351.
Petersen, Jürgen H.: Literaturverzeichnis. In: J. H. P.: Max Frisch. Stuttgart 1978. (Sammlung Metzler. 173.) S. 196–212.
Probst, Gerhard F.: Bibliography. In: G. F. P. / Jay F. Bodine (Hrsg.): Perspectives on Max Frisch. Lexington 1982. S. 177–223.
Stephan, Alexander: Werkverzeichnis / Sekundärliteratur. In: Kritisches Lexikon zur deutschsprachigen Gegenwartsliteratur (KLG). Hrsg. von Heinz Ludwig Arnold. München 1978 ff. Nlg. 30. August 1988. S. A–Z 7.
Veröffentlichungen von Max Frisch. Übersetzungen der Werke von Max Frisch. In: JA VII. S. 507–548.
Kranzbühler, Bettina: Kommentierte Auswahlbibliographie. In: MF. S. 373–422.

4. Allgemeine Untersuchungen zu Frischs Leben und Werk

Arnold, Heinz Ludwig (Hrsg.): Max Frisch. München 1975. 2., erw. Aufl. 1976. 3., erw. Aufl. 1983. (Text + Kritik. 47/48.)
Bänziger, Hans: Frisch und Dürrenmatt. Bern/München 1960.
Balle, Martin: Sich selbst schreiben – Literatur als Psychoanalyse. Annäherung an Max Frischs Romane »Stiller«, »Homo faber« und »Mein Name sei Gantenbein« aus psychoanalytischer Sicht. München 1994.
Bircher, Urs: Vom langsamen Wachsen eines Zorns. Max Frisch 1911–1955. Unter Mitarb. von Kathrin Straub. Zürich 1997.
– Mit Ausnahme der Freundschaft. Max Frisch 1956–1991. Zürich 2000.
Bohler, Liette: Der Mythos der Weiblichkeit im Werke Max Frischs. New York [u. a.] 1998. (Studies on Themes and Motifs in Literature. 36.)
Butler, Michael: Das Problem der Exzentrizität in den Romanen Frischs. In: Heinz Ludwig Arnold (Hrsg.): Max Frisch. München 1975. 3., erw. Aufl. 1983. (Text + Kritik. 47/48.) S. 13–26.
– The novels of Max Frisch. London 1976.

Chieh Chien: Das Frauenbild in den Romanen ›Stiller‹ und ›Homo faber‹ von Max Frisch im Lichte der analytischen Psychologie C. G. Jungs. Frankfurt a. M. [u. a.] 1997.

Cock, Mary E.: »Countries of the Mind«: Max Frisch's Narrative Technique. In: The Modern Language Review 65 (1970) S. 820–828.

Cunliffe, William Gordon: Existentialist Elements in Frisch's Works. In: Monatshefte 62 (1970) S. 113–122. – Dt.: Existentialistische Elemente in Frischs Werken. Übers. von Hans-Ulrich Müller-Schwefe. In: ÜMF II. S. 158–171.

– Die Kunst, ohne Geschichte abzuschwimmen. Existentialistisches Strukturprinzip in »Stiller«, »Homo faber« und »Mein Name sei Gantenbein«. In: Knapp. S. 103–122.

Dahms, Erna M.: Zeit und Zeiterlebnis in den Werken Max Frischs. Bedeutung und technische Darstellung. Berlin / New York 1976.

du. Die Zeitschrift der Kultur. Nr. 12 (Dezember 1991). Max Frisch 1911–1991. Zürich 1991.

Egger, Richard: Der Leser im Dilemma. Die Leserrolle in Max Frischs Romanen »Stiller«, »Homo faber« und »Mein Name sei Gantenbein«. Bern [u. a.] 1986. (Zürcher germanistische Studien. 6.)

Elm, Theo: Schreiben im Zitat. Max Frischs Poetik des Vorurteils. In: Zeitschrift für deutsche Philologie 103 (1984) S. 225–243.

Franz, Hertha: Der Intellektuelle in Max Frischs »Don Juan« und »Homo faber«. In: Zeitschrift für deutsche Philologie 90 (1971) S. 555–563. – Wiederabgedr. in: ÜMF II. S. 234–244.

Grimm, Reinhold (in Verb. mit Carolyn Wellauer): Max Frisch. Mosaik eines Statikers. In: Hans Wagener (Hrsg.): Zeitkritische Romane des 20. Jahrhunderts. Stuttgart 1975. S. 276–300. – Gekürzte und modifizierte Fass. in: Knapp. S. 191–204.

de Groot, Cegienas: Bildnis, Selbstbildnis und Identität in Max Frischs Romanen Stiller, Homo faber und Mein Name sei Gantenbein. Ein Vergleich. In: Amsterdamer Beiträge zur neueren Germanistik 9 (1979) S. 179–203.

Haberkamm, Klaus: Max Frisch. In: Dietrich Weber (Hrsg.): Deutsche Literatur der Gegenwart in Einzeldarstellungen. Bd. 1. Stuttgart ^{3}1976. (Kröners Taschenausgabe. 382.) S. 358–389.

Hage, Volker: Max Frisch. Mit Selbstzeugnissen und Bilddokumenten. Reinbek bei Hamburg 1983. (rowohlts monographien.

321.) – Überarb. Neuausg. Ebd. 1997. (rowohlts monographien. 50616.)

Hanhart, Tildy: Max Frisch: Zufall, Rolle und literarische Form. Interpretationen zu seinem neueren Werk. Kronberg i. Ts. 1976.

Haupt, Ursula: Weiblichkeit in Romanen Max Frischs. Frankfurt a. M. [u. a.] 1996.

Hillen, Gerd: Reisemotive in den Romanen von Max Frisch. In: Wirkendes Wort 19 (1969) S. 126–133.

Hinderer, Walter: »Ein Gefühl der Fremde«. Amerikaperspektiven bei Max Frisch. In: Sigrid Bauschinger [u. a.] (Hrsg.): Amerika in der deutschen Literatur. Neue Welt – Nordamerika – USA. Stuttgart 1975. S. 353–367.

Hoffmann, Frank: Der Kitsch bei Max Frisch. Vorgeformte Realitätsvokabeln. Eine Kitschtopographie. Bad Honnef / Zürich 1979.

jetzt: max frisch. Mit Texten von Max Frisch, Peter Bichsel [u. a.]. Mit zahlreichen Fotos, Dokumenten und Zeichnungen. Hrsg. von Luis Bollinger, Walter Obschlager, Julian Schütt. Frankfurt a. M. 2001. (suhrkamp taschenbuch. 3234.)

Jurgensen, Manfred: Max Frisch. Die Romane. Interpretationen. Bern/München 1972.

– (Hrsg.): Frisch. Kritik – Thesen – Analysen. (Beiträge zum 65. Geburtstag.) Bern/München 1977.

Kaiser, Joachim: Max Frisch und der Roman. Konsequenzen eines Bildersturms. In: Frankfurter Hefte 12 (1957) S. 876–882. – Wiederabgedr. in: ÜMF. S. 43–53.

Kiernan, Doris: Existenziale Themen bei Max Frisch. Die Existenzialphilosophie Martin Heideggers in den Romanen »Stiller«, »Homo faber« und »Mein Name sei Gantenbein«. Berlin / New York 1978.

Knapp, Gerhard P. (Hrsg.): Max Frisch. Aspekte des Bühnenwerks. Bern / Frankfurt a. M. / Las Vegas 1979.

Knapp, Mona: »Die Frau ist ein Mensch, bevor man sie liebt, manchmal auch nachher …« Kritische Anmerkungen zur Gestaltung der Frau in Frischtexten. In: Ebd. S. 73–105.

– »Eine Frau, aber mehr als das, eine Persönlichkeit, aber mehr als das: eine Frau«. The Structural Function of the Female Characters in the Novels of Max Frisch. In: Susan L. Cocalis / Kay Goodman (Hrsg.): Beyond the Eternal Feminine. Critical Essays on Women and German Literature. Stuttgart 1982. S. 261–289.

Koepke, Wulf: Understanding Max Frisch. Columbia 1991.

Konstantinović, Zoran: Die Schuld an der Frau. Ein Beitrag zur Thematologie der Werke von Max Frisch. In: Manfred Jurgensen (Hrsg.): Frisch: Kritik – Thesen – Analysen. Bern/München 1977. S. 145–155.

Krätzer, Anita: Studien zum Amerikabild in der neueren deutschen Literatur. Max Frisch – Uwe Johnson – Hans Magnus Enzensberger und das »Kursbuch«. Bern / Frankfurt a. M. 1982.

Kurz, Paul Konrad: Identität und Gesellschaft. Die Welt des Max Frisch. In: P. K. K.: Über moderne Literatur II. Standorte und Deutungen. Frankfurt a. M. ²1972. S. 132–189.

Lubich, Frederick A.: Max Frisch: »Stiller«, »Homo faber« und »Mein Name sei Gantenbein«. München 1990. (UTB. 1564.)

Lusser-Mertelsmann, Gunda: Max Frisch. Die Identitätsproblematik in seinem Werk aus psychoanalytischer Sicht. Stuttgart 1976.

Lüthi, Hans Jürg: Max Frisch. »Du sollst dir kein Bildnis machen«. München 1981. (UTB. 1085.)

Marchand, Wolf R.: Max Frisch. In: Benno von Wiese (Hrsg.): Deutsche Dichter der Gegenwart. Ihr Leben und Werk. Berlin 1973. S. 231–249.

Mauranges, Jean-Paul: L'image de l'Amérique chez Max Frisch. In: Recherches Germaniques 7 (1977) S. 173–196.

Mayer, Hans: Anmerkungen zu »Stiller«. In: H. M.: Dürrenmatt und Frisch. Anmerkungen. Pfullingen 1963. S. 38–54. – Wiederabgedr. in: ÜMF. S. 24–42 sowie in: MF. S. 182–199.

Mayer, Sigrid: Zur Funktion der Amerikakomponente im Erzählwerk Max Frischs. In: Knapp. S. 205–235.

Merrifield, Doris Fulda: Das Bild der Frau bei Max Frisch. Freiburg i. Br. 1971.

Müller-Salget, Klaus: Max Frisch. In: Deutsche Dichter. Leben und Werk deutschsprachiger Autoren. Hrsg. von Gunter E. Grimm und Frank Rainer Max. Bd. 8: Gegenwart. Stuttgart 1990. (Reclams Universal-Bibliothek. 8618.) S. 100–121. – Aktual. Fassung in: Deutsche Dichter. Leben und Werk deutschsprachiger Autoren vom Mittelalter bis zur Gegenwart. Hrsg. von Gunter E. Grimm und Frank Rainer Max. Stuttgart 1993. S. 741–748.

– Max Frisch. Literaturwissen für Schule und Studium. Stuttgart 1996. (Reclams Universal-Bibliothek. 15210.)

Musgrave, Marian E.: The Evolution of the Black Character in the Works of Max Frisch. In: Monatshefte 66 (1974) S. 117–132.
– »Continuum« of Women, Domestic and Foreign. In: Gerhard F. Probst / Jay F. Bodine (Hrsg.): Perspectives on Max Frisch. Lexington 1982. S. 31–55.
Petersen, Jürgen H.: Max Frisch. Stuttgart 1978. 2., erw. und verb. Aufl. 1989. 3., überarb. und aktual. Aufl. Stuttgart/Weimar 2002. (Sammlung Metzler. 173.)
– Max Frisch. In: Hartmut Steinecke (Hrsg.): Deutsche Dichter des 20. Jahrhunderts. Berlin 1994. S. 520–531.
Probst, Gerhard F. and Jay F. Bodine (Hrsg.): Perspectives on Max Frisch. Lexington 1982.
Schau, Albrecht (Hrsg.): Max Frisch – Beiträge zur Wirkungsgeschichte. Freiburg i. Br. 1971.
Schenker, Walter: Die Sprache Max Frischs in der Spannung zwischen Mundart und Schriftsprache. Berlin 1969.
– Mundart und Schriftsprache. In: ÜMF. S. 287–299. Wiederabgedr. in: MF. S. 47–59.
Schmitz, Walter: Frisch-Bilder. Linien und Skizzen der Forschung. In: Gerhard P. Knapp (Hrsg.): Max Frisch. Aspekte des Bühnenwerks. Bern / Frankfurt a. M. / Las Vegas 1979. S. 451–497.
– Max Frisch: Das Werk (1931–1961). Studien zu Tradition und Traditionsverarbeitung. Bern / Frankfurt a. M. / New York 1985.
Schuchmann, Manfred E.: Der Autor als Zeitgenosse. Gesellschaftliche Aspekte in Max Frischs Werk. Frankfurt a. M. / Bern / Las Vegas 1979.
Schuhmacher, Klaus: »Weil es geschehen ist«. Untersuchungen zu Max Frischs Poetik der Geschichte. Königstein i. Ts. 1979.
Stäuble, Eduard: Max Frisch. Gesamtdarstellung seines Werkes. St. Gallen [4]1971.
Steinmetz, Horst: Max Frisch: Tagebuch, Drama, Roman. Göttingen 1973.
Stephan, Alexander: Max Frisch. In: Kritisches Lexikon zur deutschsprachigen Gegenwartsliteratur (KLG). Hrsg. von Heinz Ludwig Arnold. München 1978 ff. Nlg. 41. April 1992. S. 1–22.
– Max Frisch. München 1983. (Autorenbücher. 37.)
Stromšik, Jiří: Das Verhältnis von Weltanschauung und Erzählmethode bei Max Frisch. In: Philologica Pragensia 13 (1970) S. 74–94. – Wiederabgedr. in: ÜMF II. S. 125–157.

Tabah, Mireille: La critique du langage dans les romans de Max Frisch. In: Etudes germaniques 35 (1980) S. 163–175.

de Vin, Daniel: Max Frischs Tagebücher. Studie über »Blätter aus dem Brotsack« (1940), »Tagebuch 1946–1949« (1950) und »Tagebuch 1966–1971« (1972) im Rahmen des bisherigen Gesamtwerks (1932–1975). Köln/Wien 1977.

Völker-Hezel, Barbara: Fron und Erfüllung. Zum Problem der Arbeit bei Max Frisch. In: Revue des langues vivantes 37 (1971) S. 7–43.

Waleczek, Lioba: Max Frisch. München 2001. (dtv. 31045.)

Weisstein, Ulrich: Max Frisch. New York 1967 (Twayne's World Authors Series. 21.)

Wintsch-Spiess, Monika: Zum Problem der Identität im Werk Max Frischs. Zürich 1965.

5. Untersuchungen zu *Homo faber*

Rezensionen sind hier nicht aufgeführt. Eine ziemlich umfassende Übersicht gibt Reinhold Viehoff, »Verzeichnis der Literaturkritiken«.

Barkhoff, Jürgen: ›Die Montage ging in Ordnung – ohne mich‹. Zur erzähltechnischen Tiefenstruktur in Max Frischs ›Homo faber‹. In: Wirkendes Wort 41 (1991) S. 212–227.

Bauer, Conny: Max Frischs »Homo Faber«. Versuch einer psychoanalytischen Auslegung. In: Text & Kontext 11 (1983) S. 324–340.

Bialik, Wlodimierz: Der Zufall als Strafe im Roman »Homo faber« von Max Frisch. In: Studia Germanica Posnaniensia 4 (1975) S. 37–45.

Bicknese, Günther: Zur Rolle Amerikas in Max Frischs »Homo faber«. In: The German Quarterly 42 (1969) S. 52–64.

Blair, Rhonda L.: ›Homo faber‹, ›Homo ludens‹, and the Demeter-Kore Motif. In: The Germanic Review 56 (1981) S. 140–150. – Dt.: ›Homo faber‹, ›Homo ludens‹ und das Demeter-Kore-Motiv. Übers. von Walter Schmitz. In: Mat. S. 142–170.

– Archetypal Imagery in Max Frisch's »Homo faber«: The Wise Old Man and the Shadow. In: The Germanic Review 59 (1984) S. 104–108.

Bollerup, Lene: Allerlei sonstiges durch Thomas Mann. Eine vergleichende Lektüre von Max Frisch: ›Homo Faber‹ und Thomas Mann: ›Der Tod in Venedig‹. In: Text & Kontext 17 (1989) S. 266–278.

Bradley, Brigitte L.: Max Frisch's »Homo faber«. Theme and Structural Devices. In: The Germanic Review 41 (1966) S. 279–290.

Buschmann, Matthias: Liebe und Tod. Eine Analyse von Max Frischs »Homo faber«. In: Literatur in Wissenschaft und Unterricht 28 (1995) S. 3–21.

Butler, Michael: The Dislocated Environment: The Theme of Itinerancy in Max Frisch's »Homo faber«. In: New German Studies 4 (1976) H. 3. S. 101–118.

Friedl, Gerhard: Blindheit und Selbsterkenntnis. Gedanken zu einer Unterrichtseinheit über »König Oidipus« von Sophokles und Max Frischs »Homo faber«. In: Der Deutschunterricht III (1992) S. 55–73.

Friedrich, Gerhard: Die Rolle der Hanna Piper. Ein Beitrag zur Interpretation von Max Frischs Roman »Homo faber«. In: Studia neophilologica (Stockholm) 49 (1977) S. 101–117.

Geißler, Rolf: Max Frischs »Homo faber«. In: R. G.: Möglichkeiten des modernen deutschen Romans. Frankfurt a. M. 1962. S. 191–214.

Geulen, Hans: Max Frischs Roman »Homo Faber«. Studien und Interpretationen. Berlin 1965.

Haberkamm, Klaus: Il était un petit navire. Anmerkungen zur Schiffsmotivik in Max Frischs Homo faber. In: Duitse Kroniek (Amsterdam) 29 (1977) S. 5–26.

– Einfall – Vorfall – Zufall. Max Frischs »Homo faber« als »Geschichte von außen«. In: Modern Language Notes 97 (1982) S. 713–744.

Hasters, Heima: Das Kamera-Auge des Homo Faber. Ein Beitrag auch zur Medienpädagogik. In: Diskussion Deutsch 9 (1978) S. 375–387.

Heidenreich, Sybille: Max Frisch: Homo Faber. Untersuchungen zum Roman. Hollfeld i. Ofr. [10]1998.

Henze, Walter: Die Erzählhaltung in Max Frischs Roman »Homo faber«. In: Wirkendes Wort 11 (1961) S. 278–289. – Wiederabgedr. in: Albrecht Schau (Hrsg.): Max Frisch – Beiträge zur Wirkungsgeschichte. Freiburg i. Br. 1971. S. 66–79.

Hoffmann, Christian: Max Frischs Roman »Homo faber« – betrachtet unter theologischem Aspekt. Bern / Frankfurt a. M. 1978.

van Ingen, Ferdinand: Max Frischs »Homo faber« zwischen Technik und Mythologie. In: Amsterdamer Beiträge zur neueren Germanistik 2 (1973) S. 63–81.

Jurgensen, Manfred (Hrsg.): Max Frisch: »Homo faber«. Materialien. Stuttgart 1985 (Editionen für den Literaturunterricht.)

Kaiser, Gerhard: Max Frischs »Homo faber«. In: Schweizer Monatshefte 38 (1958/59) S. 841–852. – Wiederabgedr. in: Albrecht Schau (Hrsg.): Max Frisch – Beiträge zur Wirkungsgeschichte. Freiburg i. Br. 1971. S. 80–89. Ferner wiederabgedr. in: ÜMF II. S. 266–280 sowie in: MF. S. 200–213.

Klotz, Peter: Max Frisch: Homo faber. In: Deutsche Romane von Grimmelshausen bis Walser. Hrsg. von Jakob Lehmann. Bd. 2. Königstein i. Ts. 1982. S. 377–396.

Knapp, Gerhard P. / Knapp, Mona: Max Frisch: ›Homo faber‹. Grundlagen und Gedanken zum Verständnis erzählender Literatur. Frankfurt a. M. [5]1995.

Knapp, Mona: Der »Techniker« Walter Faber. Zu einem kritischen Mißverständnis. In: Germanic Notes 8 (1977) S. 20–23.

– Moderner Ödipus oder blinder Anpasser? Anmerkungen zum »Homo faber« aus feministischer Sicht. In: Mat. S. 188–207.

Kranzbühler, Bettina: Mythenmontage im »Homo faber«. In: MF. S. 214–224.

Latta, Alan D.: Walter Faber and the Allegorization of Life: A Reading of Max Frisch's Novel ›Homo faber‹. In: The Germanic Review 54 (1979) S. 152–159. – Dt.: Die Verwandlung des Lebens in eine Allegorie. Eine Lektüre von Max Frischs Roman »Homo faber«. Übers. von Walter Schmitz. In: Mat. S. 79–100.

– The Nature and Variety of Signifying Elements in Max Frisch's Novel ›Homo faber‹: An Approach. In: The Germanic Review 64. Nr. 4 (1989) S. 146–157. – Correction. In: The Germanic Review 65. Nr. 2 (1990) S. 88–90.

Leber, Manfred: Vom modernen Roman zur antiken Tragödie. Interpretation von Max Frischs ›Homo faber‹. Berlin 1990.

Lehmann, Werner R.: Mythologische Vexierspiele. Zu einer Kompositionstechnik bei Büchner, Döblin, Camus und Frisch. In: Ulrich Fülleborn / Johannes Krogoll (Hrsg.): Studien zur deutschen Literatur. Festschrift für Adolf Beck zum 70. Geburtstag. Heidelberg 1979. S. 174–224.

Lehn, Jörg: Die veränderte Chronologie in Max Frischs »Homo faber«. Ein Vergleich zwischen Original-, Werk- und Taschenbuchausgabe. In: Literatur in Wissenschaft und Unterricht 16 (1983) S. 19–23.

Lubich, Frederick Alfred: Homo fabers hermetische Initiation in die Eleusinisch-Orphischen Mysterien. In: Euphorion 80 (1986) S. 297–318.

Meurer, Reinhard: Max Frisch: Homo faber. München ³1997. (Oldenbourg Interpretationen. 13.)

Michot-Dietrich, Hela: »Homo faber«. Variations sur un thème de Camus. Diss. Ann Arbor 1965.

– Mersault et Faber: Vaincus ou vainqueurs? Une comparaison entre »L'étranger« et »Homo faber«. In: Archiv für das Studium der neueren Sprachen und Literaturen 128 (1976) S. 19–31. – Dt.: Mersault und Faber: Sieger oder Besiegte? Ein Vergleich zwischen Camus' »Der Fremde« und Frischs »Homo faber«. Übers. von Edmund Jacoby. In: Mat. S. 171–187.

– Symbolische Reflexionen über den »Etranger« und »Homo faber«. In: Germanisch-romanische Monatsschrift N. F. 30 (1980) S. 423– 437.

Müller, Gerd: Europa und Amerika im Werk Max Frischs. Eine Interpretation des Berichts »Homo Faber«. In: Moderna Språk 62 (1968) S. 395–399.

Müller-Salget, Klaus: Ödipus und die Sphinx. Technik, Natur und Mythos in Max Frischs »Homo faber«. In: Elm, Theo / Hiebel, Hans H. (Hrsg.): Medien und Maschinen. Literatur im technischen Zeitalter. Freiburg i. Br. 1991. S. 333–345.

– Max Frisch: ›Homo faber. Ein Bericht‹. In: Interpretationen. Romane des 20. Jahrhunderts. Bd. 2. Stuttgart 1993. (Reclams Universal-Bibliothek. 6088.) S. 95–119.

Näf, Anton: Grammatik und Textinterpretation – am Beispiel von »Homo faber«. In: Der Deutschunterricht 6 (1996) S. 44–60.

Pelster, Theodor: Max Frisch: Homo faber. Lektüreschlüssel für Schüler. Stuttgart 2001. (Reclams Universal-Bibliothek. 15303.)

van Praag, Charlotte: Der Schicksalsweg des Regeltechnikers Homo Faber. Ein antithetischer Roman. In: Duitse Kroniek (Amsterdam) 29 (1977) S. 27–40.

Pütz, Peter: Das Übliche und das Plötzliche. Über Technik und Zufall im »Homo faber«. In: Knapp. S. 123–130. – Wiederabgedr. in: Mat. S. 133–141.

Roisch, Ursula: Max Frischs Auffassung vom Einfluß der Technik auf den Menschen – nachgewiesen am Roman »Homo faber«. In: Weimarer Beiträge 13 (1967) S. 950–967. – Wiederabgedr. in: Albrecht Schau (Hrsg.): Max Frisch – Beiträge zur Wirkungsgeschichte. Freiburg i. Br. 1971. S. 90–106. – Ferner wiederabgedr. in: ÜMF. S. 84–109.
Schmitz, Walter (Hrsg.): Max Frisch »Homo faber«. Materialien, Kommentar. München/Wien 1977. (Reihe Hanser. Literatur-Kommentare. 5.)
– Max Frischs »Homo faber« und die Literatur des technischen Zeitalters: Materialien zu einer Tradition. In: Mat. S. 15–60.
– Die Entstehung von »Homo faber. Ein Bericht«. In: Ebd. S. 63–75.
– Max Frischs Roman »Homo faber«. Eine Interpretation. In: Ebd. S. 208–239.
– Nachfolge auf eigenen Wegen: Die Wirkungsgeschichte von Max Frischs Werk in der deutschsprachigen Gegenwartsliteratur. In: Ebd. S. 290–337.
– Kommentierte Bibliographie der Forschungsbeiträge. In: Ebd. S. 341–355.
Schürer, Ernst: Zur Interpretation von Max Frischs »Homo faber«. In: Monatshefte 59 (1967) S. 330–343.
Thornton, Peter C.: Man the Maker: Max Frisch's ›Homo faber‹ and the Daedalus Myth. In: The Germanic Review 70. Nr. 4 (1995) S. 153–163.
Ulshöfer, Robert: Kontinuität und Wandel. Mensch und Gesellschaft in Romanen nach 1945. Der Wandel der literarischen Menschenzeichnung. Modell für einen Leistungskurs auf Jahrgangsstufe 12. Dargestellt am Beispiel von »Homo Faber«, »Ansichten eines Clowns«, »Die Aula«, »Nachdenken über Christa T.«. In: Der Deutschunterricht 32 (1980) H. 6. S. 124–149.
Viehoff, Reinhold: Max Frischs »Homo faber« in der zeitgenössischen Literaturkritik der ausgehenden fünfziger Jahre. Analyse und Dokumentation. In: Mat. S. 243–289.
– Verzeichnis der Literaturkritiken. In: Ebd. S. 355–361.
– Max Frisch für die Schule. Anmerkung zur Rezeption und Verarbeitung des »Homo faber« in der didaktischen Literatur. In: Der Deutschunterricht 36 (1984) H. 6. S. 70–83.
Wailes, Stephan L.: The Inward Journey: »Homo faber« and »Heart of Darkness«. In: New German Studies 6 (1978) S. 31–44.

Weidmann, Brigitte: Wirklichkeit und Erinnerung in Max Frischs »Homo faber«. In: Schweizer Monatshefte 44 (1964/65) S. 445–456.

Wolff, Gerhart: Seelen-Arbeit. Zur Behandlung von Walsers Roman im Vergleich mit M. Frischs Homo faber. In: Praxis Deutsch 43 (1980) S. 51–54.

Würker, Achim: Die Schuld der Männer. Eine psychoanalytisch-tiefenhermeneutische Interpretation von Max Frischs »Homo faber«. In: Würker, Achim [u. a.] (Hrsg.): Grenzgänge. Literatur und Unbewußtes. Zu H. v. Kleist, E. T. A. Hoffmann, A. Andersch, I. Bachmann und M. Frisch. Würzburg 1999. S. 125–147.

6. Kritiken und Untersuchungen zum Film *Homo Faber*

Baer, Volker: Akkurat, aber uninspiriert. Volker Schlöndorffs »Homo Faber« nach Max Frisch. In: Der Tagesspiegel. Nr. 13835. 28. März 1991.

Berghahn, Daniela: Fiction into Film and the Fidelity Discourse: A Case Study of Volker Schlöndorff's Reinterpretation of ›Homo faber‹. In: German Life & Letters 49 (1996) S. 72–87.

Böttiger, Helmut: Homo Faber. Lernziel nicht erreicht. In: Stuttgarter Zeitung. Nr. 68. 21. März 1991.

Buchka, Peter: Volker Schlöndorff zieht Bilanz. Mit der Verfilmung des »Homo Faber« kehrt der deutsche Regisseur aus Amerika zurück. In: Süddeutsche Zeitung. Nr. 68. 21. März 1991.

Carbon, Sabine: Amerika in Europa. Ein Gespräch mit dem Regisseur Volker Schlöndorff über seine Verfilmung von Max Frischs »Homo Faber«. In: Der Tagesspiegel. Nr. 13826. 17. März 1991.

Fink, Hans-Juergen: Ich helf' dir sehen, sagt das Mädchen Sabeth. Wieder ein Stück Weltliteratur: Volker Schlöndorff verfilmt Max Frischs Erfolgsroman »Homo Faber«. In: Rheinischer Merkur. Nr. 7. 15. Februar 1991.

Hatry, Michael: Die Verweigerung der Tragödie. Volker Schlöndorff verfilmt »Homo faber« von Max Frisch. In: Freitag (Berlin). 28. März 1991.

Heim, Christoph: »Ich habe keine Angst vor dem romantischen Kino«. Eine erstaunlich unsentimentale, ja kühle Liebesgeschichte ist Volker Schlöndorffs Film nach Max Frischs »Homo

Faber« geworden. Der Regisseur erzählt von seiner Zusammenarbeit mit Frisch. Seinen Motiven, den Roman zu verfilmen. Von seinen Überlegungen, die der filmischen Adaptation zugrunde liegen. In: Basler Zeitung. Nr. 100. 30. April 1991.

Horst, Sabine: Keine Super-Konstellation. Schlöndorff verfilmt Frischs »Homo Faber« mit Sam Shepard. In: Frankfurter Rundschau. Nr. 68. 21. März 1991.

Hurst, Matthias: Erzählsituationen in Literatur und Film. Ein Modell zur vergleichenden Analyse von literarischen Texten und filmischen Adaptionen. Tübingen 1996. [Zu *Homo Faber*: S. 199–244.]

Jansen, Peter W.: Die unbekannte Tochter. Schlöndorffs Verfilmung von Frischs Roman »Homo faber«. In: Basler Zeitung. Nr. 85. 12. April 1991.

Jenny, Urs und Hellmuth Karasek: »Wem wird man schon fehlen?« »Homo Faber«-Regisseur Volker Schlöndorff über seinen Film und seine Begegnungen mit Max Frisch. In: Der Spiegel. Nr. 12. 18. März 1991. S. 236–251.

judh: Männer, Krisen und ein Film. Homo Faber. In: Zeit-Magazin. Nr. 12. 15. März 1991.

Kilb, Andreas: Die Fälschung. »Homo Faber« oder Die Liebe zur Literatur. In: Die Zeit. Nr. 13. 22. März 1991.

Kleber, Reinhard: Frischs und Schlöndorffs »Homo faber«. Möglichkeiten und Grenzen sogenannter Literaturverfilmungen. In: Wolfgang Gast: Literaturverfilmung. Bamberg 1993. S. 204–211.

Nolden, Rainer: Von der Unberechenbarkeit der Welt. Aktuelles Podest für ein literarisches Museumsstück: Volker Schlöndorff verfilmt »Homo Faber«. In: Die Welt. Nr. 68. 21. März 1991.

Ohland, Angelika: Herzdame ist Trumpf. Kino: »Homo Faber« von Volker Schlöndorff – Max Frischs Roman als rührende Love-Story mit herausragenden Schauspielern. In: Deutsches Allgemeines Sonntagsblatt. Nr. 12. 22. März 1991.

rov.: Homo factus. »Homo faber« – Volker Schlöndorffs Bild von Max Frischs Text. In: Neue Zürcher Zeitung. Fernausgabe. Nr. 82. 11. April 1991.

Rüb, Matthias: Ödipus hat heute frei. Max Frischs »Homo Faber« verfilmt von Volker Schlöndorff. In: Frankfurter Allgemeine Zeitung. Nr. 68. 21. März 1991.

Traub, Rainer: Bauchlandung eines Machers. In: Der Spiegel. Nr. 24. 11. Juni 1990.

7. Allgemeine Literatur

Anders, Günther: Die Antiquiertheit des Menschen. Über die Seele im Zeitalter der zweiten industriellen Revolution. München 1968. [Erstausg. 1956.]

de Beauvoir, Simone: Amerika. Tag und Nacht. Übers. von Heinrich Wallfisch. Hamburg 1950.

– Das andere Geschlecht. Sitte und Sexus der Frau. Übers. von Eva Rechel-Mertens und Fritz Montfort. Reinbek bei Hamburg 1968. (rororo. 6621.) [Dt. Erstausg. 1951.]

Freud, Sigmund: Die Traumdeutung. Frankfurt a. M. 1980. (Fischer Taschenbuch. 6344.)

Gehlen, Arnold: Die Seele im technischen Zeitalter. Sozialpsychologische Probleme in der industriellen Gesellschaft. Reinbek bei Hamburg 1957. (rowohlts deutsche enzyklopädie. 53.)

Gürster, Eugen: Geistige Aspekte der amerikanischen Zivilisation. In: Die Neue Rundschau 62 (1951) H. 1. S. 99–124. H. 3. S. 24–47.

Habermas, Jürgen: Technik und Wissenschaft als ›Ideologie‹. Frankfurt a. M. 1968. (edition suhrkamp. 287.)

Horkheimer, Max: Zur Kritik der instrumentellen Vernunft. Aus den Vorträgen und Aufzeichnungen seit Kriegsende. Hrsg. von Alfred Schmidt. Frankfurt a. M. 1967.

Jaspers, Karl: Die Atombombe und die Zukunft des Menschen. Politisches Bewußtsein in unserer Zeit. München 1958.

Jungk, Robert: Die Zukunft hat schon begonnen. Amerikas Allmacht und Ohnmacht. Stuttgart/Hamburg 1952.

Kisch, Egon Erwin: Paradies Amerika. In: E. E. K.: Paradies Amerika. Landung in Australien. Berlin/Weimar 1978. (Gesammelte Werke in Einzelausgaben. 4.) S. 5–307.

Mann, Thomas: Gesammelte Werke in 12 Bänden. Bd. VIII: Erzählungen. Fiorenza. Dichtungen. Frankfurt a. M. 1960.

Marcuse, Herbert: Der eindimensionale Mensch. Studien zur Ideologie der fortgeschrittenen Industriegesellschaft. Übers. von Alfred Schmidt. Darmstadt/Neuwied [20]1985. (Sammlung Luchterhand. 4.)

Muschg, Adolf: Literatur als Therapie? Ein Exkurs über das Heilsame und das Unheilbare. Frankfurter Vorlesungen. Frankfurt a. M. 1981. (edition suhrkamp. 1065.)

Ortega y Gasset, José: Betrachtungen über die Technik. Der Intellektuelle und der Andere. Übers. von Fritz Schalk. Stuttgart 1949.

Rank, Otto: Das Inzest-Motiv in Dichtung und Sage. Grundzüge einer Psychologie des dichterischen Schaffens. Leipzig/Wien [2]1926.
Richter, Horst-Eberhard: Die Chance des Gewissens. Erinnerungen und Assoziationen. Hamburg 1986.
Simon, Erika: Die Geburt der Aphrodite. Berlin 1959.
– Die Götter der Griechen. Aufnahmen von Max Hirmer und anderen. München 1969.
Wiener, Norbert: Mensch und Menschmaschine. Übers. von Gertrud Walther. Frankfurt a. M. / Berlin 1952.
– Kybernetik. Regelung und Nachrichtenübertragung in Lebewesen und Maschine. Übers. von E. H. Serr unter Mitarb. von E. Henze. Reinbek bei Hamburg 1968. (rowohlts deutsche enzyklopädie. 294/295.)
Zbinden, Hans: Von der Axt zum Atomwerk. Zürich 1954.
– Der Mensch im Spannungsfeld der modernen Technik. München/Düsseldorf 1970.

8. Hilfsmittel

Curtius, Ludwig / Nawrath, A.: Das antike Rom. Neu hrsg. und bearb. von E. Nash. Wien [4]1963.
Davenson, Henri: Le livre des chansons ou Introduction à la connaissance de la chanson populaire française. Neuchâtel 1946.
Davies, R. E. G.: A History of the World's Airlines. London 1964.
Fauna. Das große Buch über das Leben der Tiere. Red. Felix Rodriguez de la Fuente. Bd. 8: Südamerika (Neotropische Region). München 1971.
Feuchter, Georg W.: Flugzeuge unserer Zeit. Ein Bildwerk. Bonn [2]1956.
Helbig, Wolfgang: Führer durch die öffentlichen Sammlungen klassischer Altertümer in Rom. 4., völlig neu bearb. Aufl. Hrsg. von Hermine Speier. Bd. 3: Die staatlichen Sammlungen. Museo Nazionale Romano (Thermenmuseum). Museo Nazionale di Villa Giulia. Tübingen 1969.
Hunger, Herbert: Lexikon der griechischen und römischen Mythologie. Reinbek bei Hamburg 1974. (rororo. 6178.)
Lurker, Manfred (Hrsg.): Wörterbuch der Symbolik. Stuttgart [2]1983. (Kröners Taschenausgabe. 464.)

Paulys Real-Encyclopädie der classischen Altertumswissenschaft. Neue Bearbeitung. Unter Mitwirkung zahlreicher Fachgenossen hrsg. von G. Wissowa [u. a.]. 66 Hbde. 15 Suppl.-Bde. 1 Reg.-Bd. Stuttgart/München 1893–1980.

Roscher, Wilhelm Heinrich (Hrsg.): Ausführliches Lexikon der griechischen und römischen Mythologie. 6 Bde. Leipzig 1884–1937.

Scheel, J. D.: Berühmte Autos. Illustriert von Verber Hancke. Berlin/Bielefeld 1963.

9. Abbildungsnachweis

5 Oedipus und die Sphinx. Aus: Hans Walter: Sphingen. In: Antike und Abendland 9 (1960).

19 Das südliche Mexiko und die angrenzenden Staaten. Kartenzeichnung: Theodor Schwarz, Urbach.

26 Zopilote. Aus: Fauna. Das große Buch über das Leben der Tiere. Red. Felix Rodriguez de la Fuente. Bd. 8: Südamerika (Neotropische Region). München 1971.

64 Hauptseite des Ludovisischen Altars. Aus: Erika Simon: Die Geburt der Aphrodite. Berlin 1959.

65 Linke Seite des Ludovisischen Altars. Aus: Ebd.

67 Medusa Ludovisi. Aus: Margarete Bieber: The Sculpture of the Hellenistic Age. Rev. Ausg. New York 1961.

78 Das große eleusinische Relief. Aus: Erika Simon: Die Götter der Griechen. München 1969.

85 Oedipus und die Sphinx. Aus: Hans Walter: Sphingen. In: Antike und Abendland 9 (1960).

94 Hermes und Persephone. Aus: Erika Simon: Die Götter der Griechen. München 1969.

201 Szenenfoto aus dem Film *Homo faber*. – Mit Genehmigung des Film Museums Berlin / Stiftung Deutsche Kinemathek, Berlin.

Erläuterungen und Dokumente

zu Andersch, *Sansibar oder der letzte Grund.* 171 S. UB 16036

zu Böll, *Ansichten eines Clowns.* 84 S. UB 8192 – *Die verlorene Ehre der Katharina Blum.* 222 S. UB 16011

zu Borchert, *Draußen vor der Tür.* 107 S. UB 16004

zu Brecht, *Der kaukasische Kreidekreis.* 120 S. UB 16007 – *Leben des Galilei.* 231 S. UB 16020 – *Mutter Courage und ihre Kinder.* 208 S. UB 16035

zu Büchner, *Dantons Tod.* 208 S. UB 16034 – *Lenz.* 176 S. UB 8180 – *Leonce und Lena.* 160 S. UB 16049 – *Woyzeck.* 325 S. UB 16013

zu Chamisso, *Peter Schlemihls wundersame Geschichte.* 122 S. UB 8158

zu Döblin, *Berlin Alexanderplatz.* 286 S. UB 16009

zu Droste-Hülshoff, *Die Judenbuche.* 87 S. UB 8145

zu Dürrenmatt, *Der Besuch der alten Dame.* 93 S. UB 8130 – *Die Physiker.* 243 S. UB 8189 – *Romulus der Große.* 96 S. UB 8173

zu Eichendorff, *Aus dem Leben eines Taugenichts.* 120 S. UB 8198 – *Das Marmorbild.* 110 S. UB 16047

zu Fallada, *»Kleiner Mann – was nun?«* 179 S. UB 16024

zu Flaubert, *Madame Bovary.* 176 S. UB 16057

zu Fontane, *Effi Briest.* 171 S. UB 8119 – *Frau Jenny Treibel.* 120 S. UB 8132 – *Irrungen, Wirrungen.* 148 S. UB 8146 – *Schach von Wuthenow.* 173 S. UB 8152

zu Frank, *Tagebuch.* 133 S. UB 16039

zu Frisch, *Andorra.* 88 S. UB 8170 – *Biedermann und die Brandstifter.* 128 S. UB 8129 – *Homo faber.* 196 S. UB 8179

zu Goethe, *10 Gedichte.* 171 S. UB 16058 – *Egmont.* 165 S. UB 8126 – *Faust. Der Tragödie Erster Teil.* 301 S. UB 16021 – *Faust. Der Tragödie Zweiter Teil.* 358 S. UB 16022 – *Götz von Berlichingen.* 216 S. UB 8122 – *Iphigenie auf Tauris.* 156 S. UB 16025 – *Die Leiden des jungen Werther.* 192 S. UB 8113 – *Novelle.* 158 S. UB 8159 – *Torquato Tasso.* 230 S. UB 8154 – *Urfaust.* 168 S. UB 8183 – *Die Wahlverwandtschaften.* 260 S. UB 16048 – *Wilhelm Meisters Lehrjahre.* 398 S. UB 8160

zu Gotthelf, *Die schwarze Spinne.* 112 S. UB 8161

zu Grass, *Die Blechtrommel.* 223 S. UB 16005 – *Katz und Maus.* 192 S. UB 8137 – *Das Treffen in Telgte.* 168 S. UB 16012

zu Grillparzer, *Der arme Spielmann.* 186 S. UB 8174

zu Hauptmann, *Bahnwärter Thiel.* 62 S. UB 8125 – *Der Biberpelz.* 125 S. UB 8141 – *Die Ratten.* 183 S. UB 8187 – *Die Weber.* 227 S. UB 16014

zu Hebbel, *Maria Magdalena.* 136 S. UB 16040

zu Heine, *10 Gedichte.* 189 S. UB 16059 – *Deutschland. Ein Wintermärchen.* 208 S. UB 8150

zu Hesse, *Demian. Die Geschichte von Emil Sinclairs Jugend.* 90 S. UB 8190 – *Das Glasperlenspiel.* 215 S. UB 16056 – *Der Steppenwolf.* 157 S. UB 8193 – *Unterm Rad.* 110 S. UB 8200

zu Hölderlin, *Hyperion.* 339 S. UB 16008

zu Hoffmann, *Das Fräulein von Scuderi.* 135 S. UB 8142 – *Der goldne Topf.* 176 S. UB 8157 – *Der Sandmann.* 176 S. UB 8199

zu Hofmannsthal, *Jedermann.* 88 S. UB 16003

zu Horváth, *Geschichten aus dem Wiener Wald.* 139 S. UB 16016 – *Jugend ohne Gott.* 148 S. UB 16010

zu Ibsen, *Nora (Ein Puppenheim).* 86 S. UB 8185

zu Kafka, *Der Proceß.* 224 S. UB 8197 – *Das Urteil.* 144 S. UB 16001 – *Die Verwandlung.* 196 S. UB 8155

zu Keller, *Kleider machen Leute.* 116 S. UB 8165 – *Romeo und Julia auf dem Dorfe.* 202 S. UB 16032

zu Kleist, *Amphitryon.* 160 S. UB 8162 – *Das Erdbeben in Chili.* 168 S. UB 8175 – *Das Käthchen von Heilbronn.* 164 S. UB 8139 – *Die Marquise von O…* 128 S. UB 8196 – *Michael Kohlhaas.* 140 S. UB 16026 – *Penthesilea.* 160 S. UB 8191 – *Prinz Friedrich von Homburg.* 204 S. UB 8147 – *Der zerbrochne Krug.* 159 S. UB 8123

zu Klüger, *weiter leben.* 174 S. UB 16045

zu J. M. R. Lenz, *Der Hofmeister.* 191 S. UB 8177 – *Die Soldaten.* 119 S. UB 16027

zu Lessing, *Emilia Galotti.* 159 S. UB 16031 – *Minna von Barnhelm.* 165 S. UB 16037 – *Miss Sara Sampson.* 109 S. UB 8169 – *Nathan der Weise.* 224 S. UB 8118

zu H. Mann, *Der Untertan.* 165 S. UB 8194

zu Th. Mann, *Mario und der Zauberer.* 119 S. UB 16044 – *Der Tod in Venedig.* 196 S. UB 8188 – *Tonio Kröger.* 104 S. UB 8163 – *Tristan.* 96 S. UB 8115

zu Meyer, *Das Amulett.* 68 S. UB 8140

zu Mörike, *Mozart auf der Reise nach Prag.* 119 S. UB 8135

zu Musil, *Die Verwirrungen des Zöglings Törleß.* 204 S. UB 16019

zu Novalis, *Heinrich von Ofterdingen.* 243 S. UB 8181

zu Roth, *Hiob.* 133 S. UB 16033

zu Schiller, *Don Karlos.* 240 S. UB 8120 – *Die Jungfrau von Orleans.* 163 S. UB 16053 – *Kabale und Liebe.* 174 S. UB 8149 – *Maria Stuart.* 214 S. UB 8143 – *Die Räuber.* 232 S. UB 8134 – *Wallenstein.* 236 S. UB 16051 – *Wilhelm Tell.* 195 S. UB 16052

zu Schlink, *Der Vorleser.* 150 S. UB 16050

zu Schneider, *Schlafes Bruder.* 104 S. UB 16015

zu Schnitzler, *Fräulein Else.* 118 S. UB 16023 – *Leutnant Gustl.* 118 S. UB 16017 – *Reigen.* 152 S. UB 16006 – *Traumnovelle.* 143 S. UB 16054

zu Seghers, *Das siebte Kreuz.* 134 S. UB 16042

zu Shakespeare, *Hamlet.* 264 S. UB 8116 – *Macbeth.* 126 S. UB 16043 – *Romeo und Julia.* 182 S. UB 16029 – *Ein Sommernachtstraum.* 153 S. UB 16041

zu Sophokles, *Antigone.* 86 S. UB 8195 – *König Ödipus.* 136 S. UB 16038

zu Stifter, *Brigitta.* 102 S. UB 8109

zu Storm, *Der Schimmelreiter.* 135 S. UB 8133

zu Süskind, *Das Parfum.* 116 S. UB 16018

zu Tieck, *Der blonde Eckbert / Der Runenberg.* 91 S. UB 8178

zu Wedekind, *Frühlings Erwachen.* 204 S. UB 8151 – *Lulu.* 206 S. UB 16046

zu Wolf, *Kassandra.* 154 S. UB 16063

zu Zuckmayer, *Der Hauptmann von Köpenick.* 171 S. UB 8138

Philipp Reclam jun. Stuttgart